新 潮 文 庫

ラ ブ レ ス

桜 木 紫 乃 著

新 潮 社 版

9893

ラブレス

序章

清水小夜子《さよこ》は腕の時計を見た。

電話交換室の業務交替時間まで四十分あった。食堂も人が溢《あふ》れ始めていた。定食の盆を返したあと、ポーチから携帯電話を取り出す。従姉妹《いとこ》の理恵《りえ》からメールが入っていた。

『休み時間に電話ちょうだい』

地下倉庫に通じるドアの引き込みに背をあずけ、小夜子は発信ボタンを押した。

「小夜子、うちのお母さんと連絡が取れないの。ちょっと様子を見に行ってもらえないかな」

「連絡が取れないって、どういうこと？」

「電話に出ないの。里実《さとみ》おばさんに訊《き》くのがいちばん早いんだろうけど。おばさんだとほら、いろいろあったから」

伯母、杉山百合江《ゆりえ》の生活保護申請手続きを進めたのは、小夜子の母の里実だった。札幌に出たきりになっている理恵に、一度釧路に戻ってこいと言ったのも里実だ。

「自分の親がどんなことになってるか、よく見なさいよ」

理恵は、百合江の生活の困窮ぶりを目にしたものの生活保護申請には難色を示した。

「面倒をみてくれる娘がいるならこんな心配はしないんだ」

里実の怒鳴り声を機に、ただでさえぎくしゃくしていたそれぞれの関係が更にこじれた。

結局、娘の理恵にも母親を養う経済力がないということで、申請が通った。理恵が新聞記者と結婚するずっと前、「羽木よう子」という名で小説を書くようになるもっと前の話だ。

「たまたま留守のときに電話してるとか、そういうことじゃないの」

「昨日からずっとかけてる。朝と昼と夕方と夜中。今朝早くにもかけたんだけど、出ないの」

理恵の長いため息が耳に流れ込んできた。様子を見に行くのは仕事が終わってからでも構わないかと訊《たず》ねた。

「ありがとう、助かる」

理恵は母親の百合江とはここ数年音信不通になっていたはずだ。少なくとも結婚したことを告げもしないでいたことは確かだった。急に連絡を取りたくなった理由について、小夜子は訊ねなかった。理恵とは同い年の従姉妹同士、中学まで同じ学校に通っていた。幼いころから一緒に育ってきたせいか、妹の絹子《きぬこ》より気心が知れている。長いつきあいのなかで、面倒なことは聞かないし言わないという暗黙の了解もあった。

通話を終えた携帯電話をポーチに入れ、倉庫の引き込みから廊下に出た。

理恵も小夜子も、二十代はまだ結婚や生活の安定を望んだり、恋の駆け引きに右往左往していた。気ぜわしくて愚かで、微《かす》かな妬《ねた》みさえも日々の糧《かて》だった。ぽつぽつと理恵とのつきあいが戻ってきたのは、三十代も半ばのころだった。

理恵が結婚したのは四十二歳。誰も理恵の夫とは会ったことがない。小夜子も半信半疑で「本当なら相手の写真くらい送りなさいよ」と茶化してようやく、メールで新婚旅行の写真が送られてきた。

件名には「とりあえず結婚してみたinスペイン」とあり、サグラダファミリアの前で撮った写真が添付されていた。夫は理恵が商業出版社の主催する新人賞を受賞した際に、新聞社で文化部の記者をしていたということだった。

「誰にも、小説を書いている事実を知られたくないんです」

記者はそんな言葉で写真と本名公表を拒否した理恵に「ならばなぜ新人賞などに応募したのか」と詰め寄ったらしい。

理恵は顔写真と出身地は拒否したが、本名と年齢だけは公表ということで手を打った。

「顔を出さなけりゃ、いちいち本名を確かめる人なんていないってことがよくわかった」

理恵はその後の電話で生活への影響はまったくなかったと笑っていた。結婚の報《しら》せが届いたのは、そうしたやりとりから一年ほど経《た》ったころだった。

新人賞から二年後、理恵は単行本デビューを果たした。初版は五千部。あまり話題にもならなかったし、重版もされなかった。最近はひと月かふた月に一度のペースで小説誌に名前が載っている。そろそろ二冊目の本が出ると聞いた。

デビュー作が送られてきた際、祝いに花を贈った。かかってきた電話で「実は読んでいない」と告げると、理恵は「小夜子らしいね」と笑った。

正直なところ、小夜子は誰が書いたものでも小説自体に興味がない。本を読むより映画を観《み》ているほうが好きだった。映画も、あまり台詞《せりふ》の多いのは苦手だ。一日の終わりに観るのは、言葉の少ない、古いヨーロッパのものばかりだった。

写真で見た理恵の夫は、縦にも横にも体の大きな男だった。理恵より八歳年上と聞いている。子供のいない夫婦の日常は、理恵が子供役を引き受けることでバランスが取れているという。

階段の踊り場を見上げると、鶴田《つるた》の後ろ姿が目に入った。鶴田とは彼が総務課の課長補佐だったころからのつき合いだ。十年前鶴田には妻がいたが、小夜子とのことがきっかけで別れた。小夜子とも一度切れたけれど、市長が替わって彼が市史編纂室《へんさんしつ》へと異動になった五年前から、再び会うようになった。鶴田はこの五年ですっかり不幸そうな顔つきの男になっていた。猫背がよりいっそうまるくなっており、その背中にランニングシャツが透けている。小夜子は、男の無防備な後ろ姿を見送った。彼の心のくたびれ具合が自分にとって楽だということに気づいたのは、ここ一、二年のことだ。

四十五歳で妊娠——。

三日前、更年期の相談で婦人科を受診した際に告げられた「おめでた」という響きがどうにも受け入れがたく、まだ鶴田に伝えていなかった。自分なりの結論はでているはずなのに、どういうわけか手術の日程も入れないまま時間が経っている。

小夜子はこの状況を、できるだけ冷静に考えてみた。たとえ相手が十年馴染《なじ》んだ男でも、籍を入れようという気にはなれない。彼のくたびれ具合がちょうどいいのは、一週間か十日に一度しか会わない相手だからだ。子供が小学校に入学するころ、小夜子は五十を過ぎており、鶴田のほうは退職目前だ。それだけで、自分たちが人の親になれるような気がしなかった。

午後の仕事を集計すると、通常どおりの数字が並んだ。生活保護についての問い合わせが十五本、市営保育園の受け入れ先相談が八本。酔っぱらいからのクレーム――これには四十分を費やした――あとは部署名だけの案内が五十数本。

市役所には実にさまざまな電話が掛かってくる。人生相談、自殺予告、行政への不満、叱責《しっせき》、八つ当たりめいた苦情。

春先に増える「これから死のうと思っています」という電話を、どこに繋《つな》げばいいのか迷ったのも最初の数年だけだった。四半世紀経った今は冷静に「死にたい理由」を訊ねることができる。話を聞いているうちに、理由も見えてくる。

水道が止められた、妻に死なれた、親と縁を切った、食べ物がない。年齢もさまざまだが、人が死にたくなる理由も実にたくさんあった。じっくりと聞いていれば理由の多くは貧困や借金による苛立《いらだ》ちであることに気づくのだが、不思議なことに相談する側は決してそうした言葉を使わない。話している途中で理由が見えれば、いちばん適切な部署の適切な人間に電話を繋ぐ。各部署にはひとり必ず「相談専門」の人間が配置されている。

小夜子はレシーバーを外し、除菌シートでしつこく拭《ふ》いた。同僚には「そんなに力を入れたら壊れてしまう」と言われるが、できれば全員がこのくらいきれいに除菌して欲しい。

机に置いたレシーバーは小夜子が席を立つと同時に、待機中だった交換手が手に取る。五人のうち三人が常に交換業務に就いていた。残りふたりは総務課の文書仕分けをしたり、庁内の行事確認を頭に叩《たた》き込む。六人態勢だったころは割り切れた業務時間も、五人になってからは割り振りが面倒になった。

理恵が言うには、百合江は釧路町にある町営住宅の一階に住んでいるということだった。小夜子は仕事帰りに電話をかけ、母の里実に百合江の部屋を教えてほしいと頼んだ。

「百合江伯母さんと連絡が取れないっていうんで、これから見に行くんだけど。町営住宅ってことしか知らないもんだから。ネットで見たら、何棟もあってどれがどれだかわからないの。場所、だいたいでいいから教えてくれないかな」

生活保護を受けるようになってから、百合江は二度引越をした。年末の届け物はいつも小夜子の役目だったが、現在の住まいに越してからの五年はそれも途絶えている。事情を言うと、母の里実は「理恵が」と語尾をひねり上げた。その名を聞くだけで不快であると言わんばかりだ。

「やっぱりいいわ。とりあえず行ってみる」小夜子がさっさと電話を切ろうとしたときだった。

「なんか、嫌な予感がする」

里実は自分も行くと言い出した。実際に百合江の部屋を知っているのは母だけだった。姉妹ふたりの下には弟が三人いたが、うちふたりは五十代ですでに他界しており、たったひとり残った長男も、行方知れずと聞いている。

「わたしもしばらく会ってないし、連絡もしてなかったから。ちょうどいいわ。行くなら乗せてってちょうだい」

実家に寄ると、里実はわざわざサマースーツに着替えて待っていた。化粧もしっかりと直し、これから姉のことが心配で出かけて行くという風には見えなかった。小夜子はつんとすまして助手席に滑り込んできた母を見て、安易に電話などかけたことを後悔した。

小夜子も理恵も高校卒業後に就職をした。働き始めて一年ほどで、それぞれの親とのちいさな諍《いさか》いが積み重なって家を出た。小夜子の場合は妹の絹子が高校進学をせず家業の理髪店を継ぐと言い出したのが大きな理由だった。

両親はたたき上げの理容師だった。漠然と、いつかは自分も床屋になって店を継ぐのだろうと思っていた。ただ小夜子は中学を卒業する段になっても自分の将来に対する踏ん切りがつかなかった。

幸いというべきか、三つ下の絹子は学校も勉強も好きなほうではなかった。絹子は「技術さえあれば食える」という親の勧めをあっさりと受け入れた。父も母も「家を継ぐのは高校を卒業してからにしてほしい」とおかしな条件をつける小夜子など、あてにしなくてもよくなったのである。

母の里実は幾度か土地投機に失敗した末、これが最後と郊外の商業地域に店を構えた。一階は自営の理髪店、二階が娘夫婦との二世帯住宅になっている。羽振りの良かったころとは違い、細々と食いつないでいるというのが現状だ。バブルのツケを払い終わって落ち着いたところへ、ディスカウントカット店が進出し、個人経営の床屋はのきなみ大きな打撃を受けた。

二十歳のときに同い年の理容師と結婚した絹子には、成人した娘と高校生の息子がいるけれど、どちらも早くから理容師になる気はないと宣言していた。

『杉山百合江』

ドアの横に、マジックで書かれたプレートがはめ込まれていた。三階建て横長の、古い町営住宅だった。若いころはクラブ歌手で、子供の目にもずいぶん美しく華やかに見えた伯母の、おそらくここが終《つい》の棲家《すみか》だ。百合江と里実、ともに七十を過ぎた姉妹が溝のある間柄となって久しい。

「いい年して、ひとりでこんなところに住まなきゃならないなんて、みじめよねえ」

里実は自分が生活保護の手続き一切を取り仕切ったことなど、すっかり忘れたような口ぶりで言った。百合江は事業に失敗したあとストレス性のめまいで倒れた。その後百合江の面倒をどうするか、という問題でひと騒動あったのだが、あの日も札幌の理恵に連絡が取れないといって、小夜子が引っ張り出されたのだった。

「こういうところに住まわせるのがいやで言ってるの?」

「誰もそんなこと言ってないじゃないの」

里実は「まったくお前はいつもそうだ」と言ってそっぽを向いた。母の態度が七十を過ぎてなお少しも柔らかくならないのは、愚痴を聞いてくれない小夜子への不満が積み重なってのことだろう。百合江のことが心配だという言葉も、その姉をどこか小《こ》馬鹿《ばか》にした物言いも、母の内側では何の矛盾もなさそうだった。

「理恵はなんだって今になって母親の心配なんかしてるんだか。あの子のことだから何か魂胆があるんじゃないのかい。あぁ嫌な予感がする」

インターホンを押してから数秒後、ドアのむこうに人の気配がした。小夜子は母の頬が緊張で硬く持ち上がるのを見た。

「どちら様でしょうか」

百合江の声ではなかった。ドアの外で、小夜子は母と顔を見合わせた。

「清水といいます。親戚《しんせき》の者です。百合江おばさんはいらっしゃいますか」

ドアを開けたのは、みごとな白髪の老人だった。百合江の部屋に男が——といっても相当な年配の老人だが——いることに、里実がフンと鼻を鳴らした。小夜子は、百合江の娘から頼まれて伯母の様子を見にきたことを告げた。老人の、皺《しわ》だらけの表情が崩れた。品の悪い笑い顔ではない。身内の者が訪ねてきたことを、素直に喜んでいるように見えた。老人は、自分は百合江と同じ町内会の者だと言った。小夜子は一礼したが、里実は彼のほうを見ようともしなかった。

「どうぞ。奥の部屋にいらっしゃいますから」

玄関に一歩足を踏み入れただけで、その部屋にいるのが病人ということがわかった。終末に近づいた人間の饐《す》えたにおいが室内に充満している。後ずさりする里実を置いて、小夜子は脱いだパンプスを揃《そろ》える間も惜しんで部屋へと入った。

茶の間と寝室、あとは台所と水回りだけの独居用住宅だった。ちいさな液晶テレビと並んだポータブルＣＤプレーヤーの周りには、有名な女性演歌歌手のＣＤが何枚も積み上げられていた。開かれたままの「ザテレビジョン」の、ところどころに赤ペンの囲みがある。先月の号だった。

小夜子はおそるおそる次の間を覗《のぞ》いた。開いたふすまの向こうで、百合江が布団《ふとん》に横たわっていた。押し入れから溢れたものなのか、布団の足もとにプラスチック製の衣類ケースがふたつ重ね置かれている。

「おばさん、小夜子です」

百合江が動く気配はなかった。タオルケットを掛けた胸のあたりは同じリズムで上下していた。小夜子はもう一度声をかけた。茶の間から漏れる蛍光灯の明かりが、寝室に小夜子の影をつくっている。ふすまの陰になった腹から下は薄い闇《やみ》のなかにあった。小夜子は敷居の向こう側にいる百合江の枕元《まくらもと》に近づいた。

「百合江おばさん」

そのあとに続く言葉が出てこなかった。百合江の左手には黒い漆塗りのちいさな位《い》牌《はい》が握られていた。里実が小夜子を押しのけ、百合江の枕元に膝《ひざ》をついた。握った位牌を目にして数秒黙り込んだ里実が、甲高い声で叫んだ。

「姉さん」

はっと我に返った。小夜子はバッグから携帯電話を取り出し、救急車を呼んだ。百合江の様子と詳しい場所を告げる。十分以内に到着するとの返事だった。

暗い寝室を振り返った。里実が百合江の手から位牌を取ろうと指をこじ開けている。小夜子は母の両肩を摑《つか》んだ。

「ちょっと、そのままにしておいてあげて」

なおも百合江の手を持ち上げようとする手を払いのけた。位牌を握ったままの左手が、百合江の胸に落ちた。里実が、両手を畳につき尻《しり》もちをついた格好で小夜子を睨《にら》んでいた。

I

沿道を日の丸が埋めつくしていた。

厳しい冬を前にして、市街地には華やかなお祭り気分が漂っている。

昭和二十五年十一月一日、標茶《しべちゃ》村は標茶町になった。新しい建物も増えていた。杉山百合江が小学校に上がったころにはなかった文房具屋も店を開いた。

朝から昼まで、記念の式典で中学校の生徒全員が町長ら役人の前で歌を歌い、笛を吹いた。配られた紅白まんじゅうはズック鞄《かばん》の中にある。家に帰ったら、父や母、弟たちと分けて食べるつもりだった。

開拓村も冬支度だった。ときどき雪も降る。これから半年近くのあいだ寒く閉ざされてゆく道東《どうとう》の開拓地は、雪がちらつくと人の表情も険しく変化し始める。冬場は寒さでよく人が死んだ。百合江が標茶にやってきてから十一年が経《た》った。

改札口の上にある大きな時計は午後三時を指していた。

百合江は中学校の授業を終えて、駅舎の中で父を待っていた。いつもは三里もある中茶安別《なかちゃんべつ》の開拓小屋まで歩かせるのは不憫《ふびん》だといって、学校まで迎えにきてくれるのだが、今日は事情が違う。四時到着の汽車で、夕張から妹の里実がやってくるのだ。

里実は、父がまだ夕張の炭坑夫だったころに産まれた。百合江が四歳のときだ。はっきりと覚えているのは、赤ん坊の産声《うぶごえ》でも祝いごとの嬉《うれ》しさでもなかった。父の卯《う》一《いち》は「なんだ、またおなごか」とため息をついた。卯一は赤ん坊をのぞき込む百合江の頭上で「こったらこんまい赤ん坊はまんず育たねぇべ」と言った。その声と光景はやけにはっきりと頭の奥に残っている。炭鉱住宅での生活は、食べるものこそ困らなかったが、百合江の記憶にある母はいつも泣いていた。

理由は卯一の酒だった。坑内ではたびたび落盤事故が起きたが、卯一は一度ならず二度も、寝坊をして事故を逃れていた。真面目《まじめ》に坑道に入った隣近所の仲間が何人も死んだ日、卯一だけが二度も命びろいをしたとなれば周囲の反感も当然だった。母を庇《かば》ってくれる数少ない炭鉱住宅の母さんたちは、口は悪かったけれどみんな優しかった。妹の里実を取り上げてくれたのも、母さんたちのひとりだった。

昭和十四年の夏、卯一は道東の開拓団への参加を決めた。標茶村に入植するという。「ただで土地もらえて、人足《にんそく》まで貸してくれるんだとよ。夢みたいな話だべ。こんな、道っぱたで仲間にツバ吐かれるようなところで働けるかってんだ。俺ぁ、向こうでひと旗あげて、でぇっかい土地の地主様になってやる。ユッコ、お前は地主様のお嬢になるんだぞ」

卯一に頭を撫《な》でられ、百合江も標茶は夢のような土地に違いないと思った。

駅舎の時計を見上げた。三時を十分過ぎた。駅舎の中央にある薪《まき》ストーブが真っ赤になっていた。外はもう薄墨色だ。百合江は薪が爆《は》ぜるたびに、短靴の先に視線を落とした。

四月の初めに産まれた妹は、しばらく出生届を出さないままだったと聞いた。四月の終わりになってから「このわらし、どうやら死なんようだ」という母の言葉をうけて、父がしぶしぶ役場に出生届を出しに行った。

どれも酒のつまみに大人たちが話していたことの継《つ》ぎ接《は》ぎ話だから、実際には百合江が思い描いているような悲惨な光景ではなかったのかもしれない。ただ、標茶への移住を決めた際に里実を指差して「こんなこんまい子を連れてっても、ただ死なせるだけだべ」と、卯一が言ったことは覚えている。卯一には夕張で旅館を経営している妹がおり、里実は卯一の妹に預けられた。

標茶にやってきてから、母のハギは男の子を三人産んだ。やんちゃ盛りの弟たちの面倒はいつも百合江がみている。四つ下の里実は、百合江にとってたったひとりの姉妹だった。離れ離れになってしまってずいぶん経つが、きっと可愛《かわい》い女の子に育っているに違いない。

里実が家族の一員として我が家に帰ってくることは、とても幸福なことに思えた。村が町になるように、自分たちもこれで家族として充分に満ちる気がした。

ここ数年で役場も中学校も、診療所も高校も新築されている。里実はこの町を気に入ってくれるだろうか。

がらりと駅舎の引き戸が開いた。振り向くと防寒具に身を包んだ卯一がいた。ユッコ、と言いながら薪ストーブのそばにやってくる。駅員に軽くあいさつをして、卯一は百合江のおかっぱ頭を撫でた。父が現れて間もなく、駅舎を包む景色は夜へと流れていった。

「ねえ父さん、里実ちゃんはどんな子になってるべね」

「お前みたいに器量よしだべ。夕張のヒデさんがたいそう褒めてたからよ。なかなかいい返事ばもらえんかったけど、ようやく連れてきてくれるとよ。なにをほざいたって、うちの娘にゃ変わりねぇべ」

卯一が酒を飲まずに話しているのを見るのは久し振りだった。飲み始めると、家族の誰もそばには寄らない。ただ、飲んでもしらふでも卯一は、百合江にだけは優しかった。母を殴り飛ばして酒瓶を振り回していても、百合江が止めに入ればたいがいはおさまる。機嫌が直ったところで百合江が一曲歌うと、卯一の表情も柔らかくなった。

「ユッコ、お前は声がいい。こんだけ歌が上手《うま》いば宝塚のお姫様役者か、歌手にでもなれるべなぁ。そしたらよぅ、俺らにめぇいっぱい楽させてくれや」

板張りの部屋がたったふたつの、粗末な開拓小屋だった。電気が通っていないので日が暮れたらランプが頼りだ。おぼろげに覚えている夕張の街は標茶とは比べものにならないほど明るかった。百合江はあの明るい街からやってくる妹が、寂しい思いをしないよう祈った。

「ねぇ父さん、里実ちゃん、どんな子だべ」

「お前だら、なんべん同じこと言うべな。ちょっと黙っとけや」

到着予定から十分ほど遅れて、釧路からの列車がホームに入ってきた。百合江は駅舎になだれ込んでくる人の顔を確かめ続けた。不意に、人波のなかに見たこともないようなあか抜けた少女が現れた。赤いオーバー姿で、雪みたいに真っ白い顔をしている。おかっぱ頭にオーバーと同じ赤いカチューシャを着けていた。茶色いウールの背広を着て鳥打ち帽を被《かぶ》った男に手を引かれ、まるで異世界へ迷い込んだウサギみたいな目をしている。

フランス人形——。

市街地に住む友だちの家に遊びに行った際に見た、フランス人形そっくりなまるい顔立ちと白い肌は、姉の自分はおろか母にも父にも弟たちにも似ていなかった。が、百合江はそれが妹の里実であることを疑わなかった。

「おう、ヒデさん」卯一が手を挙げて近づいてゆくと、少女はヒデさんと呼ばれた男の後ろに隠れた。「やっぱりそうだ」。百合江はヒデさんに挨拶《あいさつ》をする父の隣で、ヒデさんの背広の後ろからこちらを覗《のぞ》いている少女に微笑《ほほえ》んだ。

「里実ちゃんかい？　遠いところよくきたねぇ」

頭上では父とヒデさんが飽きもせず長い挨拶を繰り返していた。

「汽車に乗ったはいいけど、釧路で一泊しないばとてもとても。こったら遠いところとはなぁ。最初はおっか様もついてくるってきかなかったんだどもよ。そんなことすればサトが夕張さ戻るってきかなくなるべって、なんとか説得してようやくひっぺがすみたいにして連れてきたんだ」

「あれは、元気にしてんだべか」

「元気も元気、旅館のほうもそこそこ客が入るもんだから、休む暇もねぇさ」

きっと大切に育てられたんだろう。それは里実の服装からもつるりとした頬の白さからも伝わってくる。ただ、夕張で旅館経営をしている妹について、卯一が良く言っていたのを聞いたことがなかった。一度か二度会ったことはあるが、和服を着て髪を結い上げた姿しか記憶にない。始終話題にのぼるほど仲が良いとはいえない親戚《しんせき》、というのが百合江の素直な叔母像である。

しかし乳飲み子の里実を引き取り、女手ひとつで十年も育ててくれた人だった。どう説得して里実を呼び寄せたのかわからないが、その別れがさぞつらかったろうということだけは容易に想像がついた。

真っ暗な馬車道を、卯一が手綱を握る幌《ほろ》付きの馬車に揺られた。幌の内側に、向かい合わせに置かれた椅子《いす》代わりの木箱がある。片方に百合江が、向かい側にはヒデさんと里実が座った。

三里先の開拓小屋へ向かうあいだ、ひざがつきそうなくらい近くにいながら、里実は百合江のほうを見ようとしなかった。ヒデさんと呼ばれる男はどうやら叔母の旅館で番頭をしているらしい。ヒデさんはときどき里実の顔をのぞき込んでは話しかけている。

「サトよぅ、こん人が姉《あね》さまの百合江さんだべし。ちゃんと挨拶ばしねばなんねぇべ。

さっきからなぁにだんまりしとるのよ、お前さまは。家に着いたら、弟たちが三人もいるんだとよ。サト、おとっつぁまの言うことをきいて、ちゃんと面倒みてやんないばな。なんぼ可愛がってくれたからったってよ、おばさんはおばさんだ。やっぱし血は水より濃いっちゅうべ。お前のためにも、ちゃんと親や姉弟と一緒に暮らすのが筋っちゅうもんだべ」

里実はちらりとヒデさんを見上げるだけで、まともな返事をしなかった。ヒデさんはしきりに百合江に気を遣っている。

「すみませんなぁ。いつもはこんな無愛想な娘っこじゃあないんだけども」

「突然連れてこられて、緊張してるんだべねぇ。不安かもしらんけど、困ったことがあったら何でも姉ちゃんに言ってや」

優しく声を掛けたつもりだが、里実はキッと目を見開いて甲高い声で叫んだ。

「じゃあ、早く夕張に帰して。わたしをママちゃんのところに戻して」

ヒデさんは舌打ちをしたあと、やれやれと言いながら鳥打ち帽を浮かせて頭を掻《か》いた。そこから先は、百合江もただ黙るしかなかった。育ての親との別れがどんなにさびしいかを想像できなかった。そんな自分が里実の心に響く言葉をかけられるわけもない。

百合江は幌の中のやりとりが卯一の耳に届かないことを祈っていた。里実があまりに頑《かたく》なな態度でいれば、いくら娘とはいえ卯一のことだから平手のひとつも飛ばすかもしれない。この白いフランス人形みたいな妹の顔に傷でもつけたらと思うと、背筋が寒くなった。そのときはなんとしても自分が止めに入らねばならない。

「里実ちゃん、今日は疲れてるだろうし、寂しいだろうから、姉ちゃんと一緒に寝ようねぇ」

どこまでも自分たちを追ってくる月が、里実の不満そうに突き出た唇を照らしていた。

その夜は家にあるだけのランプに火を灯し、ヒデさんと里実の長旅をねぎらった。母のハギも、いつもは隠れて舐《な》めている酒を、客人がいるせいか今夜は堂々と自分の湯飲みに注《つ》いでいる。

絣《かすり》のもんぺと上っ張り姿の母親を見て、里実は動揺を隠さなかった。自分が思い描いていたような女ではなかったという落胆が、ありありと伝わりくる。

ハギも、産んでから十年も会わずにいた里実になんと声を掛けていいものか困惑しているようで、「まんずよろしく」と目を逸《そ》らしたまま短く言うだけだった。

弟たちの紹介をしたときも、里実はなにか見てはいけないものを見るような目つきをしていた。

「いちばん上から、五歳の治《おさむ》、四歳の正《ただし》、三歳の和《かずし》。みんな年号の下の字を使ってるからすぐに覚えられるよ」

「里実です」

幌馬車の中ではつんけんしていた里実だったが、板張りの開拓小屋に入るころは哀れなくらいしおれていた。贅沢《ぜいたく》をしたつもりの夕食も量が足りなかった。粟《あわ》や砕け小豆が混じったご飯を見て、里実は親元に戻ったとは思えないほどさびしそうな顔をした。茶碗《ちゃわん》を土間に戻すころには、その憔悴《しょうすい》ぶりに百合江も何と話しかけていいものかわからなくなっていた。

里実のハイカラな格好を見て最初は近づくこともできなかった三人の弟たちも、寝る前には夕張のことをあれこれと訊《たず》ねるようになっていた。口数も少なく表情もすぐれない里実に、弟たちもじきに近寄らなくなった。

「もう、寝ようかねぇ」

百合江は綿が畳ほども硬くなってしまった布団《ふとん》を三組並べた。いつもは弟たちに二組、百合江が一組使っていたが、今日は弟たちを少しばかり向こうへ押しやった。掛け布団は縦に使うと幅がないので横にする。飛び出した足には編んだばかりの赤い毛糸の靴下を履かせてあげた。

「足が冷たいと眠られないべさ。こんなんでよかったら履いてや」

「ありがとう」

里実は、弟たちの寝息が聞こえ始めたころ、小声で百合江に訊ねた。

「ねぇ、あの子たち、なんでこんなに臭いの」

百合江は、寒くなると風呂《ふろ》に入るのも一週間にいっぺんか十日にいっぺんになることや、ドラム缶の上に屋根をつけただけの風呂では寒くてかなわないことを告げた。

「汚いところはお湯を沸かして手ぬぐいで拭《ふ》けばなんとかなるし。冬場は汗もかかんべさ」

できるだけ前向きに説明したつもりだったが、里実は露骨に嫌な顔をした。

「ママちゃんは、女の子は毎日お風呂に入らなくちゃ駄目だって言ってた。一週間にいっぺんなんて、怒られちゃう」

「里実ちゃん、ここにはここの暮らしかたがあるんだわ。夕張にいたときのようにはいかんべさ」

「みんな、臭い。百合江ちゃんもあの子たちも、お母さんもお父さんも。みんな臭い。この布団も臭いし、家の中も臭い。こんなところにいたら、鼻が曲がってしまう」

そこまで言うと布団を頭の上まで引き上げ、里実は泣き始めた。百合江は自分が臭いと言われたことより、父と母が臭いと言われたことに傷ついた。この調子では思い描いた一家団欒《だんらん》など遠い夢だ。百合江は肩を震わせ身をまるくして泣いている妹の背をやさしく撫で続けた。

酒盛りは子供たちが布団に入ったあとも続いていた。百合江は母の、湯飲みの縁をなめるような酒の飲みかたがあまり好きではなかった。ヒデさんも同じような飲みかたをしていた。

「うめぇもんはちびりちびり、長くやるのがいいんだ」

その姿を見ていると、ヒデや母より、あればあるだけ豪快に喉《のど》に流し込む卯一の飲み方のほうがまだましに思えた。酒の肴《さかな》はアキアジのトバだ。まだ生乾きだが、塩をきつく揉《も》み込んでいるので大丈夫だと母が勧めている。

「んだなぁ、夕張の女将《おかみ》には泣かれた泣かれた。今さらサトを返せってのはどういう了見だって、電報がきてから俺は毎日あたられどおしでよ。んだも、弟三人もこさえて春からはユッコも奉公に出すったら、やっぱし子守《こも》りがいるべ。説得にはえらく時間がかかったんだよ。卯一さんよ、俺ぁあんたら夫婦のために自ら泥さ被ってサトを連れてきたんだよ」

「なぁに、あの芸者上がりが。男に騙《だま》されて売られたり買われたりしてるうちに身請《みうけ》されて、まんまと旅館の女将におさまっちまった。その途端、手のひら返したみたいに偉ぶりやがって」

初めて聞く叔母の来し方であった。酒が進むほどに、ヒデの恩着せがましい口ぶりが増した。卯一も明日には帰る男の言うことなので仕方ないと思っているのか、いつものようにハギにあたり散らすこともせず黙って飲んでいるようだ。

自分は来春中学を卒業したら、標茶の高校に進むのではなかったか。高校を卒業したあとは、バスガイドになると決めているし、父と母にもそう伝えてある。ふたりとも、うんうんとうなずいていたはずだ。百合江はヒデの言葉に自分の名前がでてきたところで首を傾《かし》げた。「ユッコも奉公に出す」というのはいったいどういうことだろう。

ヒデさんは何か勘違いをしているに違いない。思い描いている夢が大人たちの言葉によって曇り始めるのを、必死でふりはらった。

隣の部屋では相変わらず大人たちが酒を飲んでおり、「ママちゃん」の交友関係や里実の育てぶりがヒデさんの口を通して語られ続けている。ママちゃんは早くから女やもめであり、里実をゆくゆくは旅館の跡継ぎにしようと考えていたようだった。読み書きそろばんは当然、お茶やお花といった作法の教育にも熱心で、今ごろになって我が子同然に育てた里実を奪われることになるとは思いもしなかったようだ。

「女将はもう、あの子が跡継ぎって決めてんだも。使われてる俺らはやりづらくてしょうがないわなぁ。毎日、里実ぃ里実ぃでよ。まぁたアレもこまっしゃくれたガキでな。使用人ばみんな自分の召使いかなんかだと思ってるのよ。まぁ、これで女将も少しはしおらしくなるべから。実際、卯一さんにはありがたいと思ってんだよ、俺ぁ」

　会話にときおり母のへらへらとした笑い声が混じった。この笑いが出るころは、かなり酒が入っている。卯一は、自分はへべれけになるほど飲んでも、女房が酔っぱらうのは嫌いな男で、少しでも酔った様子を見せるとすぐに足蹴《あしげ》りが出て、ハギの体は壁まで飛んでいった。そんなとき父に頭を撫でられると、百合江は喉に石が詰まったように苦しくなった。

　百合江はどきどきしながら布団の中で大人たちの様子を窺《うかが》った。

　もらいものの酒を飲むときはハギにも一杯注がれるのだが、今日の母は二杯三杯と続けざまに飲んでいる。百合江は卯一が、酒を飲んでいるとは思えないほど静かにヒデさんの話を聞いていることが怖かった。父が静かに飲むときは、酔いが追いつかぬほどあれこれと頭を使っているときなのだった。

山犬の遠吠《とおぼ》えが二度響き、ランプがひとつふたつと消された。残りのひとつになったころ、薪《まき》ストーブのそばに敷かれた布団にヒデさんが滑り込んだ。すぐに大きな鼾《いびき》が聞こえてきた。

卯一がハギを蹴り始めた。

鈍い音がたてつづけに二度。ハギが胃の中のものを吐いた気配がした。酔っぱらうと痛みも感じないのか、母は声をたてて笑い続けた。いったい何が可笑《おか》しくて笑っているのかわからない。卯一がそんなハギを蹴り上げる理由もわからなかった。

耳を塞《ふさ》いでも布団を被っても、父が無言で母を蹴飛ばす音が聞こえてくる。泣きやんだ里実が布団の中で震えている。百合江は両手で妹の体を抱きしめた。

翌朝、ヒデさんと里実と百合江を幌馬車に乗せて、卯一が馬に鞭《むち》を打った。ゆっくりと老馬が歩き出した。里実は昨日と同じ赤いオーバーの下に紺色のセーラーワンピースを着ていた。父の馬車に乗ってすぐ、里実が訊ねた。

「ねぇ、どこへ行くの」

「ヒデさんを駅に送ったあと、小学校の転入手続きをしに行くって」

「わたし、なんで夕張に帰れないの」

赤いオーバーやカチューシャも、馬車道に落とされた馬糞《ばふん》の前では色あせて見えた。

かは細くてフランス人形のような手足も、ここではひとつも役には立たない。ヒデさんは里実を、弟たちの面倒をみさせるために連れてきたのだと言った。それが本当ならば自分は奉公に出されるのである。なんとしても真相を確かめねばならなかった。自分に何の相談もなく「奉公」など、あるわけがない。あってほしくない。幌の木箱に腰掛け馬車に揺られていると、横で里実がつぶやいた。

「こんなところに住めるわけないじゃない」

朝、里実は便所が十メートル離れた馬小屋の横にあると聞いて泣き出した。ハギは、小用は家の周りのどこでしてもいいが大きいものは便所へ行くようにと言った。母の目の周りには大きなあざができていた。

ヒデさんは駅前で馬車から降りたあと、二日酔いの青い顔で里実に手を振った。里実は狡猾《こうかつ》な男の顔をただ睨《にら》むばかりで、卯一が代わりに頭を下げた。

百合江は昨夜大人たちが話していたことが気になって仕方ない。頭の大部分を「奉公」の二文字が占めている。今にも雪を落としそうな低い空を見上げていると、まさかまさかと疑いの気持ちが打ち寄せてくる。

里実が百合江を見上げた。その目には昨日と違って庇護者《ひごしゃ》を求める気配があった。百合江は険しい顔を瞬《まばた》き数回で柔らかくもどし、微笑《ほほえ》んでみせた。何か自分たちの力の及ばないところで、ものごとが進んでいた。
百合江の胸奥は、里実の棘《とげ》のある言葉や態度がかすむほど暗い予感に包まれていた。

里実が標茶にやってきて一週間が経《た》った。里実は一切学校の話をしなかった。紺色のセーラーワンピースや黒いタイツを泥で汚して帰ってくる。勉強道具を見れば教科書は白墨で塗りつぶされている。百合江が心配したとおり、学校ではのけ者にされているようだった。今日は赤いカチューシャをなくして帰ってきた。

「サトちゃん、あのカチューシャお気に入りじゃなかったべかね。もしかして学校でなんか嫌なことされたりしてるのと違う？」

「なにも。普通にしてるよ。みんなちょっと臭いけど」

里実と同じクラスに弟がいる級友の美江《よしえ》が、それとなく百合江に忠告していた。

「ユッコぉ、お前んとこの妹、なんとかならんのか。いっつもつんつんしてんだとよ。髪引っ張られても泣かないっちゅう話だべ。なんぼ気が強いかしれんけどよ、他の子が寄ると鼻をつまむのはやりすぎだべ。あんなことやらせてたらお前までつまはじきにされるべよ。なんとか言ってやれや」

百合江と里実は夕刻になると父の馬車に乗って帰るのだが、父はいつも酒のにおいをさせていた。牛や馬、豚や鶏の世話のほとんどは母に任せきりになっている。

卒業後にどんなことが待っているのか、自分が奉公に出るというのは本当なのかどうか、確かめる機会はなかなか訪れなかった。年の瀬を前にした慌《あわ》ただしさもあるのだろうが、父も母も百合江の卒業後の話には触れなかった。

学校帰り、百合江は馬車に揺られながら里実の顔を見ていた。もう少しで二学期も終わる。月と星がうっすらと雪の積もった丘陵を照らしていた。月は稜線《りょうせん》に近いところで煌々《こうこう》と光っている。天頂にあるよりずっと大きく見えた。電気が途切れる地域から先は、月明かりだけが頼りである。百合江は里実の気持ちが少しでも温かくなるようにと、歌を歌った。『星影の小《こ》径《みち》』は学校で歌っても、先生が褒めてくれる百合江の十八番《おはこ》だ。サビの「あいらぶゆー、あいらぶゆー」の響きが好きだった。里実も百合江が歌っているときだけは黙って月を見ていた。

夜、ランプの灯りを消されるまでの時間、百合江は部屋の隅にあるリンゴ箱に板をのせた机で勉強をしていた。

「ユッコちゃん」

珍しく里実が先に話しかけてきた。最初は「百合江お姉さん」と呼んでいたが、ユッコにしようよと提案してからはそう呼ぶようになった。百合江も里実ちゃんではなくサトちゃんと呼ぶようにした。少しでも夕張のママちゃんの代わりになれば、いくらかさびしさも薄れるだろう。

「ユッコちゃん」里実の頬が強《こわ》ばっている。

「なぁに、なんかあったのかい」百合江はできる限り優しく微笑んだ。

「お母さんって、もしかして字が読めないのと違う？」

気づくと、あぁとため息をついていた。視線も里実の膝《ひざ》あたりまで下がった。黒いタイツの膝に円い穴が空いている。

「ねぇユッコちゃん、あの人、字が読めないのと違う？」

何と説明しようかと思っているあいだにも、妹の視線はきつく鋭く変化している。棘のある眼差《まなざ》しだった。

「駄目かねぇ。字が読めなかったら」

自分の言葉に、百合江自身が傷ついていた。ハギが文盲であることは、幼いころに気づいていた。ただ、家族のなかでそのことが話題になることはいっぺんもなかった。読み書きが必要な場面では卯一が何とかしてくれたし、自分も学校へ行くようになってから、読み書きだけはがんばった。学校からのお便りは読んで伝えた。それで充分間に合っていた。里実の言葉には容赦がなかった。

「駄目っていうより、そんな人がわたしのお母さんってことが信じられないし許せない」

「必要なことはわたしが伝えるから。言ってることがわかんない人じゃないんだよ。今まで字を読んだり書いたりする機会がなかったの。それだけなんだわ」

「学校へ行ってないってことでしょう、それって」

「秋田で生まれたって聞いてる。お父さんと大恋愛して、北海道にきたんだって」

大人たちがよく言っていた「駆け落ち」という言葉を使うのは避けた。大恋愛と言ってはみるものの、父と母の現在の様子を見ていると、その道行きがどんなものだったのかを想像することはできなかった。百合江の説明を聞いて、里実は鼻で笑った。

「字も読めないのに、大恋愛だって。馬鹿《ばか》じゃないの。ママちゃんの言ってたとおりだ。標茶なんかに行ったら、がっかりするだけだって。こんなことになるなら、しっかり養子手続きをさせておくんだったって」

「お母さんは、字は読めないけど馬鹿じゃないよ。サトちゃんが思うよりずっと優しい人だよ」

母をとりわけ優しい女だと思ったことはなかったが、弁護しているうちにそのように思えてくるから不思議だった。里実の頬は強ばったままだ。本を読むのが好きだとは聞いていたが、大恋愛などという言葉をすぐに理解できるほどませているとは思わなかった。教室で里実だけがぽっかり浮いてる、という同級生の言葉も納得できた。この痛々しいほど気の強い妹を見ていると、夕張のママちゃんにどんな風に育てられたかが見えてくる。旅館の跡取りとして厳しく大切に育てたことが、まさか親元へ返すことですべて仇《あだ》になるとは思わなかったろう。

「明日から、私のお下がりを着て学校に行きなさい。あんまりみんなと違う格好してると、いいことないから」

卯一が子供たちの近くにあるランプを消す際、机代わりに使っているリンゴ箱の上を見て言った。

「ユッコよ、さっきからなにさやってんだお前」

「受験勉強だけど」

卯一はケッと鼻を鳴らし「貧乏人の娘が、なぁに受験勉強だってよ」と吐き捨てた。父親と目を合わせようとしない里実や、なかなか里実になつかない弟たちのことも気がかりだったが、何より春からの自分がどこにいるのか見当のつかないことが、底のない不安となって体中に広がっていた。

卯一の酒量は増え続けていた。酒は卯一をひどく乱暴な男に変えてしまう。以前は百合江が一曲歌えば元に戻っていた機嫌も、一度損ねてしまうとまったくおさまる気配がなくなった。卯一の振る舞いを聞きつけ、地区班長が説教をしにくることも多くなっていた。百合江の不安がいよいよ本物となったのは、雪に閉ざされた年の暮れだった。晦日《みそか》とはいえ、人なみに正月を祝えるほど生活は豊かではない。土間には昼間に父がつぶした年老いた鶏が羽を抜かれて置いてあった。明日はその鶏を出汁《だし》にして、ハギが打った年越し蕎麦《そば》を食べるのだ。

鶏の首を落とす際、卯一は里実を鶏小屋の近くに呼んだ。嫌な予感がして、百合江も里実の手を取り、一緒に小屋に向かった。押さえつけられた老いた鶏が、自分の最《さい》期《ご》を予期してでもいるように嗄《しゃが》れた声で鳴いていた。卯一はふたりの娘を見て笑った。

「いいか、ここで暮らすにはお前らみたいなええふりこきは、いつかこいつみたいになるんだぞ。よく見とけや」

そう言うと卯一は薪割り用の丸太の上で、ナタを片手に鶏の首をはねた。首をなくした鶏が家に向かって走り出したのを見て、里実が気を失った。鶏の首から吹き出た血が、一直線に雪を染めていた。百合江は血の痕《あと》をたどりながら妹の体を担《かつ》いで歩いた。背後で卯一が「どいつもこいつも馬鹿野郎だ」と怒鳴った。

意識の戻った里実が、頭まで布団《ふとん》を被《かぶ》り泣き始めた。百合江は薄い掛け布団の上から妹の背を撫《な》でることしかできなかった。酒瓶を板の間に打ち付けるように置いて、卯一が言った。

「ユッコ、お前卒業したら駅前の薬屋さ奉公に出ろや。夏からずっと声かけてもらってたんだ。お前も牛や馬の世話するより、いいもん着て薬屋の店先に立ったほうがいいべ」

　このときばかりは百合江も里実と共に布団を被って泣きたくなった。まさかと思っていたことがとうとう現実になろうとしている。人手も金も足りないことはわかっている。それでも、生まれて初めてのわがままを言うならば今をおいてほかにはなかった。

「わたし、高校に進みたい。全日制が駄目なら夜学でも構わないんだ。昼間は薬屋で働いて、夜は高校に通わせて。頼むから」

「高校さ行って、何になるつもりよ」

「父さん、いっつもわたしの歌褒めてくれたでしょう。歌を歌いたいの。ずっとバスガイドになりたいと思ってたんだ」

　標茶からはまだ何人も採用になっていない、花形職業だ。夜学に通う金は自分でなんとかするので、せめて試験だけは受けさせてほしいと頭を下げた。卯一が持っていた湯飲みを壁に投げつけ、リンゴ箱にかかとを落とした。教科書は破れ、勉強机は簡単にばらばらになった。

思い描いていた夢が湯飲みの破片とともに散らばると、猛烈なかなしみがあふれだした。

「高校はあきらめるから、お願いだから釧路のバス会社の試験を受けさせて」

「馬鹿言うなや。中卒の娘っこひとりで釧路なんかに出て、何ができるってや」

「ちゃんと稼いで、家にも仕送りするから。真面目《まじめ》に働くから」

「だから、真面目に働いたところで女郎にでもならない限り、十五や十六の娘っこの稼ぎなんかうちじゃあ塀の突っ張りにもならんて言ってるべ。なに寝ぼけてやがる」

一升瓶の酒をがぶりと飲んで、卯一は再び「どいつもこいつも馬鹿野郎だ」と怒鳴った。三人の弟たちも父が家にいるときはひとことも話さなくなっていた。ハギがこちらに背を向けたまま、黙々と鶏をさばいていた。

里実の背を覆《おお》う掛け布団が震えている。百合江は絶望的な気持ちで、薪ストーブの横で胡座《あぐら》をかく卯一と、このやりとりを拒絶しているハギの背中を見比べた。

翌年四月、百合江は駅前にある龍天堂薬局に、住み込みで働き始めた。子供のいない四十過ぎの夫婦が開いた店だった。百合江に与えられた部屋は玄関脇《わき》の三畳間で、押し入れがないため、畳んだ布団が部屋の半分を占めていた。それでも、自分の部屋など与えられたことのない百合江にとって、ひとりきりになる場所があるのはとても贅沢《ぜいたく》なことに思えた。

おかみさんは百合江より頭ひとつぶん背が高く、いつも化粧品のにおいをさせていた。それだけでハギや自分とはまったく違う種類の女に思えたし、商店街では最も華やかな存在だった。

夕食の支度を手伝っている際おかみさんが、みそ汁を作る手を止めて言った。

「そういやあんた、お父ちゃんの借金の額知ってる?」

「借金ってなんのですか」

「酒代に決まってるでしょう。うちのひとが酒場でしょっちゅう会うもんで、なんぼか都合してたんだと。十円が百円、百円が千円で、今はもう五千円になってるんだって。返ってくるわけない金、なんで貸すのかよくわかんないよ、うちだって楽なわけじゃあないのにさ。そしたらほれ、あんたを奉公に寄こす話がまとまってんのさ。あたし抜きで」

美しいおかみさんが片眉《かたまゆ》を上げると、ひどく品のない顔になった。同じく奉公に出た同級生より低い賃金の理由が父の借金のせいだと知って、百合江はようやく合点がいった。

　みそ汁の味見をしながら、一年で帳消しになるようにしてあるんだ、とおかみさんは言った。知らされた事実は、数日のあいだ百合江から笑い顔を奪った。

　勤めだして二日目からは彼女の頭のカーラーを巻くことも百合江の仕事になった。店番のほかに、掃除、食器洗い、食材の買いだしと、一日にひとつずつ仕事が増えていった。店主は百合江がひとつ用事を言いつけられるたびに、おかみさんに見えないところで近づいてきて、膝を折って目線を同じ高さにしては「ユッコちゃんは働き者だねぇ」と囁《ささや》いて去っていく。大柄な店主の視線が顔から胸や腕のあたりに注がれると、ひどく薄気味悪かった。

　ひと月もするころにはなんとかひとりで接客もできるようになった。

唯一《ゆいいつ》のなぐさめは、ときどき里実が学校帰りに店に寄ってくれることだった。百合江が中学を卒業してからの卯一はますます酒の量が増えており、送り迎えに馬車を出すこともなくなっていた。里実は三里の道を歩いて通学しているのだと言った。百合江の心配は秋からの夜道であった。

「サトちゃん、夏が終わるまでに懐中電灯を買っておいてあげるからね」

妹にときどき飴玉《あめだま》を買ってやるくらいの賃金はあった。飴玉やビスケット以上となると少し時間がかかる。家を出る際、荷物の整理をしていて見つけた手紙のことは胸にしまってあった。里実は隠れて夕張の「ママちゃん」に手紙を書いていた。小物入れに使っていた半斗《はんと》缶にあった書きかけを見つけ、悪いと思いつつ読んでしまった。

杉山の家のあることやないことが、ひどく大げさに綴《つづ》ってあった。

薄いえんぴつで書かれた手紙は、「不衛生」「虱《しらみ》」という文字までが綴り方のお手本みたいに美しかった。みごとな楷書《かいしょ》で「母も父も自分をこき使い、姉はひどい底意地の悪い女だ」というようなことが綿々と書かれてある。早く迎えにきてくれ、という言葉が何度も何度も挟み込まれていた。里実もこの現実から逃れるために一生懸命なのだろう。妹の嘘《うそ》を咎《とが》める気になれなかった。ただ、里実の中では少しの嘘もないかもしれぬと思うと怖かった。着替えの中に、切手をたくさん入れた封筒があった。ママちゃんがこれで手紙を送ってくれるようにと持たせたものに違いなかった。

里実が何通夕張に手紙を出したのかはわからないが、百合江が知る限り、里実宛《あ》てに返事がきている様子はなかった。

五月も半ばになると沿道の木々も芽吹き始めた。駅前にはバスガイドを乗せたバスが停まっている。昼時に店の前の掃き掃除をしていると、紺色の制服に制帽姿のガイドが笛を吹きながらバスの誘導をしている姿が目に入った。箒《ほうき》を持つ手を止め、しばらくのあいだ彼女たちの動きに見入った。

　夏祭りが近づいた七月のはじめ、このままでは暑い盛りに着るものがないことに気づいた。百合江は台所仕事を終えたあと、三日がかりで浴衣《ゆかた》をほどいてワンピースを縫った。浴衣は中学の授業で縫ったものだ。白地に金魚の模様が鮮やかだった。反物は母が夕張を出る際に餞別《せんべつ》代わりにもらったものだった。

　三軒向こうの洋品店でファスナーを買い、何とか背中開きのワンピースができあがった。袖《そで》は裁断とまつり縫いだけで袖付けの手間がかからないフレンチスリーブにしてある。仕上がってから二日後、気温が上がりそうな気がして初めてワンピースを着て店に出た。「あら、ずいぶんモダンねぇ」と言ったのはおかみさんで、店主は何ということはないような素振りだった。

　初めてワンピースを着た翌日の夜、商店街婦人部の寄り合いがあるということでおかみさんが家を留守にした。早々に家事から解放された百合江は、与えられた三畳間に戻り、実家から持ってきた小間物《こまもの》を入れる半斗缶の整理をしていた。友人と揃《そろ》いで作った匂《にお》い袋や、裁縫道具、宝塚歌劇団スターのブロマイド。ハンカチや手鏡、セルロイドの櫛《くし》。高価なものはひとつもなかったけれど、この缶の蓋《ふた》を開けているときだけは休息を実感できた。

店主が部屋の前で百合江の名を呼んだ。仕切りはただの襖《ふすま》であるし、それも建て付けが悪いせいで上のほうには一センチほど隙間《すきま》ができる。着替えは朝でも夜でも、店主が近くに居ないのを確かめてからする癖がついていた。

「ユッコちゃん、ちょっといいかい」

「何でしょうか」

店主が襖を半分開け大きな体を斜めにして部屋に滑り込んできた。百合江は缶を手にしたまま立ち上がった。

「なにをそんなに警戒してんだよう」

酒場で一杯ひっかけてきたのか顔が赤かった。粘つくような瞳《ひとみ》で店主が言った。

「なんもしないよう。ちょっとお給料のことで話し合おうと思ってただけなんだから」

「お給料」

つぶやいた際に警戒が薄れた。店主が抱きついてきたのはそのときだった。百合江の手から缶が飛んだ。暴れる百合江に馬乗りになり、肩を強く押さえつけて店主が言った。

「暴れちゃだめだ。暴れると痛いんだよ。楽にして、楽にしてればすぐ終わるから」

「これでお父さんの借金、帳消しになるからね。誰にも言うんじゃないよ」

ことが終わると、店主はそう言ってそそくさと部屋から出て行った。百合江は三畳の部屋に散らばった服や下着をかき集め、声を殺して泣いた。父がこんなことを承知するはずがない。思う気持ちの片隅に、借金の帳消しという言葉が繰り返し響いた。

明り取りの窓の向こうを、女たちが甲高い声を重ねながら通りすぎた。部屋の隅に転がっていた目覚まし時計を手に取った。そろそろおかみさんが戻るころだった。それにしても、と百合江は裸電球で照らされた部屋をぐるりと見回してみた。一時間近く泣いたことなど生まれて初めてのことだ。深呼吸を一度した。下腹の痛みが一度胸まで強く押し寄せ、ほんの少し軽くなった。

深く息を吸って、吐いて、吸って吐いて。痛みが薄れるにしたがって、貧相な胸に食い込んだ店主の指が思い出された。そっと胸に触れてみた。百合江に出されるのは毎日牛乳で煮込んだお粥《かゆ》とみそ汁、梅干し。栄養とはほど遠い食事だった。なのに、がりがりの子供のようだった体が確実に女に近づいている。

三度目の深呼吸をするころには泣いていた理由も薄れた。こんなことは自分ひとりの胸に納めておけばいい。

「なんだ、あんなもの突っ込みやがって――」

もう一度口に出してみる。

「なんだ、あんなもの」

ふん、と里実を真似《まね》て鼻を鳴らした。蓮《はす》っ葉《ぱ》につぶやくと自然に顔が横を向いた。店主が残していったにおいを追い出すため、窓を開けた。下側を外に押し出すかたちの、滑り出し窓だ。七月の夜気が部屋に満ちた。

翌日から店主は百合江を避けるようになった。おかみさんと化粧品の棚のことで話しているあいだ、物陰からこちらを見たりもしているのだが、今までのように百合江のそばに寄ってくることはなくなった。逆に百合江はご飯どきも仕事のあいだも、自分からおかみさんに話しかけるようになった。そうなるとおかみさんのほうも悪い気はしないようで、何かにつけユッコちゃんユッコちゃんとなる。百合江がおかみさんとべったりになってから三日もすると、あきらかに店主の様子が変わった。おかみさんと百合江がふたりでいると、大声で妻の名前を呼ぶのだった。

「おぉい、ちょっと、あれどこにやった」

「あれってなによ」

「あれだよ、ちょっとこっちにきてくれ」

「最近、どうでもいいことですぐ呼びつけるのよねぇ。勘弁してほしいわ」

いくら呼んでもおかみさんが動かないときは、店や台所を覗《のぞ》きにくる。告げ口されるのが怖いのかもしれない。そう思った百合江は、廊下でばったり店主とはち合わせした際、両脚を踏ん張り腹に力を込めて言った。

「今度わたしの部屋に入ったら、おかみさんにあのこと言います。クビにするならしてくれていいですから」

百合江はその夜、店主の萎《しぼ》みきって情けない顔を思いだして布団の中で笑った。笑っているのに目からはぼろぼろと涙が出て止まらなかった。

「ユッコちゃん、これあげる」

お祭りの日、おかみさんが百合江の手に使いかけの口紅を一本握らせた。今日は店番も早上がりで、同級生の美江と祭り見物に行く約束をしている。

おかみさんがくれたのは、銀色のケースに入った、筒の下を回すと出てくる最新のリップスティックだった。入荷してからまだ一本しか売れていない高級品だ。

「これ、使ってみたんだけど私には若すぎるみたいなのさ。あんためんこいから、あげる。今日は友だちとお祭りに行くんでしょう。つけて行ったらいいよ」

百合江はにっこりと店番用の笑顔を作り、深々と頭を下げた。

紺色の制服を着て笛を吹くバスガイドの姿を思い浮かべた。はつらつと、明るく、凛《りん》としていればいいのだ。そう自分に言い聞かせた。

祭りの夜は薬屋も一時間早く店仕舞いする。百合江は同級生の美江と連れだって、宵宮と町民会館の歌芝居見物に行くつもりだった。東京から本物の歌手がくるというので町中が大騒ぎしている。百合江はおかみさんにもらったリップスティックを薄めに塗り、手鏡の中の顔を見た。唇がほんのりと薄桃色に染まっている。窓から差し込む西日に照らされ、頬も眼もみな光って見えた。なにやら化粧品のポスターで微笑《ほほえ》む女優にひけを取らないような心持ちになってくる。

待ち合わせ場所の駅前へ行くと、米屋に奉公にでた美江が両手を振って近づいてきた。美江は金魚模様のワンピースに薄い口紅をつけた百合江を見て、おかっぱ頭を左右に振って「すごいすごい」と驚いている。

「何がすごいって」

「ユッコ、なんか別人みたいでねぇか。あか抜けたんでねぇべか。そのワンピース、去年一緒に縫った浴衣だべ。裁縫は誰より得意だったもんなぁお前」

親がものすごいズーズー弁なので、美江も気を抜くとひどいことになる。里実が小学校でいじめられていると耳打ちしてくれたのも美江だった。別人のようだと言われて悪い気はしなかった。百合江は美江とふたり、飴細工の店の前でしばらく足を止めたあと、呼び込みの声がひときわ大きく響く町民会館へと向かった。

「なぁ、三津橋道夫《みつはしみちお》ってどんだけいい男なんだべ。前の席、もう空いてないべか。ユッコ、もしあったらささっと行って座るべな」

町民会館にはびっしりと人が詰め込まれていた。板の間に敷かれた花ござの継ぎ目も見えない数の人間が、舞台の幕が上がるのを待っている。ざっと見ても百人ではきかないほどの頭が並んでいた。入口まで溢《あふ》れかえりそうな人の膝先《ひざさき》を縫って、美江が前に進んでゆく。百合江はワンピースの裾《すそ》を気にしながら美江の後を追った。

「美江、ちょっと待って」

百合江の足もとで、ボロ雑巾《ぞうきん》のようなシャツを着た少年が、帽子の縫い目に並ぶ虱を一匹一匹潰《つぶ》していた。先へ進むのを躊躇《ちゅうちょ》していると、少年が百合江を見上げた。いちばん上の弟、治と同じくらいの年格好だった。急いで目を逸《そ》らした。

一列でも前へ進もうとする美江の腕を摑《つか》んだ。百合江は壁際《かべぎわ》にあった荷物を退《ど》けてもらい、美江から少し離れたところに座った。場内が暗くなり、円いライトが幕の真ん中を照らし出した。お囃子《はやし》が鳴り響き、幕が上がる。右が吊《つ》れたり左が吊れたり、いかにも素人《しろうと》が裏方を任されているというぎこちなさだが、客席は拍手で割れそうだ。町長の長い挨拶《あいさつ》にうんざりした町民が叫ぶ。ひどいだみ声。酒が入っている。父や店主も会場にいるかもしれないと思うと、落ち着かなかった。

「はやく三津橋道夫を出せ」

だみ声に誘われて、あちこちから野次がとんだ。美江も叫んでいる。誰も三津橋道夫を見たことがないし、ラジオでも歌を聴いたことがない。それでも「銀座が生んだ希代のスター」というポスターの文字を信じているので、期待は会場の人数分だけ膨れあがっていた。

町長が頭を掻《か》きながら舞台から降りると、すぐに赤い蝶《ちょう》ネクタイの司会者が現れた。

「標茶町のみなさま、お待たせいたしました。これより三津橋道夫劇団の舞台が始まります。どうぞ盛大な拍手で、東京銀座が生んだ希代の大スター三津橋道夫先生をお迎えください」

円いライトが舞台の袖へ移動し、鮮やかな黄色い着流し姿の男をつれて舞台中央に戻った。会場は再び拍手に包まれた。お囃子が鳴り響いた。目張りをくっきりと描き白い化粧をした三津橋道夫が、民謡を二曲続けて歌った。百合江も手のひらが熱を持つほど懸命に手拍子を打った。いつの間にか一緒に口ずさんでいた。

生まれて初めて観《み》る踊りと歌芝居の世界は、貧乏や屈辱、百合江を取り巻くどうにもならないことのすべてを覆《おお》っていった。あいだに短い芝居を挟んで五曲歌ったあと、三津橋道夫が背筋を伸ばし舞台袖に消えた。看板役者が衣装替えをしているあいだの場つなぎで歌う女歌手を見て、百合江の鼓動が更に大きくなった。

女歌手の名前は「一条鶴子《いちじょうつるこ》」といった。金髪の洋かつらに真っ赤なドレスを着ている。町民会館の舞台に赤い薔薇《ばら》が咲いたように見えた。

女が歌っているのは薬屋のラジオで毎日のように流れている『テネシー・ワルツ』だった。英語の歌詞の意味はわからないけれど、一条鶴子の歌声を聴いているとわけもなく涙がでてくる。ラジオとは、音の響きがまるで違った。これだけの人間が自分の歌に聞き入っているというのは、いったいどんな気持ちだろう。百合江は人前で堂々と歌い上げる女の姿に目を奪われた。気づくと両手両脚が寒くもないのに震えていた。

「いやあユッコ、やっぱり道夫はいい男だったねぇ。女みたいな化粧してなよなよしてっけど、刀さばきも格好よかった。やっぱり東京銀座が生んだ希代の大スターは違うなぁ」

ぞろぞろと会館を後にする人波に流されながら、美江が大声で話しかけてくる。美江はスピーカーのそばにいたせいか耳がどうにかなってしまったようだ。

人波が縁日と酒場に散り、前へ進むのが楽になった。美江が何を話しかけても「うん」とか「そう」としか返事をしない百合江に不満を言った。

「ユッコ、さっきからなぁに黙り込んでるんだ。せっかく楽しい歌芝居見たあとだっちゅうのに。そんな暗い顔してたらこっちが面白くないべ」

百合江もそのときだけは美江の顔を見た。

「美江、あの歌芝居すごく面白かったよね」

「だから、なんべん言わせるって。面白かったんだらもっと楽しそうな顔すれや」

頬が持ち上がるのがわかった。美江が不思議そうな顔で百合江を見ている。人の流れもまばらになった十字路で、百合江が言った。

「わたし会館に忘れ物してきた。ごめん、今日は先に帰ってて。すごく楽しかった。ありがとう」

美江に手を振り、会館へ向かって走った。

「そんであんた、歌手になりたいって、本気で言ってんの」

舞台化粧のまま頭にぐるりと羽二重《はぶたえ》を巻いた一条鶴子が、窓から煙草《たばこ》の灰を落としながら言った。何とか楽屋へ紛れ込もうとしたが、入口で商店街の係と問答になったところ、便所から出てきた彼女と会えたのだった。浴衣の肩にひっかけた赤い羽織の背中と胸に、「一条鶴子」の文字が斜めに染め抜いてある。百合江は腰を深く折り、必死で訴えた。

「お願いします。何でもしますから、歌を教えてください」

「何でもしたからって、覚えられるもんじゃあないよ」

「弟子にしてほしいんです。お願いします」

頭を上げて、今度は鶴子の目に向かってつよく言った。

舞台下からは若い女のように見えたが、鶴子の目尻《めじり》や口元には細かい皺《しわ》がたくさん寄っていた。歌声と話し声には大きな差があり、あれほど高い声が出た唇からは野次のだみ声に似た音が飛び出してくる。窓のレールで煙草をもみ消し、鶴子が百合江の年を訊《たず》ねた。

「二十歳です」

「はたち？　そりゃサバのよみすぎだろうさ。せいぜい十五か十六ってところだろ。親は？」

「いません」

「親がいないってことは死んでも骨を拾ってくれる人間がいないってことだよ。あんた、何か勘違いしてるよ。三津橋道夫劇団なんて偉そうな看板提げて地方じゃ先生ヅラしてるけど、うちらはみんな大舞台にゃ遠い、ドサまわりの旅芸人なんだ。レコード一枚出しただけで鳴かず飛ばずの歌手を看板にして、全国のお祭りで野次飛ばされながら歌ってても、一流歌手でございって顔して笑わなきゃならない。あんた、銀座がどこにあるか、知ってるのかい？　舞台に飛んできたおひねりを開いたら舐《な》めかけの飴玉《あめだま》ひとつってこともあるんだよ。そんな毎日、田舎の小娘に耐えられるかね」

最後の言葉を放つとき、鶴子の唇が片側にぐいと持ち上がった。鬢《びん》付け油のにおいで息苦しくなる。百合江は張りのない肌を真っ白い化粧で覆いながら歌う一条鶴子の弟子になることで、頭がいっぱいだった。

「やらせてみてください。何でもやります。歌を教えてください。お願いします。弟子にしてください」

楽屋の扉が開いて、鶴子より更に不健康そうな顔色の小男が歩いてくるのが見えた。浴衣を着ているが、子供くらいの身長しかない。

「鶴子ちゃん、どしたの。早く一杯ひっかけに行こうよ」

化粧を落とした三津橋道夫だった。舞台に立っていたときはこんな小男だとは思わなかった。驚く百合江を見て、鶴子がけらけらと笑った。

「道夫ちゃん、この子歌手になりたいんだってさ」

三津橋道夫は百合江の頭の先から足の先まで眺めまわしたあと、張りのある声で言った。

「いいんじゃないの？　舞台映えする顔だよ、これは。鶴子ちゃんも付き人欲しがってたじゃない。こんなところで問答してないで、荷物まとめてさっさといらっしゃいよ」

道夫は鶴子の肩をぽんぽんと叩《たた》き、再び楽屋へ消えた。鶴子が大きなため息をひとつ吐き、羽織の袖《そで》からショートピースを取り出し一本くわえる。しばらくのあいだ窓の外を見て、風が起きそうなくらい長いつけまつげを上下させた。

「明日、昼にもう一回演《や》ってからここを出て行くの。トラック二台、一座は全部で九人。明後日《あさって》は釧路のお祭り会場だって。その次は雄別《ゆうべつ》、その次は留萌《るもい》。どれも炭鉱か漁師町だ。お祭り会場の掘っ立て小屋で寝起きして、掘っ立て小屋もないときはトラックで寝る。冬場は南へ行くの、北は寒いからね。夕方の四時には出発するから、ひと晩寝て気持ちが変わらなかったら荷台に乗りな」

鶴子はそれだけ言うと、回れ右をして楽屋へ歩き出した。なで肩に、少し崩れた腰回りがひどく艶《つや》っぽく見えた。楽屋の戸に手を掛けた鶴子に向かって叫んだ。

「必ずきます。よろしくお願いします」

会館を飛び出した。もう、誰のどんな言葉も耳に入らない。決めた。一条鶴子の弟子になる。夜こっそり、荷物をまとめた。一反風呂敷《ふろしき》ひとつだった。

翌日も町は祭りで賑《にぎ》わっていた。午後三時、百合江は店にでてきた店主とおかみさんに向かってしっかりと腰を折った。

「旦那《だんな》さん、おかみさん、短いあいだでしたけれど大変お世話になりました。今日でお暇《いとま》させてください」

おかみさんもこれにはしばらく言葉がなかった。百合江はにっこりと微笑み、本当にありがとうございましたと繰り返した。店主は黙り込んだがおかみさんはキリキリと声を荒らげた。

「あんた、そんな馬鹿《ばか》な話があるかい。あんなに可愛《かわい》がってやったのに。あ、あの口紅だっていくらすると思ってんだ。お父ちゃんの借金はどうするのさ。一年かけて天引きする約束じゃないか。利息もつけないで雇ってやってるのに、人の気もしらないで、この恩知らず」

百合江は恩知らずという言葉に胸が痛んだが、昨夜から用意していた言葉を言うのは今しかない。ポケットに入っていたリップスティックをショーケースの上に置いた。おかみさんは再び「この恩知らずが」と言って、それを床にたたきつけた。

「父の借金は、旦那さんに帳消しにしていただいてます。このあいだおかみさんが婦人会でお出かけのときに」

おかみさんの目が見たこともないほどつり上がった。店主は哀れなほど情けない表情になり、そのままそろそろと店から出て行った。おかみさんは床に転がったリップスティックを踏みつけ、ショーケースの上に飾ってあった化粧見本を両手で持ち上げると、それを薬の陳列棚に向かって投げつけた。

百合江は半斗缶とわずかな着替えを入れた風呂敷包みをひとつ背負い薬屋を出た。西日に背中を押され、町民会館へ急ぐ。唯一《ゆいいつ》の心残りは里実に何も告げずに町を出ることだったが、それでも足取りは軽かった。

＊　＊　＊

百合江が運ばれたのは高台にある市民病院だった。内臓のほとんどが働いていないという診断が下りた。

「高齢化社会なんて言われている現代で、まだ七十半ばのかたに老衰なんていう言葉を使うのは大変不本意なんですが」

月曜日以降、詳しく調べますと担当医が言った。百合江の枕元《まくらもと》で、里実が丸椅子《まるいす》に座っていた。妹の里実とたった四つしかはなれていないことが冗談に思えるほど、横たわった百合江は老いて見えた。小夜子は数分のあいだ、欲をそぎ落とした百合江の姿を見ていた。幸福そうな寝顔に思えるのだが、里実にはそう見えないらしかった。

「老衰だなんて。なにが悲しくて病院にも行かないで、あんなところでひとりで寝てたんだか。姉さんは本当に最後まで手前勝手だ」

病室の照明は、つぶやく里実の肌まで不健康に見せた。対照的なふたりの姿を目にしているのに、受ける印象は驚くほど似ていた。老いてから何年ものあいだ仲たがいができるのも、お互いの存在が大きなものだったことに気づけるのも、ふたりが血の繋《つな》がった姉妹だからなのだろう。いつかまた関係が修復できるという無意識の甘えに支えられ、姉妹はいつまでも姉妹だった。小夜子は、この強情な妹のことを百合江は長いこと許し続けていたのではないかと思った。

百合江の手にはまだ黒い位牌《いはい》が握られていた。病棟の端にある狭い個室だった。小夜子は母の横顔に向かって、明日の始発で札幌から理恵がやってくることを告げた。

「理恵は何だって」

「お世話かけます、って」

「それだけかい」

小夜子は黙った。里実は鼻から勢いよく息を吐き出した。感情のありようが、里実の場合まっすぐでわかりやすい。その点、百合江はよくわからない人だったな、と思う。

理恵には病院のロビーから連絡した。

「今すぐどうっていうことじゃないのなら、今夜はある程度の支度をして明日の始発で行く。今回はちょっと長くいるかもしれないな。いろいろごめんね」

どうして、と訊ねた。理恵は小夜子の質問の意味がわかっていないようだった。どうして急に母親の百合江と連絡を取ろうと思ったのか、再度訊ねた。理恵が百合江に電話をかけたり連絡を取ろうとしたのは、小夜子が知る限りこの数年なかったことだった。釧路を出てゆく前から、母と娘のあいだに根深い心の食い違いがあったことは知っている。

「どうしてって言われても。なんとなくとしか答えられない。急に気になりだしたっていうか。虫の知らせっていうのかな。今まであんまり信じてなかったけど」

理恵の答えは周囲を納得させるには充分な言葉であったけれど、小夜子まで丸め込めるほどのつよさを持っていなかった。

夜中に鶴田からメールが入っていた。週末は従姉妹《いとこ》がくるので会えないという連絡への返信だった。鶴田のメールはいつも簡潔だ。『わかった。またそのうちに』。それ以上の内容を望んだことはなかった。妊娠は六週目に入っていた。ひとつの「命」と意識してしまうと、急に携帯電話が重く感じられた。

翌日が土曜で助かった。理恵は午前七時三分発の列車に乗ったということだった。

『十時五十一分釧路着。忙しいのにゴメン』

朝は理恵のメールに起こされた。到着時刻の三分前あたりから、改札口付近に出迎えの人間が集まってきた。駐車場が見つからなかったときのことを考え、少し早めに部屋を出た。駅横の駐車場が空いていたのでそちらに停めたのだが、おかげで十分以上、改札前で待つことになった。待っているあいだは、改札口の前にあるポスターだらけの柱に背中をもたせかけ、すっかりさびれた駅前の景色を眺めて過ごした。

高校時代に理恵との待ち合わせに使った駅前デパートは格安がうたい文句のビジネスホテルに変わっていた。ビル地下にあった、一本三百五十円の映画館も、駅前喫茶も角の本屋もドーナツショップも何もない。近年は海霧も少なくなった。

九月の空ばかりが、景気よく青かった。

理恵も自分も、高校には友だちらしい友だちがいなかった。理恵は高台にある女子高へ、小夜子は家からいちばん近い高校へ進んだ。学力にさほどの差はなかったのだから、いっそ同じ高校へ通えば良かったと話していたのも、遠い昔だ。

従姉妹同士の会話は、親の愚痴、教師への不満に始まり、チョコレートパフェを食べるころには必ず笑い話で締めくくられた。あの時代がなかったら今ごろこうして理恵の到着を待っていることもなかっただろう。

ホームに特急スーパーおおぞらの車体が滑り込んでくる。二、三十人あった人待ちの波が、同じ速度で一歩二歩と前に出た。列車が止まる音。ざわつく駅の構内。小夜子も柱から背中をはなして、改札口へと視線を移した。

髪を短く切った理恵が、片手で大型のトランクを転がしながら歩いてきた。耳にはピアスが、鎖骨のあたりには銀色のチェーンが光っていた。もともと色白のきつい顔立ちが、化粧のせいで余計に柔らかさを遠ざけていた。細かいゼブラプリントのスリムパンツに黒いカシュクールを合わせている。ひと目を引くに充分な派手さだ。

小夜子といえば普段どおりベージュのストレッチパンツにユニクロのTシャツとパーカーという姿。髪は仕事の際に邪魔にならぬよう後ろで結わえているうちに、それが定番となってしまった。背格好はほとんど変わらないが、おそらくふたりから受ける印象は正反対だろう。

小夜子は車のキーをバッグのポケットから取り出し、小さく手を振った。理恵も手を振りながら近づいてきた。

「久し振りだし、昼は泉屋のスパカツかな」

開口一番、理恵はそう言って笑った。フライパン型の鉄板に盛られたスパゲティ・ミートソースの上に、ぶ厚いトンカツがのっているのが名物の「スパカツ」。

高校時代はスパカツの大盛りを食べたあと、繁華街の一角にあるちいさなまんじゅう屋で肉まんとあんまんと串団子を食べ、デパートをぶらついて腹ごなしが終わると川岸にあった喫茶店「伯爵《はくしゃく》」でチョコレートパフェを食べた。それが自分たちにとって、いちばん贅沢《ぜいたく》なコースだった。もうあんなに食べられないし、懐《なつ》かしいお店はほとんどが閉店してしまった。

並んで駐車場へと向かう理恵の横顔に、母親の死期が近づいている悲愴さはなかった。

「私たち最後に会ったのはいつだったっけ」

「理恵が結婚するちょっと前に電話で、しばらく会ってないっていう話をしたのは覚えてるけど」

「それじゃあ十年近く経《た》ってるのかな」

十年という数字には心当たりがある。理恵とは鶴田とつき合っていたころ、頻繁にメールのやりとりをしていた。携帯電話を持ち始めたのもあのころだった。覚えたばかりの携帯メールは、暇に飽かせたつまらない内容だった気がする。鶴田と別れたころから少し間があいて、理恵が小説を書き始めたことを知り、結婚へと話題が移り変わった。ここ数年は理恵のほうからメールを寄こすことが多くなっている。

鶴田とよりが戻ったことは伝えていなかった。孫がいる同級生の話は聞くけれど、今妊娠している同年代は皆無だ。小夜子の状況を知ったら、理恵は何と言うだろう。

「ちょっと、駅前にこんな大きなホテルあったっけ」

「北大通《きたおおどおり》はビジネスホテルと銀行とシャッターばかりだよ。駅前なんてどこの街も同じでしょうたぶん」

　小夜子が軽四輪のハッチを開けると、理恵は重そうな紫色のトランクを積み込んだ。自分のラッキーカラーだという。悪目立ちする色だ。助手席のシートベルトを締めながら理恵が言った。

「たまには小夜子も札幌に出てくればいいのに」

　小夜子は応《こた》えず、駐車券を出口の機械に差し込んだ。「一〇〇円」の表示。車のメーター横にある小銭用のボックスから百円玉をつまみ、投入口に入れた。黄色いバーが空に向かって上がった。バーと同じ速度で空を見上げた。景気よく青い空から助手席に視線を移すと、理恵もまた同じようにフロントガラスに身を乗り出し、空を見上げていた。

　病室の前に立った理恵が引き戸に手をかけ、深呼吸を二度した。緊張した面持ちの従姉妹の横で、小夜子も呼吸を整える。里実がきているはずだった。理恵が到着する時刻は伝えてある。昨夜、実家に送るまでのあいだにちいさな諍《いさか》いがあった。

「理恵にはちょっと話があるから、着くころ私も病室に行ってるわ」

「頼むから、病室で面倒なこと言い出さないでちょうだい」

「面倒なことって、いったいなに。実の母親を何年も放っておいて、自分で様子を見にくるならいざ知らず、電話一本で私らに頼むような子だよ。ひとことで済むだけありがたいと思ってほしいね」

そもそも里実に町営住宅の場所を訊ねたことが間違いだった。里実の内側ではすでに「姉の様子を率先して見に行った自分」の位置が定まっており、そこに至った経緯というのがすっきりと抜け落ちている。

「とにかく、ふたりのことにあまり口を出さないほうがいいと思うの。今回ばかりは私たちも部外者なんだから」

「好き勝手しておいて、お前も理恵もなにを偉そうな顔でものを言ってるんだよ」

憤然とした面持《おもも》ちで助手席のドアを閉めた里実を思い出すと、気が滅入《めい》った。

好き勝手している、というのは里実が小夜子に対して使う切り札だった。里実にとって小夜子は、妹に親を押しつけて結婚もせず好きに生きている世間体の悪い親不孝者なのだった。妹夫婦のように万事あてにされるよりはいいと思うのだが、だからといってこちらにも、いつも黙って聞いていられる余裕があるとは限らない。

娘に一本取られそうになると、里実は決まって大声で怒鳴りながら泣き始めた。常に軍配は里実に上がる。正月休みに集まるたびにそんなことが続いて、今は正月には必ず旅にでることにしている。妹の子供たちにお年玉さえ届けておけば、大きな問題は起きないようだった。理恵が深呼吸を終えて「さ、行こう」と両眉《りょうまゆ》をめいっぱい引き上げながら戸を開けた。

位牌を握ったまま入口側に足を向けて横たわる百合江も、丸椅子に座っている里実も、昨夜となにひとつ変わらなかった。ベッドが入口から三メートルほど向こうにあるウナギの寝床のような個室だが、湖側に面しており見晴らしもよく、思ったよりも明るい。駅前に広がっていたのと同じ青い空が窓の大部分を占めていた。

理恵は里実の横に立ち、静かに頭を下げた。見上げる里実も、ひとこと言ってやろうという感じではなく、黙って立ち上がると席を譲った。小夜子は里実に促され廊下に出た。

「老衰ってこと、あの子に言ったのかい？」

「お医者さんに言われたこと、そのまま伝えたけど」

「何て言ってた」

「何も。感想言うようなことじゃないでしょう」

里実が娘の言葉に眉を寄せ、ふんと鼻で息を吐く。そのまま化粧室へ向かう母を見送り、小夜子は病室に戻った。

「眺めのいい病室だね」

入ってきたのが小夜子ひとりだったのを見て、理恵の表情が柔らかくなった。

「うん」

窓のそばに立った。見下ろせば春採湖《はるとりこ》の湖面は晴れた空の下でも黒かった。海底炭採掘でできた低いズリ山と丘に挟まれた、ひょろ長い湖である。天然記念物の緋鮒《ひぶな》はこの黒い湖にしか棲《す》まないというのだが、小夜子はまだ一度も緋色の鮒を見たことがない。

「里実おばさん、何か言ってた？」

「老衰ってこと知ってるのかどうか訊《き》かれた」

理恵は目尻《めじり》にみごとなカラスの足跡をつくって笑った。笑うと高校時代の顔になる。不満と冗談と片思い、なにより美味《おい》しいものが詰まった十代の顔だ。

「ねぇ、うちのお母さん、どうして位牌なんか持ってるんだろう」

「昨夜からそのままなの。強く握ってるので、お医者さんもそのままにしておいていいって」

理恵はふぅんとうなずき、百合江の顔をのぞき込んだ。位牌はもう、百合江の手の一部になってしまったように見えた。酸素マスクをしている肌は、黄疸《おうだん》のせいでひどくくすんでいる。瞑《つむ》った目尻には理恵とそっくりな皺《しわ》があった。

理恵が遠慮のない仕草で百合江の左手を持ち上げた。

「杉山綾子かぁ。没年月日がわたしの誕生日って、なんか複雑」

理恵は言いながら母親の手を胸元に戻し、その額をそっと撫《な》でた。

「ねぇ小夜子、うちのお母さんって、こうやってみると、あんまり不幸そうな感じしないね」

「うん」

「幸せな人だったという印象もないんだけど」

「それは」

個人の感じかただし、と言いかけたところで里実が病室に戻ってきた。理恵と小夜子を交互に見て、一度うなずいた。娘たちに対する、里実流の挨拶《あいさつ》だ。

「理恵ちゃん、朝は何時に出てきたの」

「七時三分の始発です」

列車は混んでいたのか、札幌の天気はどうかというあたりさわりのない質問を二、三したあと里実は、ちいさな咳払《せきばら》いをした。

「ちょっと、話したいことがあるんだけども」

小夜子は母の神妙な表情を見て、黙ってふたりのやりとりを聞いていた。理恵は数秒、横たわる百合江の全身をながめたあと、立ち上がった。

「上に、食堂がありましたよね」

廊下を歩くのもエレベーターに乗るのも、里実、理恵、小夜子の順は変わらなかった。里実と理恵のふたりは最上階にある食堂の、窓際《まどぎわ》のテーブルを選んだ。

「本当に何から何までお世話になっています。おばさんがいてくださらなかったら、わたし」

今にも涙をこぼしそうな理恵の正面に腰を下ろし、里実が神妙な表情でゴブラン織りのバッグからティッシュを取り出した。うつむいてちいさく鼻をかんでいる。小夜子は通路側の席にバッグを置き、財布だけ持って食堂の入口へ引き返した。

三人分の「お飲み物」券を買い求め、セルフサービスのドリンクコーナーでコーヒーを注いだ。くもり気味のコップに水を注ぎ入れる。トレイを持って振り向くと、里実が肩を震わせる理恵にティッシュを渡していた。小夜子は窓際まで、できるだけゆっくりとトレイを運んだ。

ふたりの前にコーヒーセットを置くと、理恵が礼を言った。太いアイラインがまぶたの下に大きな隈《くま》を作っていた。

小夜子が席に着いたところで里実が口を開いた。

「まぁ、今までのことはおいといて。話っていうのは、姉さんの持ってるあれのことでさ。ひとつ伝えておきたいことがあるんだわ」

理恵が身を乗り出してうなずいた。窓の向こうには青い空と黒い湖があった。昨夜見せた態度とは逆にも見える里実の様子を、小夜子は冷めた眼差《まなざ》しで見ていた。

里実は、伝えておきたいことがあると言ったきり、しばらくのあいだ視線をテーブルに落としたまま黙っていた。

理恵、と姪《めい》の名を呼んで、里実は意を決したように顔を上げた。

「あんたに、会っておいて欲しい人がいるんだわ」

里実は目頭に溜《た》まった涙をバッグから取り出したティッシュで押さえた。

「その人に会えば、あの位牌のこと、わかるはずだから」

無表情で里実の様子を見ていた理恵が、視線を眼下の湖へと移した。小夜子は理恵の次の言葉を待った。理恵はすぅっと息を吐き出した。

「誰ですか。教えてください」

黒い湖面を思わせる、低く静かな声だった。

2

六月の仙台は北海道の真夏のような暑さだった。チリ地震による津波の痛手は街の低い場所に多数残っていたが、復興の気配が見え始めてから半月が経《た》とうとしていた。被害は三陸を中心に八戸《はちのへ》港など東北と北海道の太平洋沿岸部を壊滅状態にまで追い込んだ。

比較的傷の浅かった温泉街が、街に元気をということで一座の公演は一か月に切り替わった。おかげで東北沿岸部をまわる予定が一箇所に固定されることとなり、思わぬ長期公演となった。

トランジスタテレビから、日米安保条約が国会で承認され、デモ隊三十三万人が国会を包囲したというニュースが流れていた。午前零時に参議院で議決されないまま自然承認。繰り返すアナウンサーの七三分けの髪型が、狭い額のせいでいまひとつしっくりこない。

一条鶴子が前回の興行先でギャラの代わりにと渡されたソニーのテレビをつつき「あのくそったれオヤジ」とつぶやいた。一週間の興行で手に入れたものは、世界初の「トランジスタテレビ」ひとつだった。こんなもの買う金あったら、約束の金を払いやがれと啖呵《たんか》を切って、一座は千葉から仙台の秋保《あきう》温泉へと北上した。秋保での仕事は六月いっぱいの一か月である。久し振りにひとつところに落ち着ける、鶴子に言わせれば「おいしい仕事」だった。

「お風呂《ふろ》の掃除が上がったんで、どうぞ」

恰幅《かっぷく》のいい仲居が襖《ふすま》の陰から声をかけた。まだ着物に着替える前の彼女たちはみな頭に太いカーラーを巻いて、派手なスカーフで覆《おお》っている。

「あいよ」と返して鶴子が立ち上がった。一座に与えられたのは布団《ふとん》部屋の隣にある、元々は住み込みの仲居部屋だった。今はもう、仲居のほとんどが自宅からの通いか別棟の寮住まいになっているということだ。

温泉場の公演は夜の一回で、まかない付き、おまけに風呂も入り放題だった。こんな仕事が一年中続けばいいのに、と百合江が言うと、鶴子はショートピースの煙を吐き出し「そんじゃあ毎日つまんなくなっちまうだろう」と笑うのだった。

昭和三十五年、百合江は二十五歳になっていた。

三津橋道夫劇団は、看板歌手の道夫が肝硬変で逝《い》ってから「一条鶴子一座」へと名称を変えた。道夫と鶴子は夫婦同然の仲だったが、遺骨は道夫の妻を名乗る女が鶴子から引き剝《は》がすようにして持ち去った。鶴子に遺《のこ》されたものは人数が五人になってしまった一座と多額の借金だった。

鶴子は秋保の仕事で借金の半分は返すことができると言った。

「悪いが小遣いはおひねりで何とかしとくれ。いい舞台見せればちゃあんと飛んでくるもんだから。あたしにきたのはお前さんたちで分けな」

決まった給料などもらえないことが続いていたが、誰も鶴子のおひねりには手を伸ばさなかった。移動費の下敷きになる仕事や、道夫の治療代が借金の内訳だ。それでも一座は解散しなかった。

鶴子は空涙を流そうが土下座しようが、なんだかんだ風呂と食事付きの仕事を取ってくる。そこにどんな駆け引きや屈辱的なやりとりがあるか、口には出さないが一座の面々はみな気づいている。鶴子は長い興行になると、夜中に興行主に呼ばれて朝まで帰らない日もあった。誰も理由を訊《たず》ねない。それが鶴子の、一座を守る方法だった。だから誰が何を言おうと、鶴子のおひねりは鶴子のものなのである。

一座の女は鶴子と百合江のふたり。あとは二年前に一座に入ったギター弾きの女形、宗太郎《そうたろう》と司会兼音響係のツネさんに照明係の三郎だ。百合江が入ったころに道夫の後ろで踊っていた若い踊り子たちはみな興行の先々で、実入りのいいトルコ風呂やキャバレーへと流れて行った。

興行先によっては「鶴子には黙っていてくれ」と、百合江が呼び出されることも何度かあった。そんなときは「あい」と返事をして黙って呼ばれた先に出かけた。男たちのやることはみんな同じだった。歌いながら脱げと言われたこともある。流行《はや》りのブルースを歌いながら布団の上で脱いだ。入れ墨のある男に「模造刀で俺を袈裟《けさ》斬りしてくれ」と頼まれればそのようにする。そのあとに起こることは、いつも同じだった。そのたびに百合江は、揺れる体の奥で「なんだ、こんなもの突っ込みやがって」とつぶやくのだった。

トランジスタテレビから『人生劇場』が流れてきた。村田英雄が高そうな着流し姿でマイクを持っている。白黒なので色はわからないが、相当な光沢だ。三津橋道夫がよくこの男の話をしていたのを思いだした。

「彼は天才なんだ。浪曲も上手《うま》いけど、古賀演歌がいちばん似合うよねぇ」

三津橋道夫は人を妬《ねた》むということのない男だった。歌にもそれがにじみ出ていた。道人がよすぎると鶴子が言う。だから借金ばかりの人生になってしまったのだろう。道夫の死に水を取ったのは鶴子だった。

百合江はテレビの白黒画像に合わせ、「義理がすたればこの世は闇《やみ》だ」と口ずさんだ。なまじとめるな夜の雨――。男と男の世界も義理がからんで心忙《こころぜわ》しいかもしれないが、女と女もそう変わりはあるまい。

故郷を出てからずっと、百合江の荷物は一反風呂敷ひとつだった。増えたぶん減り、減ったぶん増える。変わったものといえば、専用の化粧道具くらいだろう。半斗缶の半分を占めている。着飾って街を歩くこともないし、人前に出るときは常に舞台衣装だった。舞台で歌っていられれば、それで良かった。それでも一度だけ、名の通ったレコード会社の人間が百合江の歌を聴きにきたことがある。熱海で演《や》っていたときだった。

「まぁ、がんばりなさいよ。歌は上手いと思うし。でもねぇこの世界、上手いだけじゃあどうにもならないんだ。売れる売れないは時の運だけど、上手いだけじゃあないんだよねえ」

同じような言葉を、何度か聞いた。上手いと言われるだけでいいような気もしてくるから不思議だった。上手いだけじゃ駄目だと言われた日から、百合江は他人の歌を本人より上手く歌うことに決めていた。

百合江は風呂敷の中の半斗缶から、輪ゴムでひとつに束ねた封書のいちばん上の一通を取り出した。『杉山百合江様』。里実からの手紙だった。相変わらずきれいな文字だ。長い興行のときは必ず居場所を報《しら》せるようにしていた。里実が中茶安別《なかちゃんべつ》の実家にいるときは、ちびちびと貯《た》めたおひねりが千円になったところで送っていた。おそらく父の卯一が受け取っていたのだろう。音沙汰《おとさた》は一度もなかった。

里実から返事がくるようになってから、四年経った。妹もやはり高校へ進学することはできず、駅前の床屋に弟子入りしたとのことだった。里実が看護婦を目指して勉強していたことを、興行先の青森で知った。勉強ができた里実には好きな道を選ばせてあげたかったが、後足で砂をかけて故郷を飛び出した身ではそれも無理だ。いちばん上の弟はいくつになったろう。

里実の手紙からはあまり家族の話は伝わってこなかった。百合江も、落ち着き先が長い場合にのみ居場所を報せるという具合だったから、里実からの手紙も年に三通から多くて五通だ。百合江は妹からの手紙を何度も何度も読み返し、読み返しては封筒に仕舞うことを繰り返す。弟子入りから四年経ち国家試験にも合格したとの報せには、何を送るより金がいちばんという鶴子のひとことで、すぐにありったけの現金を送った。

手にした封筒の消印は標茶《しべちゃ》で六月八日とあった。今度は一か月ほど秋保にいますという報せを受けて、すぐに書かれた返事だろう。

百合江お姉さん、お元気ですか。

いつもありがとうございます。仙台はもう真夏のように暑いとのこと。こちらはようやく緑が目立ってきたところです。暖かい日も多くなってきたけれど、まだ真夏のようにとはいきません。仙台でのお仕事、ご苦労様です。

実は今日はお姉さんにおしらせがあります。理容学校のスクーリングで釧路に行っていたこと、少し前の手紙でお伝えしました。理容学校で講師をしていただいた清水理髪店の先生が、釧路に出てこないかと誘ってくださっていたのです。

修業をさせていただいた標茶の親方にはどう切り出していいものかと思っておりましたが、先日やっと「街場で修業をしたい」旨《むね》を伝えることができました。親方は、里実がもっと腕を磨きたいのならと許してくれました。

お姉さん、私は釧路でいちばん忙しいお店で働くことにしました。先端の技術と流行を求めるお客さんを相手に、がんばってみようと思っています。

いつも日本のどこかで一生懸命に歌っているお姉さんの姿を想像しています。ラジオから、お姉さんが幌《ほろ》馬車の中で歌ってくれた曲が流れてくると、ハサミを持つ手が止まります。

満員御礼の札がかかる劇場で、『星影の小径《こみち》』を歌うお姉さんの姿、私もひと目見たいです。北海道の公演はもうないのでしょうか。お姉さんに会いたいです。釧路に出て、いっぱいお金を貯めて、お姉さんに恩返しをしたいです。

百合江お姉さん、どうかお体に気をつけて。わたしもがんばるので、お姉さんもがんばって。八月から釧路の清水理髪店に移ります。八月からはそちらにお便りをください。待っています。

里実

引っ越すとなると物いりだろう。百合江は自分もバスガイドとして釧路に出ると信じていた日があったことを思いだしていた。釧路はおろか北海道を遠く離れ、九州から青森までいつも旅して回っている。熊本の天草へ行ったときは、なんと遠くまで来てしまったかと、まるで異国の空の下にいるような心持ちになった。また少し、金を送ってあげなきゃならないと思いながら、便箋《びんせん》を封筒に戻した。

「ユッコ姉さん、また手紙読んでるの。飽きないねぇ」

申しわけ程度のついたてから顔だけのぞかせて、宗太郎が笑っている。看板が女形だけあって、化粧を落としても色白だ。宗太郎が真っ黒い短髪を羽二重で包んで島田のかつらをつけると、本物より数倍艶《つや》っぽい女になる。もともとは新潟で僧になる修行をしていた男だった。祭りで一座を見て、寺を出る決意をしたのだという。寺に入ったのも継母との折り合いの悪さからということで、本人が言うには「村いちばんの造り酒屋の次男坊」だった。

一座で語られる身の上話の少なくとも半分は嘘《うそ》と思っておいたほうがいい。百合江もまた、親はもともと大学の教授で戦中は思想犯として投獄されていたことになっている。ここまでくるとすべて嘘である。突っ込まれたときは目を伏せるか曖昧《あいまい》に笑う。それで万事済んでしまうのだった。

この滝本宗太郎がギターを弾けることには、道夫も鶴子も大喜びだった。お囃子《はやし》の女の子たちがやめてしまったあとは、録音状態の悪いオープンデッキしか伴奏がなかった。宗太郎は、ラジオで二、三度聴いた曲はたいがいギターで伴奏ができる。どこで習ったのかと問うと「あたし、寺に行く前は坊ちゃん育ちでしたもん」と答えるのだった。

色が白くて華奢《きやしや》だというので、生前の道夫が「化粧で女形になれそうだ。鶴子ちゃん、仕込んであげてよ」と喜んだ。道夫の提案で宗太郎には女形舞踊の看板がついた。一座に入った翌日から、「百年にひとりの女形　妖艶《ようえん》舞踊　滝本宗之介《そうのすけ》見参」というのぼりが立てられた。

それぞれの水に合った土地でひとり抜けひとり入りしているうちに、一座の人間もずいぶん変わった。演《だ》しものも違う。道夫が死んでからは、鶴子が女剣劇と歌、百合江が歌と踊りを担当した。しかしいちばん客にうけがいいのは宗太郎の女形舞踊だった。温泉場では特にそうだ。男も女も、宗太郎の色っぽいしなと流し目に歓声をあげる。宗太郎を見ていると、いつかレコード会社の人間に言われた「上手いだけじゃあどうにもならない」という言葉が沁《し》みた。多少の風に折れることのないしたたかなつよさを、宗太郎は持っていた。それは流されているあいだにどこかであきらめが混じってしまう鶴子や百合江にはないものだった。百合江は改めて、道夫の目の確かさを思った。宗太郎には、この子ならば大舞台も夢ではないかもしれないと信じさせる、突き抜けた明るさがあった。

「宗ちゃん、お湯いただいてきたの？」

「ううん、まだ。ツネさん二日酔いで寝てるから、起きたら一緒に行くつもり。ねえ、今度の手紙にはなんて書いてあったのさ」

宗太郎は女形の看板をあげてから、普段の仕草や言葉遣いもなんとなくなよなよしてきた。ときどき鶴子や百合江のように男の興行主から呼び出しがかかることもあるのだが、そんなときは「亡《な》き師匠の遺言で、衆道《しゅどう》はご勘弁願っております」と上手くかわすのだという。女からの呼び出しには「女を演るということは、女とはやらぬということゆえ、どうかご勘弁くださいまし。この宗之介にも、女形の誇りというものがございます」とやる。

そんなものあるのかと問うと、へへっと笑う。台詞《せりふ》はおおむねそのふた通りで間に合うという。その代わり酒はとことんつき合うのだというから、酒蔵の次男坊というのは本当かもしれない。

「里実ちゃん、釧路の床屋さんに移るんだって。今度は街場で修業するらしいよ」

「ユッコ姉さん、それって、あたしたちで言うところの歌舞伎座《かぶきざ》とか新宿コマ？」

「さぁ、それはわからないねえ。だいたい私は歌舞伎座も新宿コマも見たことないし」

コマの舞台に立ったことがあるのは三津橋道夫ひとりだった。それもたった一度。そのときに撮られた写真は大きく引きのばし、額に入れて鶴子がボストンバッグのいちばん下に仕舞っていた。鶴子は、道夫の妻に骨から衣装すべてを持って行かれたときも、コマの舞台に立った写真だけは手放さなかった。

当然ながら一座が東京の興行主に呼ばれることはなかった。東京には音響の悪いデッキなど使わなくてもいい本物の楽団や劇場がたくさんあって、そこにはひと真似《まね》じゃない、ラジオで毎日歌が流れ、テレビにも出る本物のスターがいるのだった。東京に出たところで大舞台に立てる歌い手はほんのひとにぎりだ。

鶴子の『テネシー・ワルツ』に心を奪われてから九年経つ。地方都市ばかりまわっていると「うちで歌わないか」と声をかけてくれるクラブのマネージャーもいた。プロとはいえないまでも、今よりおいしい話もいくつかあった。それでも一座を去らなかったのは、やはり一条鶴子という歌手が好きだからだろう。百合江はトランジスタテレビの画面を見つめながら、もう一度「義理がすたればこの世は闇だ」と口ずさむ。そのあとの歌詞を、宗太郎が歌った。ついたての向こうで司会のツネさんが起きる気配がした。

「三郎さんはどこに行ったんだい」

「知らない。あたしが起きたらもういなかった」

パチンコでも打ちに行ってるのだろう。昼の番組でザ・ピーナッツが『情熱の花』を歌い始めた。同じ顔と声がこの世にふたつもあることが不思議だった。一度だけ客席に双子を見つけたことはあるが、ここまでうり二つではなかった。宗太郎が壁に立て掛けてあったギターを抱いて、メロディーを追い始める。宗太郎の耳にはこの世の音がすべてドレミに聞こえるようだ、と鶴子が言っていた。道夫も、そんな宗太郎を可愛《かわい》がった。

「うん、これなら大丈夫。ユッコ姉さん、ちょっと歌ってみて」

百合江は耳で覚えた曲を歌う。宗太郎が百合江のキーに合わせて伴奏を始めた。戸口に仲居たちが集まってくる気配がした。舞台より少し小さめくらいの声で歌った。サビでは宗太郎が低音部の歌詞を重ねた。歌い終わって宗太郎が短く弦をかき鳴らしたあと、廊下から拍手が湧《わ》いた。今日は五人。百合江はこの数年で、拍手の音で会場の人数をあてられるようになった。

「今夜、やってみようか。鶴子姉さんに訊《き》いてみようよ」

いいんじゃないの、と言いながら鶴子が部屋に戻ってきた。

「少し若い子の歌も必要だよ。毎度毎度ブルースと演歌じゃあ場が盛り上がらない。最後に今の曲でビシッと締めれば、アンコールがくるよ」

鶴子の言うとおり、その夜の公演は『情熱の花』がいちばん多くの拍手をもらった。宗太郎の提案で、女形の衣装のままギターを弾いたのも受けたようだった。先ほどまでレコード演歌に流し目で踊っていた女形が、いきなりギターを弾き始めたものだから、三十人ほどいた客の体が一斉に前後に動いた。満面の笑みを浮かべた鶴子を見たのはひさしぶりだった。

その日集まったおひねりで、鶴子は旅館から一升瓶を一本買った。仙台の地酒だという。

「ちょっと早いけど、あと一週間であたしの誕生日なんだ。祝い酒だよ」

宴会の余りものを適当に集めた食事も、五人で食べれば旨《うま》かった。司会のツネさんも照明の三郎も、この夜は機嫌が良かった。百合江も飲んで気持ち良く眠った。まさかその酒が一条鶴子一座の別れの杯になるとは、誰も思わなかった。

最終日まであと三日という日、鶴子が倒れた。一命は取り留めたが、左半身に麻痺《まひ》が残るということだった。

残りの三日を百合江と宗太郎のふたりで切り抜け、一座は荷物をまとめ秋保温泉を後にした。七月一日、四人で仙台市の病院に入院している鶴子を訪ねた。興行主はギャラのほかに鶴子の見舞金を包んでくれた。舞台が退《ひ》けた座長を何度も呼び出した興行主は、見舞いに行くとはひとことも言わなかった。

病室の狭いベッドの上で、麻痺した左腕をさすりながら鶴子が言った。

「一座は今日で解散。みんなご苦労だったね。ろくな給料も払えないで申しわけないことをしたよ。道夫ちゃんとあたしに免じて許してちょうだい。ユッコ、今回の上がりはみんなで分けて。借金は踏み倒しだ」

鶴子はトラックと機材について、一座立ち上げのときから一緒だった司会のツネさんと、三郎のふたりで分けてほしいと言った。六人部屋には、人がすれ違えないほど狭い通路しかなかった。舌がもつれるのか、言葉のきれが悪かった。四十八歳の誕生日に、一条鶴子は佐藤鶴代《つるよ》に戻った。

「みんなで話し合ったことなんだけど、この上がりは姉さんの治療代に使ってちょうだい。私たちはそれぞれ次の場所に行くくらいのお金は貯めてあるし、何も心配要らない。みんな落ち着き先が決まったら連絡するように言ってある。わたしは仙台でどこか働き口を探せば姉さんの付き添いもできるし。そのほうがいいと思うの」

隣のベッドで寝ていた老婆《ろうば》が咳《せ》き込み始めた。四人はそれぞれ咳のするほうから目を逸《そ》らした。つられたように向かい側の女も咳き込む。こんなところに長く居たら、鶴子の体がもっと悪くなりそうだ。百合江は次の言葉を思いつかなかった。鶴子は自由のきかなくなった体で斜めに頭を下げた。

「気持ちだけいただいとくよ。トラックと機材をツネさんと三郎にっていうのにはわけがあるんだ」

鶴子は薄い枕《まくら》の下から一枚の名刺を取り出し、百合江に差し出した。ずいぶん古いものらしく、角もめくれて茶色く変色している。

『キングレコード　菅野兼一』

「あたしの、元マネージャー。そろそろ偉くなってるはずだから、ユッコと宗ちゃんの仕事先くらい何とかしてくれるだろう。あんたたちは東京に行きな。少しでも大きな舞台に立って、いつか芸で食えるようになるんだよ」

百合江は震える手で名刺を受け取った。鶴子が後生大事に持っていた名刺は、彼女の夢の名残《なごり》だった。経験不足と若さゆえ、鶴子を守りきれなかったというマネージャー。彼は一条鶴子の名付け親でもあった。旅の一座へと去ってゆく鶴子に「必ず戻ってこい」と言ったという。再び自分を中央の舞台に引き上げてくれるのは彼だと信じていた鶴子にも、じきに旅芸人から足を洗えない事情ができた。三津橋道夫だった。惚《ほ》れた男のために、鶴子は興行先にやってきた菅野の「前座から再出発しよう」という話を断った。標茶で百合江を拾う、ほんの少し前の話だ。酒の肴《さかな》にちびちびと聞いていた話がひとつに繋《つな》がっていった。

狭い病室で周囲に遠慮しながら四人を相手に話すのも疲れたのか、鶴子は百合江の手を借りてベッドに横になった。目を瞑《つむ》る前に、とにかくふたりは東京へ行くんだと念を押した。固辞する鶴子に一か月分の上がりを渡して、病院から出た。

ツネさんと三郎はトラックと機材を処分し終えたら仙台を去るつもりだという。ふたりは口をそろえ、百合江と宗太郎にはすっきりとした気分で東京へ向かってほしいと言った。

「一座は解散。鶴ちゃんが言ってたろ。命があっただけで儲《もう》けもんさ。俺は青森に帰るよ。三郎は行くところがないっていうから、俺の実家の畑でも耕してもらうさ」

ツネさんの故郷は青森だが、親も姉弟も飲んべえのツネさんを疎《うと》んじており、とても三郎を連れて行けるような場所ではないはずだった。嘘ばかりの身の上話に紛れて、ツネさんだけはぽろりと本当のことを漏らしたのを覚えている。心遣いが、涙になって百合江の頬に落ちてくる。ツネさんは得意の口上で、一座の花形の門出を締めた。

「浮き世を流れる川のほとりに、ぱっと開いた花ふたつ。一条鶴子一座が誇る名女形滝本宗之介、あちらのピアフもこちらのひばりも並んでひれ伏す杉山百合江、二大スターの登場でございます。みなみなさま、今宵もどうぞ心ゆくまでお楽しみくださいませ」

　宗太郎は売り物の顔がぐちゃぐちゃになるほど泣いて手を付けられなかった。親のように慕っていた鶴子と別れ、心頼みのツネさんに口上で見送られ、三郎に拍手され、名刺ひとつを頼りに東京へ向かうのである。嬉《うれ》しさよりも泣きたい気持ちが勝るのは百合江も同じだった。

　百合江は仙台駅の前でツネさんたちと別れ、泣きはらした目の宗太郎と一緒に東京行きの切符を二枚買った。ツネさんからの餞別《せんべつ》とふたり分の財布の中身を合わせても、充分に食べながら東京から再び北へ戻るのは無理のようだ。文字通りの片道切符で乗り込む場所にしては、東京というところはあまりに遠いように思われた。

「ユッコ姉さん、あたしたちこれからどうなっちゃうんだろうねえ」

「鶴子姉さんが言ったとおり、キングの菅野《かんの》さんに会うしかないでしょう。あんたは充分ピンで演《や》れる器だろうし、いざとなったら私がマネージャーでも付き人でも何でもするよ」

　それが百合江にできる道夫と鶴子への唯一《ゆいいつ》の恩返しだった。東京へ向かう列車はやけに揺れ、どんどん空模様が怪しくなっていった。百合江の予感も列車に乗り込んだときから暗い雲に包まれていた。

「菅野は、既に当社を退職しております」

窓口の受付嬢は語尾も軽く、みごとな標準語でそう言うとにっこりと微笑《ほほえ》んだ。ここは笑う場面じゃないだろう。思わず怒鳴りたくなるのをこらえた。

「退職って、もう辞めちゃってるってことですか」

「左様《さよう》でございます」

「菅野さんをご存じのかたって、どなたかいらっしゃいませんか。誰でもいいです。一条鶴子の使いだと言ってください」

受付嬢はメモを取るのに鶴子の名前を二度訊《たず》ねた。今にも重たい雨が落ちてきそうな空と、熱を含んだ梅雨独特の空気が体にまとわりついた。受付嬢の後ろにある太い柱では若原一郎がにっこりとこちらを向いて笑っている。さわやかなポスターが、余計に神経を逆なでした。

「お待たせいたしました。ただいま企画部の者が参りますので、どうぞあちらの長椅子《ながいす》でお待ちくださいませ」

もともと宗太郎は中央で錦《にしき》を飾ろうという意識が薄い。端正な顔を仏頂面《ぶっちょうづら》に変えて、足を投げ出して硬い長椅子に座っていた。傍らに立て掛けたギターケースがみじめな気配を漂わせている。百合江も気づけばため息ばかりついていた。大きな柱時計が午後四時を報《しら》せた。道を尋ねながらキングレコード社屋にたどり着いてから、そろそろ三十分が経《た》とうとしていた。

入口のドア付近が妙に騒がしくなった。人の流れを目で追っていると、黒塗りの車からザ・ピーナッツのふたりが同じ顔同じ洋服で降りてきた。どっちがエミでどっちがユミなのかさっぱりわからない。テレビから飛び出してきたスターが、白黒ではなく色付きの洋服を着て目の前をエレベーターに向かって横切ってゆく。彼女たちは会社の入り口で人待ち顔をしているふたりのことなど目の端にも入らぬ様子で、大人たちを引き連れて颯爽《さっそう》と歩いていた。ふたりは心から人に待たれるスターだった。スターは人を待ったりはしない。

宗太郎がケースから素早くギターを取り出した。『情熱の花』のイントロがロビーに響く。宗太郎があだっぽい目配せを百合江におくる。その場にあったすべての視線がふたりに注がれていた。怖くなるほど静かだった。

百合江は立ち上がり、歌い出した。秋保温泉の舞台で、受けに受けた一曲だ。鶴子も絶賛の『情熱の花』。無我夢中で一番の歌詞を歌った。ここがどこなのか、分からなくなっていた。宗太郎がラストでギターをかき鳴らすと、ロビーに、拍手が響いた。

気づくとエレベーターの前にいたはずのザ・ピーナッツが百合江と宗太郎の前に立っていた。近くで見ても、やはりどっちがどっちなのかわからなかった。

「すてきなプレゼントをありがとう」

ふたりは同時に同じ言葉を言って微笑んだ。

「早くいらっしゃい」

マネージャーらしき男がエレベーターのドアを押さえて叫んだ。ふたりはエレベーターに乗り込んだあと、くるりと振り向きこちらに向かって手を振った。ドアが閉まると同時にロビーに人が散って、次に百合江たちの前にやってきたのは警備員だった。

「気が済んだらさっさと出て行きなさい。ファンならファンらしく、テレビかホールで見ていなさい」

宗太郎はしれっとした顔で「はぁい、どうも」と答え、百合江の腕を掴《つか》んでビルの外に出た。ぽつぽつと、小粒の雨が落ち始めた。

宗太郎の楽天的な気質が頼もしく思えたのは初めてだった。道夫がよく「あの子は柳だねぇ」と言っていたのを思い出す。柳は折れない。たくましくどんな強い風にもしなやかに吹かれてくれる。

「ユッコ姉さん、あたしのギターと姉さんの歌で、きっと今日明日食べるくらいは何とかなるよ。本物にお礼を言われるくらいなんだからさ」

その夜、名も知らぬ飲み屋街を歩いているうち、適当な路地を見つけて宗太郎はギターを肩にかけた。舞台で演《や》っていた曲を次々につま弾きながら「一曲いかがですか、お好きな曲を歌わせていただきます」とやる。色白の美男は百合江よりひと目につきやすく、男も女もまず宗太郎の顔と声に興味を覚えるようだった。

「おう、兄ちゃんたち、ちょっとこっちで一曲たのむわ」

「ありがとうございます」

呼ばれればすぐに暖簾《のれん》をくぐり、戸を開け放したままで百合江が歌う。『チャンチキおけさ』から『黒い花びら』『東京ナイト・クラブ』。みんなラジオと鶴子のトランジスタテレビで覚えた曲ばかりだ。暖簾の内側で歌えば、次の店から声がかかる。古い歌は道夫と鶴子の舞台から教わった。リクエストに応《こた》えられない曲は、ひとつもなかった。宗太郎は午前零時をまわるころ、ポケットいっぱいになった小銭を数えて「それじゃあ姉さん、宿に行こう」と言った。

一日でこんなに沢山の曲を歌ったのは初めてだった。心地よい疲れに包まれていた。百合江は湿度が高く重たい夜気に包まれながら、ぼんやりと空を見上げた。小雨は既に止《や》んでいた。夜だというのに星のひとつも見えない。東京の空は星もないのに明るかった。

最後に歌った店の大将に適当な宿を訊ねた。繁華街の裏道を行くと、自分たちのようなその日暮らしの「流し」がたむろする宿があるという。

「いや、あんまりそういうのとは関わりたくないんだ。もっとまっとうな宿を紹介してくれないかな」

「そんなら、ちょっと高くはなるけど松波屋かねぇ。日雇い専用の宿よりはずっと格が上だよ」

宗太郎は大将に教えられた道を迷わず歩いて行く。百合江は喉《のど》を嗄《か》らさぬよう水筒の水を飲みのみ後ろをついて行った。松波屋へ着くと、帳場から出てきた女将《おかみ》は何も言わずふたりを部屋へ通してくれた。お茶を淹《い》れて、宿代だけを受け取って部屋を出て行く。日雇い宿より格が上というのは本当らしいが、そこはつまり「連れ込み宿」なのだった。

百合江は幅の広い布団《ふとん》がひと組しか敷かれていない襖《ふすま》の向こうが気になって仕方ない。宗太郎は昼間と同じ涼しい笑顔で、稼いだ金をちゃぶ台に広げた。

「ユッコ姉さん、明日もこれでやってみようよ。舞台はないけど、なんとかなりそうじゃない」

こんな姿を見たら鶴子がなんと言うか、入った金は嬉しいが百合江の気がかりは仙台で朗報を待っているだろう鶴子のことだった。返事をせずにいると、宗太郎が眉《まゆ》を寄せた。

「宗ちゃん、明日またキングレコードに行ってみよう」

沈黙が苦しくなり始めたころ、襖の外から先ほどの女将が失礼しますと声をかけてきた。

「湯殿のご用意ができました」

襖を開ける気配はない。衣擦《きぬず》れの音が去って、部屋は再び静かになった。

「あたしは別に、テレビに出たいとは思わない。ユッコ姉さんがレコード歌手になりたいっていうならつき合うけどさ。錦を飾りたい故郷もなければ、親も兄弟もないもん。あたしには欲ってのがないらしいよ。道夫師匠が言ってた。お前にもっと欲がありゃあ、プロはそこを見逃さないんだがなぁって。あんときは言ってる意味がよくわからなかったけど、なんか、今日ザ・ピーナッツに会ってそのこと思い出しちゃった」

「宗ちゃん、欲ってなんだろうね」

「何が何でもスターになりたいっていう、ギトギトしたやつじゃないの？　言葉や態度に出していれば、ひっこみがつかなくなるでしょう。あたしはそういうの、ないもん」

あぁ、と思いあたり百合江もうなずいた。上手《うま》いだけじゃあ駄目なんだ、という言葉が耳の奥で繰り返された。それは道夫や鶴子の声になりながら遠ざかっていった。

「お風呂《ふろ》沸いたって。宗ちゃん、一緒に入っちゃおうか」

宗太郎は今日いちばんの笑顔になって「うん」とうなずいた。

その夜百合江は、重たい疲れが残る体で宗太郎を抱いた。自分の内側に入ってくるものが、煩《わずら》わしいと思わずに済んだのは初めてのことだった。宗太郎の肌は女のようにきめが細かくて、するすると百合江の体を這《は》う。ゆるやかな往来のあとに訪れた極みのなか、耳の奥で細く切ない音が響いた。百合江は自分の喉からそんな声が漏れるのを、初めて聞いた。

「姉さん、今日はなんだか、いい日だったね」

眠りに落ちてゆきながら、宗太郎の声を聞いた。すべての不安も恥ずかしさも、そのひとことでどうでもよくなった。

「そうだね、宗ちゃん」

応えると、今日が本当にいい日になった。

しばらく宗太郎という柳の枝になって東京の街を漂うのも悪くないと思えた。姉弟子と女のあいだで迷う日々も、きっと長くは続かない。そんな予感さえこの夜の心地よい枕に代わった。

翌日の夜になると路地の「流し」は何人も何組も現れた。戦後からずっと流し続けているというベテランに声を掛けられ、この世界にも仁義があると教わった。

「いいかい、なるべく荒い稼ぎかたはしないがいいよ。繁華街での仕事だからね、仕入れも何もないこの商売にはそれなりのショバ代ってのがかかるんだ。ちゃんとその筋にご挨拶《あいさつ》して、言われたとおりのお金を払って、円満に演るんだよ。じゃないとこのあたり一帯を流してるやつみんなに迷惑がかかるからね」

「そういうのがないショバってのはないの？」

「そんなところがあったら俺が真っ先に行ってるよ」

ベテランはけたけたと笑った。彼に会って数時間後、本当に「その筋」の人間がふたり現れた。行く手を塞《ふさ》いで何を言うかと思えば、上がりの三割を納めろという。それはとても親切な数字なのだと説明された。

「わかりました。仕事が終わったら事務所にお邪魔すればいいんですね」

「そうさ、兄ちゃん若いのに物わかりがいいね。みんなあんたみたいだったら俺たちもいい人でいられるんだよねえ」

宗太郎はにこにこと微笑みながら、事務所の場所を確かめる。百合江はこのやりとりに不安を覚えながら、宗太郎の後ろをついて歩いた。その夜も仕事は途切れなくあった。大卒の初任給が一万六千円というご時世に、一日で三千円という金額を稼ぎ出すことができた。演歌から民謡、ポップスまで幅広く歌う百合江には、お店や客層によって困るということがなかった。それだけの稼ぎがあれば毎日連れ込み宿ではあっても居心地のいい寝床と二食の食事にありつける。上がりの三割は痛いが、払わなければどんな目に遭《あ》うかわからなかった。

その日仕事が退《ひ》けたあと、宗太郎はギターを肩から外し、すたすたと宿に向かって歩き出した。胸元から汗のにおいがあがってくる。早く風呂に入りたいが、それよりまずは約束を守らなければならない。

「宗ちゃん、事務所に行かなきゃ」

百合江は、宗太郎が男たちとの約束を忘れて宿に帰ろうとしているのだと思った。

宗太郎は振り向かず「うん」と言うが、歩調を変えることはなかった。

「宗ちゃん」宿の看板が見えたところで百合江はもう一度声をかけた。くるりと振り向いた宗太郎の顔からはいつもの笑みが消えていた。

「ばかばかしいよ、上がりの三割なんてさ。今日限りこの街、出よう。別のところに行って、そこでからまれたらまた別のところ。あたしはこういう面倒が大嫌いなんだ。ヤクザもんと関わるなんて、まっぴら」

百合江は深いため息をひとつ吐いた。今まで一座がどうにかこうにか地方をまわれたのは、興行先で一条鶴子が大きな犠牲を払ってきたおかげだということを知らないわけでもあるまい。金でなんとかなるのなら、三割でも四割でもくれてやったほうがことは円満に解決する。向こうだってこっちの商売ができないほど上がりをかすめることはしない。それは生かさず殺さず、お互いに上手いことやっていこうというぎりぎりの数字なのである。

「ねぇ宗ちゃん、別のところに行っても同じことが起こるよ。うちらが歩いている道も、石畳一枚ひっぺがしたらとんでもない世界があるんだよ。そこを見ないで済むのが上がりの上前なんだ。払うのがいいよ。あんた、鶴子姉さんが大変な思いしながら興行先と話をつけていたの、あれほど見てたじゃないの」

面倒がいやだからこそ払うのだと口説いたが、宗太郎は頑《がん》として首を縦には振らなかった。宿に預けておいた百合江の風呂敷包みを手に、宗太郎が戻ってきた。小路の夜空には、今夜も星がなかった。

七月半ば、東京の梅雨が明けるまでのあいだに三度場所を変えた。同業者に刃物を向けられ、三日で逃げた飲み屋街もあった。上がりの三割を上納というのがいちばん良心的だったことに気づいても、宗太郎は決して松波屋のあった繁華街へ戻るとは言わなかった。百合江は陽が沈んだあとの街を歌いながら歩いている自分たちを、ネオン管にぶつかっては羽を傷める蛾《が》のようだと思った。

「ねぇ宗ちゃん、いちど仙台に戻ろう。鶴子姉さんのところへ行って、向こうで働き口を探そうよ。私、旅の暮らしは何とも思わないけれど、人に追われたり逃げたりする生活はいやなんだ」

「戻りたいなら、ユッコちゃんひとりで戻ればいいよ」

いつの間にか、ユッコ姉さんではなくなっている。宗太郎に駄々をこねられては黙り込むという日が続いた。なにが楽しいのか、宗太郎はなかなか東京を離れようとは言い出さない。持ちかけては機嫌を損ねることを繰り返しているうち、百合江のほうも仙台や鶴子という言葉を口にしなくなっていた。時間が経てば経つほど鶴子の身が気になった。

東京へ出て来てから二か月が経った。九月になっても一向に気温の下がる気配のない残暑の街を、ギターを提げた宗太郎の背を頼りに歩いていた。昨日も今日も、ずいぶんと歌詞を間違えた。一生懸命歌うのだが、どうしても声が腹の上のあたりで出渋っていた。

「ユッコちゃん、なんか調子悪いね」

宗太郎も百合江の様子に気づいたようだ。間奏を多めに入れて調子を取り戻す間を取ってくれたりもするのだが、いまひとつ歌うことに集中できなかった。

「なんだか暑くて、ばてちゃったかな。ごめんね」

「宿に帰ろうか」

いつもより早い時間帯に宗太郎が言った。百合江は暑さと怠《だる》さで朦朧《もうろう》とする頭をおさえ、うなずいた。猛烈な吐き気に襲われたのは、安宿の前にある立ち食いそば屋の前を通ったときだった。麺《めん》を茹《ゆ》でるにおいが直接舌の奥を刺激したみたいだ。経験のない吐き気だった。いくら腹のものを出そうとかがみ込んでも、何もでてこない。食欲がなく、朝からほとんど何も食べていなかった。ちぎれそうになるほど身をよじっても、胃が持ち上がるだけでただ苦しい。十分ほど小路でえずきながら、百合江は東京へ出てきてから一度も月のものがきていないことに気づいた。連れ込み宿で幾度か宗太郎と重ねた肌が粟立《あわだ》った。

「ユッコちゃん」

宗太郎が背後から不安そうに百合江を呼んだ。顔を上げた百合江の前にあるのはビルの壁。行き止まりだった。

翌日の早朝、百合江は眠っている宗太郎を起こさぬよう着替えを済ませ、ひとりで宿を出た。「行き先は上野駅。昨夜のうちに「病院へ行ってみる」と嘘《うそ》をついて、今まで貯《た》めた上がりの半分をもらっておいた。宿代でずいぶん使ったが、それでも一万円と少しあった。これだけあれば仙台に帰ることができる。鶴子に会って、今後の身の振り方を相談するつもりだった。

認めたくはないが、腹に子がいるのは間違いなさそうだ。それが証拠に、無理をしているうちに流れてくれたら、と思いながらも人混みではつい腹を庇《かば》って歩いている。

東京に未練はなかった。宗太郎と離れることにも、大きなかなしみを感じなくて済んだ。昨夜、布団の上でしばらく横になっていた百合江に、宗太郎がぽつんと言ったひとことを思いだす。

「ユッコちゃん、大好きよ。だから早く治って」

腹の中の子供に哀願されているような気がして、うなずいた。あのひとことだけで、お腹《なか》の中のことは帳消しにしよう。今日も暑くなりそうだった。東京の空はとうとう好きになれなかった。上野駅の入口でもう一度空を振り仰ぐ。うん、と声に出してみた。すべて自分が選んだことと腹をくくった。

仙台行きの列車がホームの景色を流し始めた。腹が空《す》けばまた嘔吐《おうと》に襲われる。百合江は売店で買ったおにぎりを取り出した。幸い隣には客がいなかった。ゆったりと座席に腰掛け、鶴子になんと報告しようか考えていたときだった。

「ユッコちゃん」

頬を上気させた宗太郎が、通路に立って百合江を見下ろしていた。おにぎりを落としそうになり、あわてて両手で包んだ。宗太郎の手には紙袋とギターケース。夢か幻ではないか。百合江は通路から目を逸《そ》らし、おにぎりをひとくち噛《か》んだ。

「あたしにもひとつちょうだい」

宗太郎が空いていた席に腰を下ろして言った。百合江はふたつあったおにぎりのうち、手をつけていない五目飯を渡した。梅干しの酸《す》っぱさに、涙が流れた。

列車は北へと向かっていた。

九月、仙台も暑かった。木陰にでも入らねば、すぐに汗だくだ。それでも東京の、人は素っ気ないくせに空気だけは全身にまとわりつく暑さとは質が違う。

鶴子は病院から姿を消していた。入院病棟の看護婦が言うには、ひとりで荷物をまとめて支払いも済ませて退院したとのことだった。

「七月の、たしか半ばころでしたよ。どこで療養するのか訊《たず》ねたんですけど、何もおっしゃいませんでしたね」

両親を空襲で亡《な》くしている鶴子が頼る身内は、島根にいるというたったひとりの叔父だけのはずだ。嘘でまみれた旅芸人の来し方だし、と思ってはみるものの、鶴子に生活の面倒をみてもらえるあてがあるとは考えられなかった。半身麻痺《まひ》の状態で、どうやって働けるだろう。面倒をみてくれるような親類がいるなら、倒れたときに既に現れているはずだ。

「ユッコちゃん、鶴子姉さん、どこ行っちゃったんだろうね」

「わかんない。ひとりで落ち着ける先を探してるかもしれないし、島根の叔父さんのところに行ったかもしれないし」

もう歌は歌えないし、という言葉は飲み込んだ。百合江は腰を下ろした駅のベンチで途方に暮れた。気づくといつも隣に宗太郎がいる。弁当を買ってきたり、暑がる百合江をうちわで扇いだり、まめまめしく動く宗太郎を見ているといつも「あぁ、この子は柳だ」と思うのだった。

街はどこか物憂《ものう》い気配を漂わせていた。祭りから祭りへ渡り歩く生活を続けてきた。

振り返ると、祭りの喧噪《けんそう》よりも祭りの終わりの記憶のほうが色濃く胸奥に残っていた。

祭りが終わると、また新しい街へと旅に出る。二日興行のこともあったし三日のときもあった。途中で温泉興行が入り、しばしの骨休めをする。まるで枝から枝へ渡る鳥だった。横で宗太郎がアイスキャンデーをかじっていた。手を出すと、にこりと笑いながら百合江に棒を渡す。氷の冷たさから少し遅れてサイダーの甘みが口に広がった。

ずっと続いていた胸のむかつきが、いっとき箒《ほうき》で掃いたように消えた。

「宗ちゃん、あんたこれからどうするの」

「どうするったって、ユッコちゃんこそどうするのさ」

「あんたがどうするか訊《き》いてるんだよ」

「だから、ユッコちゃんがどうするか言ってから言うよ」

どうするもこうするも、先立つものがなければ身動きもできない。百合江は財布の中に残っているものを思い浮かべ、棒に残ったアイスキャンデーを宗太郎に返した。

「今夜からちょっと歌って、足代でも稼ごうか」

宗太郎はまるで花がぱっと音をたてて開くみたいに笑顔になった。どこへ行くあてもなかったが、食費と足代がなければこの場から一歩も動くことができない。旅の一座で身に付いた考え方だった。先立つもの。明日も食事にありつくために必要なもの。定住する場所を持たないことは少しも苦にならないが、それだけに金がないのがいちばん心細い。

一膳《ぜん》飯屋で腹ごしらえをして、夜になるのを待って国分町《こくぶんちょう》へ出た。小路にはネオンの花が咲き始めている。東京とはまるで違った。何が違うとひとことではうまく説明がつかない。強いていうなら、人が違った。動きも、速さも、言葉もすべて。

どこで歌っても、流しの上前をはねる輩《やから》はいた。宗太郎もこの度ばかりは素直に言われた金を差し出した。稼ぎは東京の半分にも満たなかったが、なんとかその日寝る場所と食べ物にはありつけた。

百合江は連れ込み宿の薄い布団《ふとん》に横たわりながら、宗太郎の寝息を聞いていた。仙台に着いて、すぐに鶴子の病院へ行って、途方に暮れた。それでも、歌って飯を食っていた。ひとりでいたら、こんな風に流れるようには一日を送れなかったろう。宗太郎の規則的な寝息を数えてみる。体は鉛のように重たいし、どうしようもなく疲れているのに眠気はやってこなかった。腹の子のことを、宗太郎にどう伝えようかと思うと、本当に明日がくるのかさえ不安になった。

一週間、国分町の小路で流した。静かでさびしい歌の注文が多かった。さびしい歌は、喧噪の尾から少しずつ離れゆくときの杖《つえ》になる。

「お、あんたらぁ、秋保で歌ってた一座の人じゃないか」

その夜三軒目に入った一杯飲み屋のカウンターから、よれた背広姿の男が声を掛けてきた。五十がらみの少しなれなれしい気配のする男だった。見覚えはなかった。百合江は頭を下げ、その節はどうもと返した。誰なのか思い出せないときも、笑ってお辞儀をすればなんとかしのげる。

男はふたりに『哀愁波止場』をリクエストした。宗太郎のギターが響き、百合江が歌い始めると、厨房《ちゅうぼう》もカウンターも小上がりも静まり返った。歌い終わり、拍手を受けながら男から花代を受け取る。男の目に、うっすらと涙がにじんでいた。

「お師匠さんがいなくても、頑張りな。きっと座長さんも喜んでくれてるよ」

宗太郎はもう店の出口へと向かっていた。百合江は男の言葉の意味が飲み込めず、瞬《まばた》きを数回して首を傾《かし》げた。お師匠さんとは、三津橋道夫のことだろうか。男は百合江の様子を見て一度鼻をすすった。

「供養《くよう》はもう終わったのかい」

「何のことでしょう。誰の供養ですか？」

男は腺病質《せんびょうしつ》な頬をしばらくへこませ、口をあけたまま百合江の目をのぞき込んだ。

「あんた、何も知らないのか」

百合江の瞬きが、意識せず多くなる。店内はまたざわつき始めた。誰も男と百合江のやりとりには興味がないようだ。

「一か月前、一座の座長さんが港から上がったろう」

男は尻《しり》のポケットから黒い札入れを取り出すと、一枚の名刺を差し出し、河北新報社・報道部記者の鈴木と名乗った。

名刺の文字も男の言葉もすんなりと頭に入ってこなかった。座長さんが港から上がったとはいったいどういう意味だろう。百合江は七月から東京へ行っていたことを告げた。鈴木はようやく合点のいった表情で、先ほどよりずっと気の毒そうな声で言った。

「仏さんは魚にでも突かれたのか、ひでぇありさまだったよ。だけど、防波堤に残ってたトランクで、身元がわかったんだ。記事は五行ぐらいだったな。自殺ってはっきりしてたし。トランクはおおかた金目のものが抜き取られてたけど、芸名のついた羽織が残ってたおかげで身元がわかった。俺はあの羽織がいちばん値打ちものだと思ったがね」

宗太郎が暖簾《のれん》の端を持ち上げて、怪訝《けげん》な顔でこちらを見ていた。

「すみません、誰がお骨を引き取ったんでしょうか。わかりませんか」

「いやぁ、そこまでは。警察にでも行けばわかるかもしれないけど。あぁ、ちょっと待って」

鈴木はズボンのポケットから手帳を取り出し、短いえんぴつで何か書き込んだ。

「これと、俺の名刺を持って県警に行ってみな。この人に聞いたら、ある程度のことはわかると思うから」

百合江はメモを受け取り、丁寧に礼を言って暖簾の外に出た。宗太郎の顔を見ると、下腹がしくしくと痛んだ。鶴子の死をどう伝えたらいいのだろう。

「どうしたの、ユッコちゃん。顔が真っ青。あの男に何か嫌なこと言われたのかい。あたし、文句言ってきてやろうか」

百合江は、険をためた宗太郎の目をしばらく見つめた。唇を突き出し、「よし」と言って店に戻ろうとした宗太郎の腕を掴《つか》んだ。

「違う。宗ちゃん、違うの。鶴子姉さんが」

百合江はひと呼吸もふた呼吸も置いて、ようやく言った。

「死んじゃった」

宗太郎の口はぽかんと開いたまま、しばらくのあいだ閉じなかった。ネオンがふたりの顔を照らしている。顔色が悪いのは、あの青いネオンのせいだ。三軒向こうの店の暖簾がめくれた。中から、かっぽう着姿の女将《おかみ》さんが手招きしている。百合江はギターの腹を小突き、「はい、今参ります」と応《こた》え、鈴木の名刺と手帳の切れ端を急いでマンボズボンのポケットに入れた。

宮城県警の木島啓治は昨夜のうちに連絡をもらっていたと言って、百合江と宗太郎を快く迎えてくれた。恰幅《かっぷく》もいいが人もよさそうな男だった。自分は名前も仕事も「ケイジ」なんだと言って、ふたりの緊張を和らげてもくれた。

報《しら》された事実は想像していたより残酷だった。

「無縁仏、ですか」

「うん、行旅死亡人っていうんだけどね。名前がわかっても、連絡を取れるような親類なり知人がいなかったんだな」

「誰も、お骨を引き取りにこなかったんですか」

木島は少し困った顔をして、うん、と答えた。遺骨は、市の墓地を任されている寺に安置されているという。

「どうする？　なんならお寺に連絡を入れるけれど。血縁じゃないし、無理は言わないよ」

宗太郎は、ギターを弾くときは締まった顔になるけれど、それ以外は呆《ほう》けた顔で百合江についてくる。道夫にひきつづき鶴子まで、親より親らしい存在だったふたりを失った。何が起こったのか理解できないのは百合江も同じだった。ぼんやりしているわけにはいかないという思いだけで県警を訪ねたのだった。

お寺へ向かう路線バスの中でも、宗太郎の口は開きっぱなしだった。その姿はなまじ顔が良いばかりにひどく哀れだった。

遺骨が安置されている寺で無縁仏となった鶴子に手を合わせた。骨壺《こつつぼ》は一条鶴子の羽織に包まれていた。宗太郎が、そのまま寺を出た百合江の腕を摑んだ。

「ユッコちゃん、なんで行くの。鶴子姉さん、連れて帰ろう。こんなところにひとりぼっちで置いていかないでよ」

墓地の向こうからつよい西日が差していた。何度鶴子と一緒にこの時間にドーランを塗ったことだろう。宗太郎の指が腕に食い込んだ。

「痛いよ、宗ちゃん。離してよ」

「嫌だ。鶴子姉さんを連れて帰る。あたしのお師匠さんなんだ。ユッコちゃんだって同じだろう。たったひとりのおっ母《か》さんじゃないか。あたしたちのおっ母さんなのに」

宗太郎は「親不孝しちまった」と言いながら泣いている。百合江は荷物を降ろし、その手を振り払った。

「このうすら馬鹿《ばか》。いつまでも芝居かぶれしたこと言ってんじゃあないよ。これが旅芸人の最期《さいご》なんだ。あんたもあたしも、どこでのたれ死ぬかわかんないんだよ。いいかい宗ちゃん、鶴子姉さんのお骨は納まるところに納まったんだ。死にかたがどうであれ、生きたいように生きて死にたいように死んだんだよ。人間、骨になっちゃあお終《しま》いなんだ。こうやって歩いてて、もしあたしが死んだら、あんたもその骨を捨ててどっかへ行くんだよ」

涙声になった。なんだ、芝居っけたっぷりなのはわたしのほうじゃないかと、百合江は鼻をすすった。宗太郎が声をあげて泣き始めた。柱の向こうで住職がこちらを見ていた。もうしわけ程度に頭を下げて、子供みたいに泣きじゃくる宗太郎の腕を摑み歩き出した。

どこでのたれ死ぬかわからない——。

言葉にしてみると、西日に照らされた背中に冷たい汗が流れた。立ち止まり、目を閉じる。今までまぶたの端にも浮かんだことのない故郷の景色が、鮮やかに百合江の脳裏を通り過ぎた。

「ねぇ、宗ちゃん」

宗太郎がギターケースを背負い直して返事をした。百合江は大きく息を吸って、一度すべて吐き出した。目を開く。道にひょろ長い影が二本伸びていた。

百合江の目にはこのでこぼこ道が、開拓小屋に続く馬車道に見えた。いつまでも野山に残る雪や、牧草がそよぐ稜線《りょうせん》や、満天の星が瞬《またた》く夜空。十六で飛び出した故郷が胸奥からあふれ出てくる。

「ねぇ宗ちゃん、北海道に行こうか」

「北海道って、ユッコちゃんの生まれたところだ」

「行こうか、宗ちゃん」

「熊《くま》が出るって本当?」

お腹《なか》の子のことは、いつうち明けたらいいのかまだ決心がつかなかった。家族、という言葉が胸に浮かんだ。まったくピンとこない。自分が母親になることよりも、宗太郎が父親になることのほうが現実味がなかった。

ひとりきりで上野から戻るつもりだったことを思いだした。ついこのあいだのことなのに、ずいぶんと遠いできごとになっている。五目おにぎりを食べる宗太郎を見たときの嬉《うれ》しさに、薄い膜がかかっていた。百合江は風呂敷《ふろしき》包みの結び目を肩に掛けた。

「熊も出るし、鹿《しか》もキツネもいっぱいいるよ」

「でも大丈夫」と声をかけると、宗太郎は赤い目でうなずいた。

「あ、うちの親が思想犯で大学教授ってのは真っ赤な嘘《うそ》だから。すまないね」

宗太郎は「知ってるよ、そんなこたぁ」と言って笑った。

青函《せいかん》連絡船で内臓がひっくり返るほど嘔吐《おうと》し、一日函館の安宿で横になった。百合江は函館を発《た》つ前、里実に手紙を出した。

里実様

新しい床屋さんはどうですか。住み込みはいろいろ大変なことも多いかと思います。みなさん良くしてくれますか。里実ちゃんはしっかり者だから安心してます。

私のほうはこの七月に一座が解散しました。いろいろあったけれど、北海道に帰ることにしました。今、函館にいます。この手紙を出したら札幌をまわって釧路に向かおうと思っています。里実ちゃんの顔を見てから、標茶に戻ります。父さんと母さんは許してくれるでしょうか。里実ちゃんも、弟たちも。

好き勝手してきた私を許してください。　百合江

駅の郵便ポストに投函した。財布の中には道東までの旅費はない。おそらく札幌で少し稼ぐことになるだろう。またやくざ者に小突かれながら歌を歌うのかと思うと、気が滅入《めい》る。けれど標茶に戻って詫《わ》びを入れるにしても、先立つものがなくてはどうにも身動きがとれない。

　薬屋の夫婦が周囲に何を言っているか、だいたいの想像はついていた。いつまでも残った者に都合よく脚色されて語られ続けているはずだ。それでも、無事に赤ん坊を産める場所は残念ながら実家をおいて他に思いつかなかった。ハギや卯一になにを言われようと、こんな生活のなかでも必死に自分の腹にしがみついている赤ん坊を流すことなどできない。

　ギターをかついでいれば路地裏や暖簾《のれん》の向こうから声がかかった。九月の夜がこんなに冷え込むことを、もうすっかり忘れていた。百合江は派手なワンピースに一枚羽織りものを着て歌った。ふたりの関係を訊《たず》ねる人には姉弟ですと答えたが、軽く受け流す人、いつまでも疑う人が半分半分というところだった。

　ススキノには結局、半月と少しいることになった。

流し始めて三日目に、どこで聞きつけたものか、専属歌手が事故で半月復帰できないのでなんとかもたせてくれ、という話が舞い込んだのである。百合江も宗太郎も飛び上がって喜んだ。半月キャバレーで歌えば、そこそこまとまった金になる。

『夢や』はススキノではキャバレーの草分けということだった。マネージャーに連れられてボックスのいちばん奥の席にいる和服姿の女将に会った。若いけれど貫禄《かんろく》のある女だった。差し出された名刺には「菊池サヨ」と書かれていた。

「半月で二万円。そっちのギターのお兄さんには一万円でどうかしら。うちが欲しいのは歌手だけなんだけど、姉弟なんでしょう。バンドで歌ってもらうけど、静かな曲はギターでお願い。ステージのとき以外はボックスについてもらったり、お兄さんにはフロア係も手伝ってもらうけど、それでいいかしら。ギャラが少ないと思ったら、一生懸命歌ってチップを稼いでちょうだい。うちの専属もそうやってるから」

女将は赤線時代からススキノで知られた顔だという。優しげな顔立ちに似合わない鋭い目を持っていた。百合江と宗太郎にとっては願ってもない話だ。午後七時からと九時から、一日二回、五十分のステージである。洋楽は鶴子の十八番《おはこ》だった『テネシー・ワルツ』と『フライ・ミー・トゥ・ザ・ムーン』以外自信がないと言うと、バンドリーダーは歌謡曲とブルース中心にステージを組んでくれた。

バンドマンたちは百合江が歌わない時間や客がいない時間は、ジャズを演奏していた。リーダーは、俺たち本当はジャズバンドなんだ、と笑っていた。百合江の歌を熱心に聴いてくれる客はほとんどいなかった。祭り会場や温泉とはまったく違う。誰も聴いていないかもしれないと思いながら歌うのは、決して苦ではないけれどさびしかった。

女将と話せたのは『夢や』に呼ばれた初日と、ギャラを貰《もら》った最終日の二度だけだった。

「半月ありがとう。ステージによっては専属もどうかなと思って聴いてたんだけど」

そのあとに続く言葉はおおかた予想がついた。百合江は客がひけたキャバレーの片隅で、安物の綿シャツとマンボズボン姿で女将の言葉を聞いた。ドレスはすべて店からの借り物だったので、仕事が終わるといつもそんな格好になる。ステージ化粧のままなので、ひどくちぐはぐだ。

「華っていうのは、自分じゃどうにもならないものなの。こればっかりは努力だの根性でどうにかなるもんじゃあないのね。歌は上手《うま》かった、本当に上手だった。あんたがこれから先クラブ歌手から一歩前に出るには、欲も生活も自分自身も、なにもかも心から追い出すくらいの覚悟が必要なのかもしれないよ。今、第一線で歌ってる子をひとり知ってるけど、その子は字も書けなければ計算もできない、本当のお馬鹿さんだった。でも、一度耳から入ったものはすべて口から出せる子だったのよ。はっきり言っちゃうと、歌うことしかできない子なの」

女将の口から、百合江がその場にひれ伏すような名前がこぼれ落ちた。

手渡された封筒には、約束より一割ほど上乗せしたギャラが入っていた。歌って稼ぐことへの手切れ金かもしれない。それでも半月分のチップと合わせると、路地裏で流しをやりながらやくざ者に上前をはねられる数倍の金が貯《た》まっていた。

札幌を出ると決めていた日の朝、宿のテーブルで百合江は『夢や』での上がりをきっちり半分に分けた。案の定、宗太郎の機嫌を損ねた。

「どういうことさ。またひとりでどっか行く気？」

「間違ってないけど、合ってもいない」

お互い素顔で向き合っていると、わけもなく胸が苦しくなってくる。仙台を出たときより、少し下腹がふっくらしてきた。そのくせ頬がこけてみっともない。今日でこの安宿ともお別れだった。もう、二度とステージで歌うことはないのかもしれない。百合江は『夢や』の女将の言葉を何度も胸で繰り返していた。金勘定が先にある歌い手は、「華」ではなく「生活」を背負っている。百合江の歌は人に聴かせるものではなく、生活するための道具なのだろう。

宗ちゃん——。

最初のひとことが出るまでのあいだ、ちいさな窓から差し込んでくる白茶けた陽光に祈った。

宗太郎が目の前から逃げ出してくれますように。

このまま一緒にいてくれますように。

思いは同じ場所でぐるぐる回り続け、百合江自身にも自分がどちらを強く望んでいるのかがわからなくなっていた。

「宗ちゃん、あたしのお腹には赤ん坊がいるんだ。本当は仙台で言わなきゃいけないことだった。あんたがここまでついてきてくれて、嬉しかった。ありがとう」

目のひとつも逸《そ》らしてくれたら。そうしたら。百合江は潔《いさぎよ》く釧路行きの列車に乗ることができる。ひとりで故郷に帰ることができる。が、宗太郎はわずかに目を大きくしただけで、百合江の顔をじっと見つめていた。

「ここから先は、お互い好きにやろう。あたしは田舎に帰る」

宗太郎の顔がみるみるうちに怒りを含んでゆく。逆に百合江の頬にはあきらめの笑みが持ち上がってくる。

「そんな体で田舎に帰って、どうするつもりさ」

女形でならしたやわらかな顔立ちに険が混じる。そんな顔をしているときの宗太郎は、素顔でも充分美しかった。恋などしたこともないけれど、この気持ちがそうだというのなら納得できる。どんなひどい言葉も、宗太郎のものなら許してしまいそうだ。腹の内で「恋か」とつぶやき、百合江は言った。

「赤ん坊を産む」

宗太郎の目が赤くなった。数秒後、両目から頬に向かって勢いよく涙がこぼれ落ちた。

「ユッコちゃん、なんでそんなこと言うのさ。あたしのことが邪魔になったなら、はっきりそう言えばいいじゃないの。もう、面倒みきれないなら、そう言ってくれればいいじゃないの」

あたしの子なのに、と宗太郎が叫んだ。

百合江は夢ではないことを確かめるため、数秒目を瞑《つむ》った。宗太郎はまだ洟《はな》をすすりながら泣いている。

「ユッコちゃん、ひどいよ」

勢いをつけてまぶたを開けた。仙台、札幌、いつも宗太郎の涙が百合江をつよくしてきた。別れを覚悟しながらわざわざお腹のことを言う必要などなかったのだと気づいたのは、一緒に行くかと訊ねたあとだった。ずるい心根が一気に喉《のど》へとせりあがってくる。百合江は自分が宗太郎を試したことに気づいて、ハンカチを取り出し洟と涙を拭《ふ》いてやった。

「行くよ。あたし、ユッコちゃんと一緒に行く」

札幌の街には、冷たい秋風が吹いていた。

釧路駅のホームに降り立った際に感じたのは、どうしようもない魚のにおいだった。街が水産加工と炭鉱で成り立っているとは聞いていたけれど、一座に入って祭り会場にやってきたときはここまで気にならなかった。駅の立ち食いそば屋で、百合江はかけそばを二杯頼んだ。サービスでおにぎりがひとつずつついてくるというので、それに決めた。宗太郎は列車の中でずっと眠っていたせいか、まぶたが腫《は》れ気味で顔色が悪い。背丈は宗太郎のほうが五センチ高かったけれど、なで肩なのでどうしても小柄に見えてしまう。この子と一緒に会いに行ったら、里実はなんと言うだろうと少し不安になった。ひとりで会いに行こうかとも考えたが、そんなことをすればまた、宗太郎がへそを曲げるに違いなかった。

魚くさいけれど、標茶を出てすぐのころより、釧路の町はずっと華やかになっていた。清水理髪店は駅前通りから十分ほど歩いた場所にあった。まだ賑《にぎ》やかな気配は消えない。炭鉱と漁業の街は、札幌に負けず劣らず成長著しい地方都市だった。

理髪店の前にたどり着くと、既に午後五時を過ぎていた。赤白青の、筒状のサインポールが回っている。明るい店だ。仕事を終えた背広姿が、列を作って大通りを横切ってくる。人の流れは繁華街へと向かっていた。

「ユッコちゃん、この街、ちょっと稼げそうじゃない？」

王冠みたいに夜空に広がるネオンを見て、宗太郎の声が明るくなった。百合江は列車に揺られていたときからずっと『夢や』の女将《おかみ》が言った言葉を繰り返し思いだしていた。

もう、人前で歌うことはないのかもしれない。正直、今は腹から声を出す気力は残っていなかった。すべて『夢や』の半月で使い果たした。これ以上歌にしがみついていたら、自分たちが良くない方向へ堕《お》ちて行きそうな予感があった。宗太郎から赤ん坊がいつごろ産まれるのかを訊ねられたことはなかった。ネオン街を見てはしゃいでいるのは、歌ったり踊ったりが好きな、子供のような父親だ。

百合江はサインポールの陰から店の中を覗《のぞ》いてみた。そうしているあいだにもひとりふたりと仕事帰りの客が店内に入ってゆく。店には人の肩幅の二倍はありそうな椅《い》子《す》が六台並んでおり、空いている椅子はなかった。白衣を着た弟子たちが、仕事をする職人の後ろに立ち、緊張した面持ちで自分の出番を待っている。百合江はいちばん手前の椅子でハサミを握っている女の横顔を見つめた。蛍光灯の下にあるおかっぱ頭。里実だ。目の前の仕事以外は何も目に入れぬ気の強そうな気配は、子供のころと少しも変わっていなかった。

ネオン街をぶらつきながら三十分に一度ずつ清水理髪店の様子を見た。最後の客が帰るころ、時計はすでに午後八時を指していた。弟子たちが一斉に店の掃除を始める。いったい全部で何人いるのか数えられないほど、店内には幼い白衣姿が溢《あふ》れていた。手紙にあった、釧路でいちばん忙しいお店というのは本当なのだろう。順番待ちの椅子でこちらに背を向けて新聞を読んでいるのが親方のようだ。

百合江はサインポールのコンセントを抜きに外に出てきた、いがぐり頭の男の子に声をかけた。

「職人さんの杉山里実を呼んでもらえないでしょうか。わたし、杉山百合江といいます。里実の姉です」

いがぐり頭は不思議そうな顔をして百合江を見ると、一度店の中へ入った。親方に何か話しかけている。店の外を振り返った親方と目が合った。五十がらみの、いかにも職人という角刈り頭だ。親方は店のドアを開けて百合江と宗太郎に頭を下げると、こちらへどうぞと手招きした。

店の奥から現れた里実は、白衣ではなく前掛け姿だった。ユッコちゃん、と言ったきり棒立ちになっている。すぐには言葉も出てこないようだ。百合江も精一杯微笑《ほほえ》むことしかできなかった。百合江が標茶を飛び出したあとにこの妹が味わった苦労を思うと、詫びの言葉もすぐには出てこない。

里実の目が赤く潤《うる》んだ。気丈な眼差《まなざ》しが痛々しい。百合江は標茶の駅まで父の卯一と迎えに行った日のことを思いだしていた。あの日の赤いカチューシャが眼裏《まなうら》に蘇《よみがえ》った。

「忙しいところ、ごめんね。サトちゃんの顔だけ見て行こうと思って。元気そうで良かった」

「ユッコちゃん、手紙がきてからしばらく経《た》ったから、どうしてるか心配してたの。毎日待ってたよ、わたし、毎日ユッコちゃんのこと、待ってたんだから」

忙しく立ち働いていた弟子たちが一斉にこちらを見た。里実の目から涙があふれ出す。百合江が上手に泣けないのは、夏からいろんなことがありすぎたせいだ。腰を折って前掛けで涙を拭《ぬぐ》う里実は、この理髪店の大切な職人なのだろう。弟子はたくさんいるようだが、半分残ればいいところだ。目を見れば分かる。

「会えて良かった。明日の朝、標茶へ行こうと思ってるの」

しばらくいることになる、と告げるとしばらくとはどのくらいだと訊ねてくる。百合江は無意識に腹のあたりに手をあてていた。里実が不思議そうな顔で百合江の肩向こうを見ていた。振り返ると宗太郎がきょろきょろと店内を見回していた。ギターを背中に担《かつ》いで百合江の風呂敷《ふろしき》包みを持っている。

「紹介が遅れてごめん。滝本宗太郎さんっていうの。一座の仲間」

「一座の人も一緒に標茶へ行くの？」

百合江は曖昧《あいまい》にうなずいた。里実はちょっと、と言って百合江と宗太郎を店の外に連れ出した。ネオン街の賑わいがさっきよりも増したようだ。外に出た宗太郎は、少し離れた場所でふたりに背を向け賑わう方角を見ていた。

「ねぇ、本当にその人を連れて行くの？」

里実の心配はもっともだった。父や母、成長した弟たちでいっぱいの家に、大人がふたりも厄介になれないことは充分予測できる。百合江は懸命に妹が納得する言葉を探した。正直に言うしかなさそうだ。いずれわかることだという開き直りもあった。

「春に、子供が産まれるの」

　このときばかりは百合江も貧血が起きそうになった。好き勝手して故郷を飛び出した上、身重になって戻った姉を、この潔癖な妹がどう思うか考えるだけで身が縮む。里実の視線が百合江から宗太郎へ、そして百合江の腹へと移る。目は大きく見開かれ、口もぽっかり開いている。

　百合江は消え入りたい気分で下を向いた。

「おめでとう、ユッコちゃん」

　里実が満面の笑みで抱きついてきた。予想もしなかった反応に、今度は百合江のほうが戸惑っていた。宗太郎が体の向きを変えた。ぼんやりとした目で、妹の抱擁を受ける百合江を見ている。目が合った。百合江は照れとも嬉《うれ》しさともつかない気持ちになった。宗太郎は人差し指の先で額を掻《か》いていた。

　ドーランが剥《は》げるから顔を掻く癖はやめなさいと叱《しか》る鶴子を思いだしていた。たった一週間の公演で作られたにわか親衛隊が楽屋に押しかけたときも、宗太郎は同じことを言われていた。

　里実が百合江の手を握ったまま、早口でまくし立てた。

「標茶へは挨拶《あいさつ》程度なら仕方ないけど、あそこに長くいるのは無理。わたしが釧路に良さそうな部屋を探しておいてあげる。鉄道沿いだとまだまだ安く借りられるって聞いた。中心街のお店だから、いろんなお客さんがくるの。すぐに見つけられると思う」

　街場の床屋には、情報が欲しい人間も提供したい人間も、たくさん集まってくるのだという。里実がユッコちゃん、と声を落とした。

「わたしたち、標茶を出てきて正解だったよ。薬屋さんのこと、言っておくね」

　里実の話によれば、薬屋の女将さんは百合江が辞めた一年後に店主と離婚したという。今は百合江の代わりに店番に入った娘が新しい女将さんとなっているらしい。

「あのあと、いろんな噂《うわさ》が流れたの。デマばっかり。だけど女将さんが商店街の人みんなにぶちまけて標茶を出たもんだから大変。龍天堂の店主、もうよぼよぼの爺《じい》さんみたいになっちゃってる。今はだれもユッコちゃんのこと悪く言う人いないから。心配しなくていいんだよ」

　百合江はこの、聡明《そうめい》で行動力のある妹の目をまじまじと見た。微笑む里実の左頰に、ちいさなえくぼがあった。

「サトちゃん、お仕事楽しい？」

　里実はもちろんと答えた。一人前の職人になった妹がまぶしかった。今夜の宿はもう決まったのかと訊《き》くので、まだと答えた。

「駅前に旅館があったから、あのあたりにしようかと思ってる」

「宿も決めないで八時過ぎまでこんなところに居ちゃ駄目じゃないの。とにかく、明日標茶へ行くのはわかったから、一泊したら釧路に戻ってきて。住む場所と赤ちゃんを産む病院と」

そこまで言って、里実の言葉が止まった。頼もしさに翳《かげ》りがさした。数秒、みんなそれぞれ唇を動かしあぐねていた。沈黙を作ったのも破ったのも、里実だった。

「宗太郎お義兄《にい》さんのお仕事も、探さないと」

宗太郎は唐突に出てきた自分の名前にぴょんと跳ねた。

「サトちゃんがそこまで心配することはないよ。わたしたち、その日暮らしと宿のない生活には慣れてるんだ。ここはいい街だね。ネオンが明るいもの」

秋風の冷たい夜だったが、港町特有の来る者は拒まない気配を感じていた。だからといって街の人が手放しで優しいかというと決してそうではないのだが。百合江は妹が言うように、標茶で肩身の狭い思いをしながら出産するよりも、この街にいたほうがいいと思うようになっていた。

里実がこれほど頼もしく思えたのは初めてだった。やはり夕張のママちゃんに育てられたことが良かったのかもしれない。ふと気になって訊《たず》ねてみた。

「夕張とは、連絡を取れてるの？　ママちゃんは元気でいるのかな」

里実の頬が強《こわ》ばった。里実は、自分の話になると途端に口が重くなった。それでも立ち話の断片をつなぎ合わせると、おおよそのことは見当がついた。

ママちゃんは、帳場を任せていたヒデさんに有り金と権利証を持ち逃げされて、一文無しになってしまった。札幌に出たところまではわかっているのだが、今は行方知れずだ。

里実は、何度か旅館の新しい経営者と連絡を取ってみたが、ママちゃんの行方はわからなかった。いつか夕張へ帰って再びママちゃんと暮らすという夢も、看護婦になるという夢も断たれたのに、この子はこんなにもたくましい。つまらない慰めを言う気になれなかった。百合江は標茶に一泊したら必ず戻ると約束して、里実を店に戻した。

旅館に入る前、宗太郎は小腹が空《す》いたといって駅前商店から赤飯と梅干しのおにぎりをふたつずつ買ってきた。閉店間際《まぎわ》なので半額だったと喜んでいる。

パチンコ屋の灯りが落ちた。ネオンは少しずつ、幣舞橋《ぬさまいばし》のあるほうに集中し始めている。百合江は故郷を飛び出したときのことを思いだした。

そのときどきを精いっぱい生きてきたつもりだったけれど、結局はひとつところに落ち着けない根無し草なのだろう。標茶での弟子時代、歯を食いしばって技術を身につけた里実に比べたら、三日先の暮らしも想像できない自分など、どうしようもないやくざに思えてきた。

「ユッコちゃん、何考えてんの」

隣の布団《ふとん》で宗太郎がつぶやいた。何を考えているのか、本当に知りたいような響きではなかった。百合江は「なんも」と応《こた》え、柔らかな腹を両手で包んだ。もう仰向けになっても、平たい腹ではなくなっていた。内側に命を守る袋がある。宗太郎は、赤ん坊ができたことを喜んではくれたけれど、うち明けてからは一度も百合江に触れようとしなかった。さびしくはあったが、男というのはそういうものなのだと思うことで心に折り合いをつけた。

連れ込み宿ではない、まともな旅館に泊まったのは久し振りのことだった。布団の厚みが、港町の裕福さを教えてくれた。ここに住めば、毎日お祭りのように騒がしいに違いなかった。宗太郎もきっと楽しく暮らせる。ひとつところに落ち着いて、赤ん坊と宗太郎のいる暮らし。毎日みそ汁のにおいがする台所。他の考えや不安が入りこまぬよう、釧路の街に住むことの、いいことばかりを数えた。

やがて訪れた眠りは、朝まで百合江にひとかけらの夢もみせなかった。

翌日、バスを乗り継いで中茶安別に着いたのは午後三時過ぎだった。馬車道に入る手前でバスを降りると、宗太郎は暮れなずむ空と牧草畑しかない景色に驚き、しばらく稜線《りょうせん》を眺め続けた。

「ねえ、こんなところに人が住んでるの?」

百合江は笑いながら「もうちょっと先にね」と答えた。

故郷は、変わるものは大きく変わり、変わらぬものは本当にそのままだった。実家の開拓小屋は、すり鉢の底のような土地に雑草と同じく「生えて」いた。坂を下りて開拓小屋の前までくると、さすがにためらった。がたつく玄関の戸に手を掛ける。背後から野太い声がした。

「誰だ、お前ら」

農協のマークが入った青いつなぎを着た男が、牛舎からこちらに向かって歩いてくる。百合江はそれが誰なのかわからず、「ここの娘の百合江です」と答えた。男はいちばん上の弟だった。

実家には誰ひとり、百合江の帰郷を喜ぶ者はいなかった。

卯一が相変わらず昼間から酒を飲んでいた。卯一は百合江が駅で買った釧路の地酒を見て、挨拶もそこそこに栓を抜いた。百合江が勝手に故郷を飛び出したことについて、一切触れようとはしなかった。

ハギは土間の隅にある瓶《かめ》から鍋《なべ》へ、ひしゃくで水を掬《すく》っていた。娘が家にあがっても、こちらを向こうとしない。百合江は土間に下りた。変わらず台所に立つハギの横顔をみたとき、両目から涙が溢れた。髪は半分以上が白くなっており、節《ふし》くれ立った太い指はあかぎれで割れたところに泥が詰まったものか、黒い筋が何本もできていた。

アキアジのアラと痩《や》せた芋と大根、人参《にんじん》。それらを竈《かまど》の上の鍋に入れている。今夜はあら汁のようだ。ハギはひとことも喋《しゃべ》らないまま、煮だった鍋に味噌《みそ》を入れた。

小屋には電気が引かれており、天井には裸電球がぶら下がっていた。何より百合江を驚かせたのは、いちばん上の弟が中学にも通わず牛舎の仕事をしていることだった。今は牛が五頭、農耕馬が一頭おり、日々の搾乳《さくにゅう》が主な収入源だという。治、正、和、と呼んでみても、みな百合江の顔など覚えてはいなかった。本当なら中学に通っているはずの治が、何をどう聞かされて育ったものか、百合江を見て「女郎様のおかえりか」と吐き捨てた。弟たちは三人とも、荒《すさ》みきった態度で百合江と宗太郎を迎えた。

夜は夜で、奥の部屋に身体《からだ》の大きな年子の男が三人ごろごろしており、布団も余分にはないので、結局だらだらと飲み続ける卯一に宗太郎がつき合うかたちで夜が更けた。ありがたいのは宗太郎がほとんど酒に酔って見えないことだった。酔っぱらいの相手は旅で慣れている。酒をつき合えるだけで充分可愛《かわい》がられたことが、こんな場所で役に立った。

「なんだよう、宗太郎さんよ、あんた本当に百合江の亭主だってかい」

「へぇ、そういうふうに思っていただけるとありがたいことでございます」

「なんだか妙なしゃべり方するが、仕事は何をしてるんだ」

「旅役者でございましたが、今は廃業しております」

「なんでぇ、役者か。まぁ、廃業ってなら好都合だべ。どうだ、うちの牧場で働かないか。給金はたんまり出すぞ。お前らふたりくらい増えたって、どうってことねぇべよ」

卯一の酒はいつの間にかホラ酒に変わっていた。板張りの開拓小屋で、息子たちを学校に通わせることもできない牧場に、娘夫婦を養う糧《かて》があるわけもなかった。百合江はストーブに薪《まき》を一本くべて、土間の隅に置いた一斗樽《だる》に腰掛けているハギのそばに座った。小屋じゅうに卯一の声が響いていた。

「長いこと勝手して、ごめんなさい」

ハギはうつろな目で百合江を見た。久しぶりに会った娘に、元気だったかのひとこともない。なんの挨拶もなしに飛び出したのだから、仕方なかった。百合江は母の様子を見て、もともと口数の多い女ではなかったが、これほど感情の起伏のない人だったろうかと首を傾《かし》げた。里実が釧路に住むよう強く勧めた理由も、何となく察しがついた。ハギを頼って赤ん坊を産むのは無理だ。

百合江は湯飲みに注いだ酒を母に手渡した。ハギは酒を受け取ると、水を飲むように一気に喉に流し込んだ。飲んだあとは涼しい顔で湯飲みを突き出す。もう一杯くれという意味だった。胡座《あぐら》をかいた宗太郎の膝《ひざ》のあたりで湯飲み八分目ほど酒を注ぎ、もう一度ハギに手渡した。

「あんがとよ」

ようやく聞けた声は、ひどく嗄《かす》れてまるで老婆《ろうば》のようだった。百合江を産んだのが二十歳だったというから、まだ四十半ばのはずだ。鶴子とほとんどかわらない。ハギを見ていると、どうしても鶴子を思いだしてしまう。百合江はさびしく母を見た。

ユッコ、とハギが言った。小声なので耳を近づけねばよく聞こえない。百合江は土間の縁に降ろしていた腰を浮かせ、母に体ひとつぶん近づいた。

「ユッコ、あの男とは長いことないべから、覚悟しとけや」

「母さん、いきなりなに言うの」

「お前、腹にワラシおるべ。そいつはさっさと流せや。苦労するだけだべし」

ハギは酒くさい息を吐いて、鼻先で笑った。

「サトはなぁ、ありゃ客商売に向いとる女だったわ。身内にはつんけんつんけんすっけども、客うけはたいそういいらしいんだわな。なに言ってまるめられたかわからんけども、床屋の大将は今でもサトを引き抜かれたことを悔しがっとるとさ。あれは恩も身内も他人もねぇ風見鶏だべ。釧路さ出てからは、ほとんどこっちにゃ寄りつきもせん」

「サトちゃんには、昨夜会った。元気で、一人前の職人になっとったよ」

笑ったハギの抜け落ちた前歯のあいだから、空気が漏れた。

「女ワラシふたり産んだって、男ワラシなんぼ産んだって、いいことなんかなんもなかった。いてぇ思いしただけだ。ばかばかしい」

ハギはそう言うと、足もとに寄ってきた肥えた蜘蛛《くも》を地下足袋の裏で踏み潰《つぶ》した。

翌朝百合江はストーブの薪が弾《はじ》ける音で目覚めた。既に日は昇り始めており、長男の治が牛舎に向かうところだった。弟たちの部屋は、人間のというよりも、動物を思わせるにおいがしていた。

ハギはすでに野良《のら》仕事に出ていた。卯一は腹に座布団をのせて鼾《いびき》をかいていた。百合江が起きあがるのを待っていたみたいに、宗太郎が身を起こした。

「ユッコちゃん、行こうか」

　無意識に笑っていた。「行こうか」。宗太郎も笑った。百合江はここで子供を産もうと思った自分を笑った。この家から少しでも離れようと懸命な妹を、何に縛られているのかわからぬ母を、飲んだくれの父を、卑屈な弟たちを笑った。

　釧路に戻ってみると、里実はすでに線路沿いに陽当たりのいいアパートを見つけていた。仮契約を済ませておいたという手際《てぎわ》の良さにはただ驚くばかりだった。

「ぜったいにここしかないと思う。親方の一番弟子が産業道路の向かい側で店を開いてるの。街まで歩いて二十分で、この値段は即決よ。線路沿いだけど釧網《せんもう》本線だし、一日に何本も通らないからそんなに気にすることもないでしょう。細かい買い物は線路向こうの萩倉《はぎくら》商店があるし、金物から食料品まで揃《そろ》うから大丈夫」

「サトちゃんありがとうねぇ。何から何まで。親方にもよろしく言ってちょうだい」

　里実は満足そうに微笑《ほほえ》み、西日に真白い頰を照らされながら、がらんとした六畳二間の真ん中に立った。

「病院は、ここから歩いて十分の、城山にある博愛病院がいいと思う。先生も若いし、最新のお産ができるそうよ。そこなら私もすぐに駆けつけられるし、安心」

宗太郎はきょろきょろと部屋の中を見回し、台所の東側と茶の間の西側についている窓を行ったりきたりしている。アパートから、二百メートルほど離れたところに大きな工場が見えた。

「あれは日東化学。配合飼料の工場。人もいっぱい働いているけど、治安の悪いところじゃあないから安心して。お風呂《ふろ》屋さんは、ここから歩いて十分くらいかな。白山湯ってところがあるんだけど、道路沿いだし産院のすぐそばだし、便利は悪くないと思う」

ありがとうという言葉しかでてこなかった。

その夜、理髪店が閉まってから見習いの若い子たちを従えて、里実は親方から貰《もら》い受けた布団をふた組届けにやってきた。とりあえず畳が敷かれているので眠るには充分だと宗太郎と話していたときだった。

「いやだ、ユッコちゃん。私が仕事に戻ってから四時間もあったのに、何にも進んでないじゃない。晩ご飯はどうしたの」

「昨夜あんまり寝てなかったし、なんだかちょっと疲れてたもんだからうたた寝しちゃったみたい。ご飯は荷物に入ってる煎餅《せんべい》かなにかで間に合わせるわ」

里実は悪戯《いたずら》っぽい目をしたあと、輪ゴムをかけた包装紙を差し出した。受け取るとしっとり湿っている。すぐに握り飯であることがわかった。

「そんなことじゃあないかなと思って。ちょっとご飯を多めに炊《た》いたの。炊事係の特権」

さすがにこれは親方にも内緒らしく、後ろに従えた若弟子たちにも言い含めている。親方からも弟子たちからも信頼の厚い姉職人の姿だった。

里実があちこちに声をかけてくれるお陰で、翌日からひとつふたつと家財道具が集まり始めた。ちゃぶ台や鍋釜《なべかま》、茶碗《ちゃわん》やお椀《わん》や箸《はし》、手ぬぐいや洗面器、それらのほとんどを清水理髪店の弟子たちが運んでくる。

何日もしないうちに、理髪店で里実を贔屓《ひいき》にしてくれているという客がやってきた。五十がらみの男は、自分は駅前通りにある団子屋だと名乗った。

「旦那《だんな》さんのお仕事を探すお手伝いを頼まれたんですよ」

そのときばかりは、宗太郎も言葉を失っていた。本来ならばもろ手を挙げて喜ばねばならないところだ。しかしすべてが里実のペースで進んでゆく日々は、一座の暮らしに慣れたふたりにはなかなか馴染《なじ》まなかった。なんにしろ、里実の考えどおりに動くと、休む暇というのがない。二日に一度は仕事の終わりに姉夫婦の様子を見にやってくる里実に、百合江はこっそり言った。

「サトちゃん、うちら長いこと旅の一座でのんびりやってきたもんだから、あんまりあくせくするのは苦手なの。宗ちゃんの仕事のこと、焦《あせ》らせないでやってくれる？」

「ユッコちゃん、もう一座は解散したんでしょう？　この非常事態にあくせくしないで、いつ頑張るの。春にはふたりとも親になるんだよ」

宗太郎が団子屋の主人に連れられて見学に行った先は、駅前市場に出店している蒲《かま》鉾《ぼこ》屋《や》の売り子だった。ただ、朝の三時には売り場にいなければならないという。宗太郎は即答で断った。

「あたし、早起きは駄目なのよ。なんかこう、ギターを弾いたり歌ったり踊ったりっていうお仕事はないかしらねぇ。それなら朝まで働けると思うんだけど」

これには団子屋の主人も口から茶を吹き出すほど驚き、驚きついでに最近繁華街で人気があるというキャバレーの話を始めた。

「いや、ずいぶん賑《にぎ》やからしいんですわ。中学時代の同級生が始めたんですけどね。あぁ、歌ったり踊ったりっていうなら、ああいうところのほうがいいのかもしれませんねぇ。それじゃあ、試しに今晩ちょっと見学がてら行ってみましょうかね」

宗太郎の、思ったことをすぽんと口にだす性分を、団子屋も気に入ったようだ。店は女房に任せきりにして、自分は仕入れと配達をやっているという。どこかあい通じるところでもあるのだろう。

宗太郎は明け方、久し振りのネオンに引き止められたと、すっかりよれたシャツとズボン姿で戻ってきた。百合江はそんな宗太郎を見ても、腹をたてることができずにいた。この男をこんな暮らしに引きずり込んだのは自分だという思いを捨てきれない。本当ならネオンじゃなく、スポットライトを浴びる毎日を送れたはず、というのが百合江の負い目になっている。

百合江は用意した握り飯も食べずに宗太郎の寝顔を見ていた。腹は空《す》いてくるが宗太郎を寝かせたまま、自分だけ食べる気になれなかった。

喉《のど》が渇いたといってむっくりと起きあがった宗太郎に、水と濡《ぬ》らした手ぬぐいを渡し訊《たず》ねた。

「宗ちゃん、本当にここで暮らすので構わないのかい」

宗太郎は眉間《みけん》に皺《しわ》を寄せてコップを持つ手を止めた。

「ねぇ、なんでそんなことばっかり訊《き》くのさ。あたしがいい気分で飲んできたこと、そんなに腹あんばいが悪いかい。いいじゃないか、標茶じゃあんなに気を遣ったんだからさ。さんざんだったよ。ユッコちゃんの親だと思うから我慢してたけど。世話焼きの妹にもうんざり。親切ってのはもっと控え目にやるもんじゃないのかい。世話になってこんな言いぐさもなんだけどさ。あたしはもう、息が詰まりそうなんだよ」
せめてユッコちゃんだけでも黙っててちょうだいと言われたら、もう何も言えなくなった。「あの男とは長いことないべから、覚悟しとけや」と言ったハギの言葉が胸をよぎる。急いで蓋《ふた》をするが、何度も胸奥でこだました。

ふたりでひとつところに暮らし始めて、三か月と少し経《た》った。年の暮れ、百合江は新しくできた川沿いの家具屋からミシンを借り受け、カーテン縫いの職を得た。カーテンの注文がないときは針と糸を替えて、洋服の部分縫いの下請けも引き受けた。これならば家で赤ん坊をおんぶしていてもできる。

仕事は少ないながらもミシンの音が響く毎日だった。洋服をまるごと一枚縫えるようになれば、収入も増えるとアドバイスしたのは里実だった。ふと、薬屋の三畳間で縫ったワンピースを思いだした。一条鶴子の赤いドレス姿が鮮やかに眼裏《まなうら》を通りすぎていった。

百合江はブラザーのパターンを買い込み、ブラウスやスカート、コートを縫う練習を重ねた。布はカーテンの端切《はぎ》れで間に合わせた。光沢のあるカーテン素材がスカートになると、まるで週刊誌のファッション特集から飛び出してきたように見えた。百合江が縫うスカートは、里実の仕事着になり、ワンピースはよそ行きの服になった。腹が出てきたときのために、自分の妊婦服も縫ってある。

宗太郎は結局ギターを持って繁華街へ通う日々に戻った。一緒に行って歌おうと誘われるが、百合江は承知しなかった。あと二か月もするころには腹もせり出してくる。病院の検診を二回のところ一回にできるのは、赤ん坊が健康に育っているからだ。

「ユッコちゃんが歌ってくれたら、もっと稼げるのに。赤ん坊が腹にいるってのは、そんなに声が出ないものなのかい」

「うん。体の力をぜんぶこの子に吸い取られちゃってるみたいだ。食べても食べても腹が減るし、産まれたらまた考えるから。ごめんね」

夕方、しぶしぶ家を出て行く宗太郎の背を見送る。持ち帰る上がりは仙台やススキノに比べると驚くほど少なかった。それでも、ひとりで晩飯を食べるくらいは稼げるようで、夜の街の行きつけで好きなものを食べて帰ってくる。生活費はほとんど百合江の内職でまかなわれていた。

里実はときどき百合江の様子を見にアパートに立ち寄った。そのたびに食べ物だったり縫い物の仕事だったりを持ってきてくれる。里実の協力なくしてはとても生活できなかった。

宗太郎は里実が苦手らしかった。里実がくるたびに何かと理由をつけて部屋を出て行く。百合江が謝ると、里実は「わたしはお店でも男弟子たちには人気ないの」と笑った。

　ささやかにその年を終え、雪は少ないがそのぶん厳しく凍《い》てつく冬をやりすごした。枯れ芝と泥のにおいが混じりあう春の風が吹く五月、百合江は女の子を出産した。子供が産まれたら入籍することになっていたので、病室のネームプレートは「滝本百合江」にしてもらっている。

「綾子にしよう。女の子らしい、いい名前でしょう。あたしの、死んだおっか様の名前なんだけどいいかい」

　博愛病院のベッドで『杉山綾子』と書かれた紙を見せて宗太郎が言った。百合江は無邪気に喜んでいる夫に、おそるおそる滝本綾子ではないのかと訊ねた。宗太郎は今初めて気づいたという顔で、あぁ失敗失敗、ごめんごめんと繰り返した。

「そうだよね。綾子ちゃんはあたしたちの子だもんね。ユッコちゃんも杉山百合江じゃなく、もう滝本百合江なんだった。馬鹿《ばか》だなぁあたしったら」

　苺《いちご》のショートケーキをひと切れずつ口に運んでくれる宗太郎の手を握った。

「ごめんね、宗ちゃん」

宗太郎は困った顔をするだけでなにも言わなかった。百合江も言ってしまってから謝った理由を探していた。

四日後の退院の日、宗太郎はいつまで待っても迎えにこなかった。寝過ごしているのかと思い、里実に手伝ってもらいながら病院を出た。川沿いには埃《ほこり》くさい風が吹いていた。

「まったく、お義兄《にい》さんはなにやってるんだろう。ユッコちゃんももうちょっと強く言わなくちゃ。もうお父さんなんだから、子供みたいなことばっかりやってんじゃないよって」

「でもねぇ」

「ユッコちゃんを見てると、いらいらする。なんでそんなに遠慮するわけ。綾子はあの人の子なんだから、生活を安定させて妻と子供の生活の面倒をみるのはあたりまえのことじゃないの」

もっともな意見だ。残念だけれど自分たちが、そのまっとうでもっともな意見を実践できない種類の人間であることには気づいている。そのことを妹に伝えるには、途方もない言葉と熱意が必要だった。

アパートは鍵《かぎ》が開いていた。

「宗ちゃん、ただいま」

声をかけながら部屋に入る。風呂敷に包んだ荷物を持って里実もさっさと部屋に入った。百合江は部屋の様子が少し変わっていることに気づいた。何が違うとはっきりとは言えないのだが、間違いなく入院する前と今とでは何かが違うのだった。

「ユッコちゃん、ちょっと」

里実の金切り声が部屋に響いた。綾子を胸の高さに抱き直し、里実に走り寄った。大人たちの喧噪《けんそう》などには気づく様子もなく、綾子はすやすやと眠っている。

「なにこれ。なんなのこれ。あの人、なに考えてんの」

ミシンの上にあったのは、戸籍謄本《とうほん》だった。

『杉山綾子　女』

綾子は百合江の私生児として届けられていた。どこにも宗太郎の名前はなかった。

宗太郎がひとりを選んだ以上、百合江もまたひとりなのだった。改めて書類で見ると、不思議なことに思えた。ようやく部屋の様子が違うことに合点がいった。ギターと、宗太郎が好んで着ていたベルベットの上着が壁のハンガーから消えていた。

子供を挟み三人でひとつ家に住んでも、きっと自分たちはそれぞれひとりだったろう。あきらめが、子供を産み落としたあとの腹に満ちてゆく。里実の怒りはなかなかおさまらないようだ。百合江は綾子を抱っこしたままぼんやりと窓の外を見ていた。

「だから言ったのに。あの人、父親になんかなれないってずっと思ってた。夜の街に女いっぱいこさえて、毎日必ず誰かがご飯食べさせてくれてたって。昼はユッコちゃんの亭主のふりしながら、夜は好き放題やってたんだよ。お腹《なか》にさわるといけないと思って黙ってたけど、もう限界」

限界なんて――。

そんな言葉が唇からこぼれ落ちた。限界なんてものは、たんと見てきたはずだ。ただ、そのときそのときが手一杯で、いちいち考える余裕がなかっただけだ。今までは宗太郎がいたからなんとか乗りきってこられた。たとえ誰がどう思おうと、宗太郎は百合江を支えてくれていた。今日からはそれが綾子に代わるだけなのだろう。

「サトちゃん、お願いがあるんだけど、いいかい」

顔中に険をみなぎらせた里実が、唇を尖《とが》らせて百合江の言葉を待っている。幼いころとなにも変わっていなかった。自分が妹を苛立《いらだ》たせているのはわかっている。でも、そういう風にしか考えられないし、生きられない。

「家具屋さんに行って、また仕事をまわしてもらえるように頼んでちょうだい。取りに行けないので、そのぶんたくさん引き受けますって言って。あと、仕立物屋さんでどこかしっかりしたところがあったら紹介して。腕を訊かれたら、あんたに縫ったスカートやブラウスを見せてあげてちょうだい。どんなちいさな仕事でも、仕立て直しでもなんでもやるから」

里実はそれだけかと訊ねた。宗太郎のことはどうするつもりだと詰め寄ってくる。妹に責められながら、百合江はとりあえず三日ぶんの米があるかどうかを考えていた。百合江の頭の中は今日と明日食べるものと、赤ん坊の乳をださねばならないことでいっぱいだった。

赤ん坊が産まれたことを聞きつけた団子屋が、理髪店に紅白の大福を十個届けてくれていた。とりあえず今日は何とかなる。産褥《さんじょく》期間がどうのと看護婦は言っていたが、窓口で入院費を払ったあとはほとんど文無し同然だった。赤ん坊に乳をやりながら、ただ寝ているわけにはいかない。怒っている暇も、泣いている暇もなかった。

ふと、鶴子の遺骨を持って帰ろう、ひとりぼっちにしちゃあいけないと泣いた宗太郎の顔を思いだした。百合江はどうか赤ん坊が宗太郎に似てくれますようにと祈った。男だと少し頼りないことになるかもしれないが、女なら愛嬌《あいきょう》のある可愛《かわい》い子に育つだろう。百合江は父親に捨てられたことも知らずに眠る綾子の顔をのぞき込んで言った。

「あんた、女に生まれてよかったねぇ」

3

白無垢《しろむく》姿の里実を見て、百合江の目から涙が溢《あふ》れた。この姿をひと目夕張のママちゃんに見せたかった。彼女が見たら、なんと言うだろう。結婚が決まってから何度か夕張の旅館主と連絡を取ってみたものの、とうとうママちゃんの行方はわからなかった。

三歳になったばかりの綾子が、花束贈呈の大役を務めることになっており、今日は娘のために縫った水色のドレスが活躍する日だった。

「ユッコちゃん、泣いたら化粧が落ちちゃう。だめだめ。式が終わってからゆっくり泣いて」

「そんなこと言ったって、あんた」

清水理髪店の親方が、実は最初から長男の嫁と見込んで里実を引き抜いた、という噂《うわさ》が聞こえ始めたのが一年ほど前だった。技術にも商売にもうるさい親方が、弟子の里実に「うちの嫁に」と頭を下げたということだ。

夫となる清水時夫《ときお》は里実よりふたつ年上の二十七歳。結婚を機に、修業先だった札幌の自衛隊理髪部を辞めて本格的に実家の跡取りとして店に立つ。

無理のない流れだった。この三年間、里実ばかりではなく親方夫妻にもどれだけ世話になったかわからない。籍も入れないまま亭主に逃げられた百合江を、里実を通してずいぶんと支えてくれた。百合江はこぼれ落ちそうになる涙を押さえ、親族控室に並ぶ親方夫妻の前で畳に両手をついた。

「おふたりには感謝の言葉もございません。ふつつかな妹ではございますが、どうか末永く可愛《かわい》がってやってください」

それだけ言うのが精一杯だった。親方は百合江に、どうか頭を上げてくれと言い、女将《おかみ》さんは言葉に詰まりながら目頭を押さえている。

親族控室は清水家と杉山家のふた部屋用意されていたが、里実は衣装の用意ができあがったとき、介添人に婚家の控室に連れて行ってくれと頼んだ。杉山家の控室で里実がくるのを待っていた両親や弟たちは、花嫁が清水家控室に入ったというのを聞いて、露骨にほっとした顔になった。標茶《しべちゃ》には親戚《しんせき》も誰もいないので、里実側の出席者は開拓小屋に住む親兄弟と、百合江、綾子の七人に加え、最初に弟子に入った標茶の理髪店の店主夫妻の、計九人だった。

「なんだべ、そんな話は聞いたことがねぇけどな。まぁ、サトがそうしたいっていうんだったら仕方ねぇべ」

卯一は昨夜から途切れなく祝い酒を飲んでいたという。十畳ある控室には開拓小屋に漂っていたにおいと卯一の吐く息が充満している。へべれけの卯一とでっぷりと太って無口なハギを前に、頭を下げにやってきた婚家の親方も、礼を尽くしたあとはすぐに清水家の控室へと戻った。

弟たちの目は、なぜかみな濁っていた。若者らしい輝きがない。しかしそれも、両親と同じ景色の中にいると妙に納得できてしまうのだった。水色のドレスを着せられてはしゃぐ綾子をなだめ、ハギを立たせた。すっかり太って丸太のような体型になってしまったため、せっかく着せてもらった留《と》め袖《そで》の胸元がはだけている。百合江はいちど帯を解いて着崩れが目立つ長襦袢《ながじゅばん》の襟元を、外から見えないよう安全ピンで留めた。だらりと垂れた大きな乳房を、着付け室から分けて貰《もら》ったさらしで押さえる。少し襟合わせをきつめにして、体のだらしなさを補った。

「さすがは女郎上がりだな」

長男の治がつぶやくと、下の弟ふたりもにやにやと笑った。いたたまれず、母の留め袖を直したあと綾子を連れて廊下に出た。里実の結納金で、下の弟ふたりに車の免許を取りに行かせると聞いたのが朝のことだった。牧場を継ぐのは長男の治で、次男三男にはいずれダンプの運転手をやらせるという。弟ふたりを外で働かせないとトラクターの借金も払えないということは聞いていた。

「サトがそうやって使ってもいいって言ったんだ」

「だからって、結納金そっくり使い込むのはいくらなんでも」

「お前がなにか言えた義理か、あほう。サトは酒代に消えなければ何に使ってもいいって言ったぞ。言いたいことがあるんだら、いいとこさ嫁に行くか酒代のひとつも寄こしてからにすれ」

卯一とのやりとりは、百合江のほうが先に音を上げた。祝いの日にする話ではなかった。今日一日、なんとかつつがなく流れてゆきますように。あとは祈るしかない。

披露宴会場には百人の招待客がそれぞれの円卓に着いていた。

地元の理美容協会理事、学校長と、理容業界一色の挨拶《あいさつ》のあと、宴は無事乾杯に漕《こ》ぎ着けた。司会者は両家のつり合いの悪さを表に出さぬよう気遣ってくれたし、両親の代わりに姉の百合江が挨拶回りをしていることをのぞけば、里実に大きく恥をかかせる場面はなかった。

百合江はテーブルに肘《ひじ》をついて酒を飲む卯一が、おかしなことを口走らないよう神経を注ぎ続けた。中盤、ドレスの裾《すそ》を踏んで転びそうになる綾子を支え、花束贈呈を済ませた。百合江がホッとしたのもつかの間、お土産に貰った着せ替え人形を席に置き、綾子がドレスの裾を持ち上げて走り出した。舞台では生バンドで協会理事長が『憧《あこが》れのハワイ航路』を歌っている。

「綾子、ちょっと待ちなさい、綾子」

留め袖の裾を気にしながら娘を追ったが、摑《つか》まえたときは既に舞台に上がってしまった後だった。ハワイ航路が終わり、会場からは拍手が湧《わ》いている。百合江が舞台から下ろそうとすると、驚くほど通る声で綾子が言った。

「綾ちゃんも歌う」

会場がどっと沸いた。司会者が気を利《き》かせて綾子にマイクを向けた。

「花束贈呈、可愛かったねぇ。それでは、お祝いに一曲お願いできますか?」

綾子は満面の笑みでうなずくと、大きな声で『情熱の花』を歌います、と言ったのだった。会場はますます沸いた。

「おかあさん、下の歌うたって」

百合江はまさかと娘の顔を見た。そっと訊《たず》ねてみる。

「綾ちゃん、下の歌って、音がちょっと低くなるほうのこと?」

うん。うなずく綾子の目は真剣だ。これには百合江も観念した。母娘の背丈を合わせるために、どこからか踏み台が運ばれてきた。綾子が颯爽《さっそう》と踏み台の上に乗る。バンドマスターが音をいくつか入れてキーを確認した。綾子が「これ」と言ったのは原曲のキーだった。

長襦袢の中が汗だくになる舞台は初めてだった。旅の一座で初舞台を踏んだときよりずっと緊張している。綾子の伸びのある声は子供とは思えないほど会場に通った。百合江の耳の奥に、宗太郎のギターが蘇《よみがえ》る。ひとつの音も外さない母娘の『情熱の花』が終わると、会場は割れんばかりの拍手で満ちた。

喝采《かっさい》を浴びる娘の喜びようとは裏腹に、百合江の心はしくしくと痛んだ。この音感はまぎれもなく宗太郎から受け継いだものに違いなかった。脳裏を宗太郎の面影がよぎった。自分は無意識のうちに娘の前でこの歌を歌っていたのだ。それがこんなにもかなしいことだとは思わなかった。

あとは新郎の恩師による万歳三唱を残すだけとなった。百合江の隣に座っていたハギが、大きなため息を吐いた。

運悪く、一瞬場内が静まり返ったときだった。両隣の円卓にあった視線がすべてハギに注がれた。百合江は慌《あわ》ててハンカチで母の目を押さえ、背中をさすった。この空気にうんざりしているハギを、なんとか娘の結婚に涙する母に仕立てなければならない。百合江はハギの背をさすりながらあまりの情けなさに涙ぐんだ。集まった強い視線が緩む気配が伝わってきた。

「母さん、何かんがえてんのよ。どうなるかと思ったでしょう」

ハギは面倒くさそうに「そらぁ、すまんかったな」とつぶやいた。それが今日、母が初めて口にした言葉だった。

婚家への挨拶も司会者との式次第調整も、今日だけは百合江が動いた。いつもなら里実が誰より早くに段取りをつけるのだが、その里実が主役では誰かが代わりを務めなければならない。招待客が帰るころには百合江の心労も頂点に達していた。見かねたブライダル係が綾子の面倒をみてくれていたのが救いだった。

衣装を脱ぐため里実が花嫁控室に入ったのを見届け、百合江は両親と弟たちに言った。

「これから先、サトちゃんや清水さんに迷惑をかけないでちょうだい。お金の話も一切禁止。もうあの子は清水里実なんだから、あたしたちとは関係ないんだから」

部屋の空気は沼のように濁っていた。この澱《よど》んだ気配を見たら、里実が怒りで泣き出してしまうのではないかと、百合江はそのことばかり考えていた。

「早く標茶に帰りなさいよ。お祝いの席に水を差す前に、早く」

酒に酔って足もともおぼつかなかった卯一が、今度はけたけたと笑い始めた。父も母も弟たちも、貸衣装を脱いだあとはもう、野良着《のらぎ》同然の服装だ。里実の結納金が弟たちの免許取得だけではなく、借金の返済に充《あ》てられていることは一目瞭然《いちもくりょうぜん》だった。

「ユッコ、お前なにか勘違いしてるべ。俺ら、今とおんなじこと、サトからも言われてんのによう。自分はもう清水の人間だから、結婚式が終わったら二度と目の前に現れないでくれって。そんな話あるか、馬鹿野郎《ばかやろう》。結婚式では酒は飲むな、あれはするなこれもするな。そんじゃあ呼ぶなって言ったら、結納金たたきつけやがった。あのタマはどうにもならんべ」

治が「女郎の妹だからな」と言って笑った。残りふたりの弟も同じ顔で笑っていた。たまらず百合江は怒鳴った。

「三人ともその女郎の弟なら、それらしくまっすぐな背骨のひとつも見せたらどうなんだい」

男たちが黙り込んだあとも、ハギだけがひとり虚《うつ》ろな目で笑っていた。控室がしんと静まったところへ、ノックの音が響いた。百合江が返事をすると、ブライダル係が薄く戸を開けた。
「お姉様、いらっしゃいますか」
百合江は両親と弟たちが借りた衣装をまとめて、両手に持った。
「今返しに行きますから。ごめんなさい」
係は、そちらはお気になさらずと前置きして、「新婦さまが衣装室でお待ちです」
と小声で言った。百合江は借りた衣装を抱え、留め袖を着たまま部屋を出た。
「すっかり娘の面倒までみていただいて、申しわけありませんでした」
「いえ、いい子にしていてくれましたよ。あの舞台は本日最高の見せ場でしたねぇ。
それにしても、お上手でびっくりしました。わたくしもこの仕事を十年以上しており
ますけれど、あんなに歌のお上手なお子さんは初めてでした。疲れたのか眠ってしま
ったので、衣装室に寝かせております。毛布を二枚に折って掛けてありますけど、寒
くはないでしょうかね」
衣装室までのあいだ、何度も係に頭を下げた。目立たず心配《こころくば》りができる女性だった。
里実が「行き届いた人」と褒めるくらいだから、相当仕事のできる女なのだろう。
衣装室で百合江の縫ったワンピースに着替えた里実は、花嫁化粧を落とし終わって、
化粧水を叩《たた》いているところだった。

「ユッコちゃん、今日はありがとう」

「何ごともなく無事に済んで、ほっとした。綾子には参っちゃったけど。花嫁さんもきれいだったし、清水さんもしっかりしてて、なんだかひな人形みたいだったねぇ」

里実はふふっと笑ったあと、ちょっと話があるの、と言って更に唇の端を引き上げた。部屋の隅で眠っている綾子を見た。まだ起きる気配はなさそうだ。

「ちょっとね、会ってほしい人がいるの」

「会ってほしい人って、誰」

「今日はわたしの結婚式でもあったけど、ユッコちゃんの顔見せでもあったんだよ」

「顔見せ?」

百合江の声が裏返った。里実が言うには、清水家の遠い親戚が嫁を探しているということだった。実は披露宴にもきていて、立ち働く百合江を見てたいそう乗り気だという。

「子連れでも構わないって言ってくれてるんだけど、どう?」

「どうって言われても、私その人に会ったことないし。綾子とふたりでなら、かつかつでもなんとか食べていけてるし」

里実の頬から笑みが消えた。百合江には何も告げず、先に相手側に姉の「品定め」

させたことはどうとも思っていないようだ。

「どうしてそう毎度毎度、今のことしか考えられないわけ。ユッコちゃん、綾子に父親のこと訊《き》かれたら、どうやって答えるつもりでいるの。子供は大きくなるんだよ。いずれ家を出て行くの。そのときユッコちゃん、ひとりでいられる？　いつまでも若いと思っちゃ駄目。十年後のことちゃんと考えなさいよ。十年後はまだいいよ。でも二十年後、まさか子供の世話になるつもりじゃあないでしょうね。このままだと綾子が肩身の狭い思いするの、目に見えてるじゃないの。今日だって、あんな親でもとりあえずふたり揃《そろ》って式に出たことでわたしの面子《めんつ》も立ったこと、ちゃんと見てたでしょう」

花嫁衣装を脱いだあとは、いつもの里実だった。結婚式に両親が揃っているというのは、女にとって最低限必要な嫁入り道具じゃないかと里実は言う。嫁に出たあとは実家と関わらないと言い切ったことのつじつまも合っている。

里実は困り顔の百合江に、今度は哀願する目で言った。

「わたしひとりだけ幸せになるなんて、嫌なの。ユッコちゃんも一緒に幸せになってほしいの。それだけなのよ」

そう言われては、相手に会わないわけにはいかなかった。会って、私などめっそうもない、とひとこと言えば済むことだ。

「わかった。会う。会うからそんな顔しないで」

綾子が目を覚ました。百合江は娘のところに駆け寄り、毛布ごと抱き上げた。

百合江が高樹春一《たかぎしゅんいち》に会うことになったのは、里実が新婚旅行先の川湯から戻った週の日曜日だった。日曜ならば理髪店も休みだし、午前中に挨拶まわりをしたあとは綾子をみていてあげられるから、という理由だ。すべての段取りは里実が整えた。

「ユッコちゃん、いい？　こっちからは絶対にもったいないお話とか言っちゃ駄目よ。自分は縫い物で子供とふたり暮らせるくらい収入があって、別に結婚なんかしなくてもいいんだっていう態度で行かなきゃ」

「あんた、それはこのあいだ言ってたことと逆じゃないの」

「馬鹿ね、少しでも高く売らないでどうするの。最初から自分なんかっていう態度でいたら、相手もユッコちゃんを安く見ちゃうの。向こうに父親がいないのは好都合だけど、親戚を十人束ねたくらいうるさい母親がいるっていうから、とにかく足もとを見られたらお終《しま》いなんだからね。女だって、今は自分で自分を高く売る知恵がなきゃ駄目なのよ」

曖昧《あいまい》にうなずく百合江に向かって、そのブラウスとスカートでは地味すぎる、バッグは自分のを貸すからちゃんと背筋を伸ばせと言う。里実の小言を聞いているうちに、約束の時間が迫ってきた。

六月末、空は厚い霧と雲に覆《おお》われていた。気温はさほど高くないのに湿度で胸元に汗が流れる。釧路川の近くにあるレストラン『泉屋』が、高樹春一との見合い場所になっていた。里実に綾子を預けてからすぐ小走りで『泉屋』へ向かったものの、約束の十二時半ぎりぎりの到着だった。

タクシーを使えという里実の忠告は聞き流した。食べるのが精一杯の生活費から、見合いだからといってタクシー代を出すわけにはいかない。「食事どきに会うのか」と質問すれば「そのくらい向こうが出すに決まってるでしょう」という。百合江は呼吸を整え『泉屋』に入った。

建物の一階と二階がイタリア風のレストランになっていて、日曜の昼時は丸三鶴屋《まるさんつるや》の紙袋を抱えた家族連れで賑《にぎ》わっている。鶴屋は高級感も人気のひとつなのだが、定価からびた一文引かないので、百合江がそこの包装紙を手にするのは、年に一度あるかないかだった。下着と難しいニットもの以外は自分で縫えるし、余ったカーテン生地でバッグも作ることができる。洋服の流行を見るためにひとまわりすることはあるが、もっぱら百合江が買い物のために足を運ぶのは、駅前にある『金市舘《きんいちかん》』の手芸店だった。安い生地を見つけては、綾子の服も自分で縫った。パターンと洋裁の本、ファッション雑誌があれば、たいがいのものは自分で縫えた。売り物になるかどうかは、綾子や里実のものを縫ってみてから考える。里実の着ているものを見た理髪店の客からの依頼も多かった。

高樹春一は、『泉屋』の入口を入ってすぐの、エレベーター前に立っていた。イタリア映画の俳優とまではいわないが、背が高く大きな目が垂れ気味なことでやや日本人離れして見える男だった。俳優ほど生彩を放って見えないのは「役場職員」という地味な職業のせいかもしれない。ひと目でぶら下がりとわかるだぶついた灰色の背広に、紺色のネクタイを締めていた。百合江はそういえば、と思いだした。披露宴の会場で挨拶にまわっていたときに見たような気がする。ビールを注ぐ際、やけに恐縮していた男だ。

「お待たせしました。杉山です」

このたびはどうも、と同時に言い合って一瞬黙り、ふたたび同時に頭を下げては黙る。昼時の『泉屋』には次々と客が入ってくる。恐縮するばかりでなかなかその場から動こうとしない高樹春一を、百合江は地下の姉妹店に誘った。

「がやがやして、こっちだとゆっくりお話もできなさそう。地下はもう少し落ち着いているかもしれませんから、そっちをのぞいてみましょうか」

高樹春一は「申しわけありません、気づきませんで」と言って、そのときばかりは百合江の先に立ち、歩き出した。緊張しているのか、右手右脚が同時に前に出るのを止められないようだった。笑いたくなるのを必死でこらえて高樹の後ろをついて行く。

ふたりは地下の姉妹店へと入った。狭い店だったが、子連れがほとんどおらず、昼間の喧噪《けんそう》からは遠い。隅のテーブルがひとつ空いていた。

「あそこにしましょう」

うわずった大声で空席を指差す春一の前を黒いユニフォーム姿のフロア係が通り過ぎ、「こちらへどうぞ」と涼しい顔で言った。百合江は、地下に誘ったことを差し出がましい真似《まね》だったと振り返り、このことが里実の耳に入らなければいいがと、そればかり考えていた。

高樹春一は額に浮かんだ玉の汗をハンカチで拭《ぬぐ》いながら、係がメニューを訊きにくるまでのあいだに、テーブル上のポットにあった水を二杯飲んだ。店内には静かな映画音楽が流れている。他の客はみな場違いなふたりのことなど見向きもしなかった。百合江はこれ以上自分が先走ったことをしないよう、黙って見合い相手に合わせて水を飲んだ。

「メニューはお決まりでしょうか」

「ナポリタンふたつ」

高樹がどもりながら言うと、フロア係は開かれないままのメニューを持ち去った。

「で、良かったでしょうか」

「はぁ、はい。よろしいです」

そのときだけは笑いを我慢できず、高樹に再び汗をかかせることになった。

焼いた鉄板の上で音をたてるスパゲティナポリタンが運ばれてくるまでの十分間、百合江と高樹は向かい合ったまま何を話すこともなくテーブルを見つめていた。高樹は宗太郎とはまったく逆のタイプに見えた。やたらと緊張することも、口数が少ないことも、腕時計の黒いベルトも、背が高いことも、役場職員という堅実な仕事も。

綾子を産んでから、一年間は宗太郎を待っていたように思う。赤ん坊の首が据わってからは、おんぶ紐《ひも》で背中にくくりつけてミシンを踏んだ。少しずつ仕事が増えて、夜は子供と一緒にぐっすり眠れるようになってからは、毎日思いだしはしても、待つという意識が薄れていった。どこかで生きていてくれればいい。そんな風に思えるのは、鶴子のことがいつも心の隅にあるせいかもしれない。元気でいるなら上等だ。歌って踊っているなら、なおよろしい。一条鶴子が生きていたら、きっとそう言うはずだと思った。

「――とうかがいました」

はっとして顔を上げた。黙々とスパゲティを食べていたはずの男が、唇の周りをケチャップで赤く染めて微笑《ほほえ》んでいた。

「ごめんなさい、食べるのに夢中で」

高樹は下がった目尻《めじり》を更に下げて、洋裁で生計を立てていると聞いているのだが、と言った。

「はい。細々とですけど、なんとか暮らしております」

「お嬢さんは三歳になると聞いていますが」

「ええ。先月三つになったばかりです」

彼は少し言いにくそうに「父親の顔などは覚えていないんでしょうか」と訊《たず》ねた。

「里実ちゃんからどのように伝わっているか分かりませんけど、目が開くまえにいなくなりましたから。結婚もしないで産みましたので、まぁ、こんな暮らしも仕方のないことで」

百合江はスパゲティをフォークで丸めた。高樹の様子も少しずつ落ち着いてきているように見えた。訊きたいことは山ほどあるのだろう。もしかしたら背広の胸元に入っている手帳に、質問事項が箇条書きされているかもしれない。手帳を開いてひとつひとつ訊ねられても、笑って答えることに決めた。百合江はこちらからなにも質問しなければ妙な期待をさせずに済むと腹を括《くく》った。

　高樹は手帳にメモしたことを思い出すように、ときどき斜め上に視線を泳がせながら質問を続けた。食べ物は何が好きか、ひとりで子育てをしていて困ることはないか、病気のときはどうしているのか。百合江はなるべく悲観的に聞こえぬよう気をつけながら、今の暮らし向きを正直に語った。ただひとつの質問を除いては。

「東京で歌手をしていたというのは、本当ですか」

　うなずくのをためらっていると、高樹が続けた。

「妹さんからは、新宿コマや松竹の舞台で歌っていたと聞いているんですが」

　里実の見栄《みえ》にため息をつきたいのをこらえ、「ええ、まぁ」と語尾を濁した。旅の一座で歌も踊りもストリップまがいの演《だ》しものも、場所と時間と興行主の要望によってはなんでもやった、などと言ったら大変なことになる。正直に答えようという思いと、妹が恥をかいてはいけないという気持ちのあいだで揺れる。たとえ断られることを前提にしていたとしても、さんざん世話になっている清水家に泥を塗るような真似はできない。

　わかっているのに、なぜか言葉がこぼれ落ちた。

「わたしは里実ちゃんと違って、なにをやってもぱっとしないんです。中学を卒業して薬屋に勤めたんですけど、一年もたなかった。歌手といっても、旅芸人の一座で安い振《ふ》り袖《そで》を着て温泉宿や祭りのテントで歌ったり踊ったり。根がやくざなんでしょう。一座が解散になって、一緒に旅をしていた男と流しをやったりキャバレーで歌ったり。お腹《なか》が大きくなって北海道に戻ってきたというのが本当のところです。わたしがこの話をしたこと、里実ちゃんには黙っててくださいな。高樹さんのほうからお断りいただければ、あの子の顔も立つと思うんです。どうかよろしくお願いいたします」

　頭を下げると朝からずっしりと重かった心も少し軽くなった。高樹はフォークを包んでいた紙ナプキンで口元を拭《ふ》くと、はぁ、と言ったきり黙った。

「もうしわけありません」

　百合江はもう一度頭を下げた。綾子との暮らしがいつまで続くかわからないけれど、この生活は里実が思うほど苦しくはない。今日と明日のことしか考えられなくても、こうして三年生きてこられた。それでいいのだと思った。

界に入るようになってからは、壁に向かっていたミシンの向きを変えて部屋が視界に入るようにしている。こうすると、お漏らしにもいたずらにもすぐに気づくことができる。椅子《いす》が壁側にあるためミシンがせり出したぶん部屋は狭くなるが、娘とふたりきりの生活で六畳が二間あるというのは贅沢《ぜいたく》なことだった。

目標は、あと二年がんばって、できれば幼稚園に近い地域に引っ越して、狭くとも風呂《ふろ》のある部屋に移り住むこと。今の収入ではとてつもなく大きな夢だが、目標はないよりあったほうがいい。ミシンは朝早くから階下の住人が文句を言うぎりぎりの、夜九時まで休まず動かし続けた。

七月に入って最初の日曜日だった。川沿いの釧網《せんもう》本線付近では、乳白色の霧が生き物のように川上へと移動していた。窓から見える景色は、十メートル先の隣家も霞《かす》ませている。

お得意先から頼まれた三人姉妹のおそろいワンピースを縫っていたときのことだった。玄関のブザーが二度鳴った。アパートの住人の大半が女性ということで、二年前に大家さんが取り付けてくれたものだ。

七月の家賃は一日に納めたはずだ。日曜に仕事を持ってくる業者もいない。百合江はミシンを離れ、玄関に出た。丸い覗《のぞ》き窓から外を見ると、高樹春一が立っていた。

ドアを開けると、高樹は訪ねてきた用件も言わず何度も頭を下げている。水色のポロシャツとズボン姿で、夏を連れてきたようにも見えた。百合江と目が合い、みるみるうちに男の額に玉の汗が浮かんだ。高樹が手に提げた紙袋を百合江の目の前に差し出した。

「これをお届けしたくて。うちの近くの畑で穫《と》れた、朝もぎの苺《いちご》です。お嬢さんとどうぞ」

袋をのぞき込むと、四角いザルに山盛りの苺が入っていた。春から夏まで海霧に覆われる街では、表面がつややかに光る朝もぎの苺など、滅多に手に入らない。百合江は素直に礼を言った。高樹は玄関にも上がらず、大きな体を縮めている。

家は標茶から更に内陸に入った弟子屈《てしかが》町にあると聞いていた。阿寒と並ぶ温泉町である。どうやって釧路にでてきたのか訊ねると、背後を指差した。

「車です。ちょっとドライブと思って」

外に視線を移すと、アパートの前に水色の車が停まっていた。役場の職員をしながら車も持てる暮らしというのが、いまひとつピンとこなかった。安月給という印象しか持てずにいたことを心で詫《わ》びたが、それでもまだ高樹の訪問の意味がつかみきれない。

「今日お訪ねすることは、妹さんに連絡してあったんですが、何も聞かれてませんでしたか」

里実とは先週の土曜日から会っていない。理髪店のお客さんに頼まれたズボンの幅出しを仕上げて届けたきりである。里実は見合い後に高樹から何らかの返答を得ていたのだろう。用のあるときは店でいちばん下の弟子にメモを持たせて走らせる里実が、今回ばかりは会ってもなにも言わなかった。見合いの件について、里実から怒られることを覚悟していたので、拍子抜けした記憶がある。日ごろの周到さからは考えられないことだ。すべてのできごとを自分の視界におさめていなくては心の納まりがつかない里実だ。おそらく意識的にそうしたものと思われた。

「里実ちゃんも毎日忙しいですから、きっとお使いを出すのを忘れたんでしょう。どうかお気になさらず。この苺、よかったら一緒にいかがですか」

高樹を玄関先で帰すわけにもいかなかった。そんなことをしたら、里実に何を言われるかわからない。こうして綾子と暮らしていられるのも里実のお陰だった。

高樹は一瞬頬を紅潮させて首を横に振った。このまま帰るといってきかない彼を、百合江はもう一度引き止めた。

「玄関先で帰したら、わたしが里実ちゃんに怒られます」

突然やってきた背の高い男にびっくりしたのか、綾子はセルロイドの人形と着せ替え用の服や着物をひとまとめにして部屋の隅に行ってしまった。今まで娘が遊んでいた場所にちゃぶ台を出して、座布団《ざぶとん》がないことを詫びながら高樹を座らせた。ガスコンロで湯を沸かし、日東紅茶の黄色い箱からティーバッグをふたつ取り出す。ふたつしかない安売りカップの中で、すぐに湯が染まった。洗った苺を皿に盛ってちゃぶ台の上に置くと、ようやく綾子が百合江の隣にやってきた。

「綾ちゃん、ご挨拶《あいさつ》して」

こんにちは、というちいさな声に、高樹はひどく喜んだ。苺をひとつ綾子に渡した。百合江もひとつ食べてみた。予想よりずっと甘い。こんなに甘いならコンデンスミルクも要らない。果物本来の甘みが口いっぱいに広がった。綾子も夢中になって食べていた。

高樹はたいした話もしないまま三十分ほどで帰ると言い出した。娘とふたりの貧しい食事を見せるのもどうかと思い、百合江も引き止めなかった。彼は玄関で靴に足をいれてくるりと振り向き、ようやく自然な微笑みを浮かべた。

「余った苺は砂糖で煮詰めておくと長持ちするそうです。パンに挟んで食べると旨《うま》いと聞いています」

翌日線路向こうの萩倉商店から砂糖を買い、言われたとおり苺を煮詰めた。売っているものには及ばないだろうが、そこそこ旨いジャムができあがった。綾子は母の手作りジャムを喜び、食パンに挟んでやるといつもの倍の量食べた。産院で宗太郎が口に運んでくれた苺のショートケーキを思いだした。最近の綾子は笑うと宗太郎そっくりな顔になる。娘盛りを迎えるころは、さぞ美しくなるに違いなかった。

二週間後、高樹が再びアパートにやってきた。高樹から里実へは、電話で報告があるようだった。そのあいだ何度か遊びには来ているのに、里実は高樹のことについて自分から触れなかった。苺を持ってきてくれた話をしても「あら、良かったじゃない」と言う程度だ。薄気味の悪さはあるのだが、いずれにせよ里実の機嫌が良いにこしたことはなかった。

高樹の訪問は二週間に一度から、秋風が吹くころには一週間に一度に増えた。毎週日曜に野菜やケーキ、手みやげを持ってやってくるようになったころから、百合江のほうも警戒心が薄れていた。

里実があいだに入っていることに加え、高樹の紳士的なふるまい、綾子に対する穏やかな接しかたを見ていると、子供とふたりで生きていこうという決意が揺らぎ始めた。こうして反射式の石油ストーブひとつで越さねばならない長い冬を前にすると、余計に揺らぎは大きくなった。

十一月の最終日曜日、高樹は温泉まんじゅうの箱と母親が作ったという赤飯を持ってやってきた。彼の緊張した表情から、予感めいたものはあった。百合江が淹《い》れたお茶をひとくち飲んで、高樹はその場で静かに両手をついた。

「ちいさな温泉町ですが、よろしかったら僕のところにきてくれませんか。綾子さんのことも、精いっぱいのことをさせてください。なにより、百合江さんを幸せにさせてください」

十歳も上の男に長々と頭を下げ続けさせるわけにはいかなかった。百合江は高樹に顔を上げてくれるよう頼んだ。「潮どき」という言葉が胸をかすめていった。

「わたしでよければ、よろしくお願いいたします」

畳にすりつけんばかりだった高樹の頭がようやくもち上がった。三人で食卓を囲んだのは初めてだった。高樹が百合江の作ったみそ汁を褒めた。

和やかな食事のあいだふと、三、四歳の記憶というのが残るのかどうか気になった。百合江は綾子がこの男のことを本当の父と信じることに、微《かす》かな抵抗を感じていた。すっと意識に里実の顔が滑り込んでくる。貪欲《どんよく》に幸福を求めなきゃいけないと、その目が訴えていた。

高く売らなきゃ、という言葉を思いだし、口元が緩んだ。ストーブに火を入れるようになるまでほとんど結婚など考えずにいたのが真相でも、里実は「高く売るためにじらしていた」と思うだろうか。そうでなくてはじっと忠告もせずに五か月ものあいだじらじらしい態度でいるような妹ではないだろう。

綾子が誰を父親と信じようと、それは綾子の人生だと思うことにした。訊《き》かれたときは正直に答えよう。嘘《うそ》もけれんも、舞台の上以外ですることではないと割り切った。

その夜百合江は宗太郎の夢をみなかった。目覚めたときに感じたわずかなさびしさは、これから少しずつ薄れてゆくのだと思った。

翌週の日曜日、高樹の車に乗って清水理髪店に挨拶しに行くころには、百合江の気持ちも固まった。流れるように生きてきた十数年を振り返り、ひとつところに体も心も落ち着くことの安堵《あんど》が、心を満たしていた。

案の定、里実は飛び上がらんばかりに喜んだ。清水家の遠い親戚《しんせき》と聞いていたが、夫の時夫より里実のほうが何倍もはしゃいでいるように見えた。予《あらかじ》め挨拶に行くことは高樹から連絡を受けていたらしく、のり巻きやらオードブルやら、百貨店の地下で売っている鶏団子の甘酢あんかけも用意されていた。年に一度、百合江が奮発する人気の総菜である。まるでひとあし早い大晦日《おおみそか》のようだ。里実の喜ぶ姿を見ていると、百合江も幸福だった。これでこの妹の気持ちを少しでも煩《わずら》わせずに済むと思うと、心の底にあったものも軽くなった。

「ユッコちゃんがうんと言うまで毎週通ってくださいって、わたしがお願いしたの。綾子のこともあるし、寒くなるまではそうそう簡単にはうなずかないはずだからって。高樹さんが頑張ってくれたお陰です。ありがとうございます」

自分の思うとおりになった、と里実は何度も同じ言葉を繰り返した。

「それで、いつ弟子屈に移るの？　家具屋さんにミシンを返したり、手元にある仕事を片付けたりしなきゃあいけないでしょう。年内に片付きそう？」

百合江はミシンという言葉に改めて、大切な仕事の道具が借り物だったことを思いだした。ぽかんとしていると、里実が早口でまくしたてた。

「あぁ、そんなことだと思った。ユッコちゃんはなにをするにものんびりだから」

里実はくるりと高樹のほうに体を向けたかと思うと、さっと頭を下げて言った。

「高樹さん、ほんとうにこんな姉でごめんなさいね」

百合江の頭の中は、ミシンがなくなったらどうしようかということでいっぱいだった。里実の「さびしくなるわ」という声も遠くに聞こえた。

あと半月で今年も終わろうという日、百合江と綾子は弟子屈の高樹家へ迎えられた。子連れの嫁入りはひっそりと、春一と姑《しゅうとめ》、百合江と綾子の四人での祝いとなった。姑のカネは、今年還暦を迎えたばかりだという。目元の印象がきつい、見るからに気の強そうな女だ。カネはかっちりと着込んだウールの着物にかっぽう着姿で、嫁とその娘を迎えた。

傍らでじっとしている綾子が気がかりだった。綾子は口元に運んでやってようやくちらし寿司《ずし》をひとくち食べる、という具合だ。熱があるのかと額や首筋に触れてみるが、そんなふうでもない。雪の峠を越えてようやく弟子屈町に着いたとき、綾子はまずカネを見て百合江の後ろに隠れたのだった。

「綾子ちゃん、こっちにいらっしゃいな。ばあばと一緒に遊びましょうよ」

綾子は決して百合江のそばを離れようとしなかった。このままではと思い、手洗いに連れて行く際、綾子にそっと言い含めた。

「おばあちゃんに、ちゃんとお返事をして。今日からあの人が綾子のおばあちゃんなんだからね。おじさんのことも、これからはお父さんって呼ぶんだよ」

綾子がふくれ面《つら》に涙を溜《た》めて母に抗議した。百合江は「お願い」と食い下がり、娘の頬を両手で包んだ。

カネは息子の結婚にあたり、道一本隔てたところに、気ままに暮らせる平屋を借りていた。木造だが、手入れの行き届いたちいさな家だった。春一と百合江が住むのは、同じく木造の平屋だが、古さではひけを取らない。

早くに夫を亡《な》くしたカネは、実家の両親と夫の両親を看取《みと》り、今は息子の給金で暮らしている。ときどき近所の若い主婦に漬け物の漬けかたなどを教えながらのんびりやっているのだと聞いた。

「百合江さんも、うるさい姑と一緒に暮らしたくなんぞないでしょう。ここは見てのとおりの田舎だけれど、姑も田舎と同じで古くさいなんて言われたらたまらないですしね。なんといったかしら、釧路の床屋のお嫁さん、あの方が妹さんだと聞いて、こちらもちゃんとしなけりゃと思いましてね」

含みのある言い方だった。百合江になにごとかあれば、すぐに妹がしゃしゃり出てくると思っているようだ。やり手なんですってね、とカネが続けた。

「里実はわたしと違って、頭もいいですし頑張り屋なんです」

「その頑張り屋の妹さんは、ずいぶんとあなたのことを心配しているようでしたよ。結納代わりにミシンを買ってくれって言われたときは、素晴らしく仲のよろしい姉妹だと思いました」

百合江は新居に用意されていたブラザーの新型ミシンに視線を走らせた。

「僕は、ミシンを用意して百合江さんを待っています。なにも心配は要らないですよ」

春一の言葉に素直に喜んでいた自分を振り返る。彼は里実に頼まれたとはひとことも言わなかった。

なんとか「このくらいは覚悟の上」と気持ちを引き上げる。子連れの三十女なんだから、と里実も言った。姑の厭味《いやみ》ひとつくらい、するりと聞き流せばいい。カネの作った手料理はなかなか喉《のど》から下に落ちていかなかった。自分が珍しく緊張しているのだと気づいたとき、やっと唇の端が持ち上がった。

弟子屈は釧路川の源流に近い町だった。どこへ行っても川の音がする。町全体が、硫黄《いおう》のにおいと絶えることのない水の音に包まれていた。春一は役場の戸籍係として窓口業務を担当していた。朝八時半に家を出て、五時十五分ちょうどに家に戻る。判で捺《お》したような、とはこういうことをいうのだろう。

十二月二十四日、昼時に電器屋がやってきた。

「ご主人さまから、クリスマスプレゼントです」

テレビはずっと前から予約してあったのだということを、仕事から戻った春一から聞いた。カネにも見にきてくれるよう誘ってみたが、あまりはかばかしい返事ではなかった。どうやら息子の年末賞与を大きく削ることになったテレビが疎《うと》ましいようだ。テレビのある暮らしは、秋保《あきう》温泉で鶴子のトランジスタテレビを一座で囲んで以来だった。春一の給金は一度カネの元に届けられ、手取りの半分が再び息子の手に戻る。春一はそこから車の借金を払い、自分の小遣い銭を抜き、残ったものを百合江に渡した。とても家族三人が食べていけるような金額ではなかった。百合江が釧路でカーテンを縫い仕立物をしながらようやく稼いでいた額の、三分の一である。アパート代を出さなくてもいいにせよ、光熱費と食費だけでもカツカツか足りないか、というところだ。

給金の分配に関して百合江は夫になにも言わなかった。ミシンがあれば、なんとか食費の足しくらいは稼げるつもりでいたからだ。電動ミシンは百合江にとって宝箱のような存在だった。

清水家宛《あて》の年賀状には「おかげさまで幸せです」と書き添えた。

春一が不在のあいだ、綾子は毎日テレビの前から動こうとしなかった。年末が近づき歌番組が多い時期だった。幼い子供がテレビにあわせて一緒に踊り、歌う。釧路のアパートでもラジオから好きな曲が流れると喜んでリズムを取った。メロディーは一度で覚えてしまう。そんな姿を見ると、宗太郎を思い出さずにはいられなかった。

宗太郎の、音楽が耳に入りこんできたときのリズムの取りかたや真面目《まじめ》な横顔、一度じっくりラジオに耳を傾けてからおもむろにギターを持ち上げる姿。

綾子はザ・ピーナッツも美空ひばりの歌も、またたく間に覚えた。ふんふんと何気なく口ずさむ曲の、音程がずれるということがなかった。ただ、春一は綾子のそうした姿をあまり好ましく思ってはいないようだった。夫はテレビがやってきた日、喜んで歌っている綾子に背を向けた。

「ねぇ綾ちゃん、お母さんとふたりのときはいいけど、お父さんがいるあいだは歌ったり踊ったりしちゃ駄目よ。疲れて帰ってくるんだからね」

綾子はその日から、春一の前では歌わなくなった。夜になるとセルロイドの人形を持ってじっとしている娘の姿を見るたび不憫《ふびん》に思ったが、二日に一度風呂《ふろ》に入ることのできる生活と人並みの家族を手に入れたのだから、と釧路での気楽さを懐《なつ》かしむ心に蓋《ふた》をした。

暮れの掃除を終えたころ、隣の嫁が青森の親戚から送ってきたというリンゴをひとかかえ持ってきた。丁寧に礼を言う。二年前に北見《きたみ》から嫁いできたという彼女は、この町にはあまり友だちもいないので仲良くしてほしいと言った。

「わたしで良ければ喜んで」

「良かった。お姑さんの言ってた人とあんまり違うんで、ちょっとびっくりしたの」

隣家の嫁はしれっとした顔で言った。百合江はなんのことかわからず、首を傾《かし》げた。

「これは聞かなかったことにしてね。あのお婆《ばあ》ちゃん、けっこう偏屈だから大変でしょう」

「普通のお姑さんだと思いますよ。わたしには過ぎた家です」

百合江の言葉に、隣の嫁は笑いをかみ殺すように口元を手で覆《おお》った。櫛《くし》も入れていない髪の毛や前歯に目立つ虫歯は我慢ができても、彼女の視線がちらちらと百合江の肩を越えて家の中に注がれるのは不愉快だった。百合江はなにより口元からもれる薄笑いの意味が気になった。

「お宅の姑さんったらさ、うちの嫁は昔東京で歌手をしてたって。そのとき父親が誰だかわからない子を腹に入れて北海道に帰ってきたあばずれだって言うんだもの。ご挨拶しただけじゃあそういうことってわからないし、うちのお姑さんともそうなのかねぇって話してたの。だけど、こうやって話してみたら、なんてことない普通の奥さんじゃない。やっぱり姑なんてのはどこも似たり寄ったりねぇ」

彼女は玄関先で師走《しわす》の寒さにかたかた震えながら、カネの住む家をちらちら見ては楽しそうに喋《しゃべ》り続けた。

「息子を取られたうえ家を追い出されたって、ずいぶんこぼしてるの。でも、気にすることないから。あの気性だから、同じ家に住まないのは大正解。あなた、春一さんひとりの収入でよくやってるわ。あの家を借りるにしたって、ずいぶんとかかったでしょうに」

百合江はあいまいに微笑《ほほえ》みながら話を聞いていた。同じ話を三度繰り返したあと、彼女は「それじゃ、よいお年を」と言って玄関を出て行った。ストーブが消えかかっていた。慌《あわ》てて薪《まき》をくべる。熾《お》きがふたつに割れた。

おおかたの姑が息子の嫁を良くは言わないものと聞いた。逆に、褒めちぎるほうがたちが悪いかもしれない。里実でさえ、自分が先頭を切って何かすると姑がいい顔をしないとこぼすほどだ。

リンゴを床下の「むろ」に入れながら、カネが適当に愚痴を言うくらいなら、この関係はさほど心配する必要もないと思った。夫の収入は、半分の半分くらいしか百合江の手元に入らないが、みなその金額でなんとかやりくりしているのだろう。ならば自分も同じようにやりくりしなくてはならない。母親に一軒家と給料の半分を与えることで自分と綾子が守られているのなら、文句など、とも思った。

年が明けて半月ほど経《た》った日のことだった。

一月に入ってからは毎日のように雪が降っていた。午前と午後、一度ずつ除雪をしないと、すぐに玄関の引き戸が開かなくなる。百合江が家の前でスコップを持っていると、見知らぬ男が訪ねてきた。男は春一の帰りを待たせてもらうと言って、家に上がり込んだ。百合江も急いで家に入り、アノラックを脱いだ。

男は少し色の入った眼鏡をかけており、ひと目で金貸しとわかる黒いセカンドバッグを持っている。着ていたウールのコートを傍らに丸めたあと、薪ストーブの隣にどっかりと胡座《あぐら》をかき、両手を炙《あぶ》っては遠慮のない眼差《まなざ》しで家の中を見回していた。

「いいミシン持ってるねぇ。それ、旦那《だんな》さんに買ってもらったのかい」

「はい、結納代わりにと」

「車にミシンにテレビかぁ。幸せなことだねぇ。これぞ文化的な生活ってやつだ」

男は小馬鹿《こばか》にした目つきで笑った。綾子は男が上がり込んですぐにテレビの前から部屋の隅に行ってしまった。姑がきても同じようにするので、最近のカネは綾子に声も掛けなくなっている。春からは幼稚園に通わせる予定なのだが、そこで少しでも人見知りが直ればいいと、春一とも話しているところだった。

いやな沈黙が、どうにもこうにもたまらなくなってきたころ、ようやく春一が家に戻った。レールに雪が挟まってがたつく戸を、両手で持ち上げ閉めている。百合江は内側のすりガラス戸をそっと開けて、振り向いた春一に目配せをした。夫の視線が玄関先に揃《そろ》えられた黒い長靴に落ちる。一瞬眉間《みけん》に寄った皺《しわ》がすぐに開いて、百合江の背後を窺《うかが》う目つきになった。

「お客さんがみえてます。おかえりなさい」

春一はただいまも言わず神妙な顔つきで長靴を脱いだ。

家主が茶の間に入っても、男は立ち上がりもせず胡座をかいたままだった。春一は上着を脱いで男の前に座った。百合江は客の前に新しいお茶を置き、夫にも湯飲みを渡した。

「このあいだのやつ、年末がシメだったんだよ。覚えてるよね。だけど聞けば、嫁さんがきたばっかりだっていうし、まぁ半月くらいは待ってもいいかなと思ってたんだ。だけどそちらさんから何にも言ってこないってのは、ちょっと筋が違うと思ってな。で、近くまできたついでに寄らせてもらったってわけだ。どうだい、新婚生活は」

春一は顎《あご》を前後に揺らし「はぁ」と言ったきりうつむいてしまった。夫がこの男に借金をしているのははっきりした。問題はその額だ。茶の間の男たちに背を向けた。

鍋《なべ》に水をいれて火にかける。まな板を出して夕食の用意をするふりをしながら、百合江は神経を背後に集中させた。

「車なんか乗り回してる場合じゃあないでしょう。そのミシン、結納代わりだって？　いいご身分だねぇ。それ、フル回転させたってちょっとやそっとじゃ払いきれないよ。どうすんの。聞けば婆さんがひとりで一軒家に住んでるっていうじゃないの。どこの世界にそんなことできる役場職員がいるんだい。そろそろ腹括《くく》らないと、やっともらった嫁さんにも愛想つかされちゃうんじゃないの」

ゆっくりと話すのが薄気味悪かった。一座で全国を回っていたころによく見た、筋者そっくりな言い回しだ。この輩《やから》はこちらの出方ひとつでいきなり豹変《ひょうへん》する。猫なで声はその前奏みたいなものだ。男はなかなか金額を口にしなかった。百合江が口を挟み、いったい借金はいくらなのかと訊《たず》ねるのを待っている。そしてその後は百合江との話し合いだ。

三津橋道夫の元に借金取りがきたときも、気《き》っ風《ぷ》よく鶴子が口を出すまで男たちはニヤニヤと道夫の脇腹《わきばら》をつつくような台詞《せりふ》を吐き続けていた。

「いったいこの貧乏人からいくら取ろうっていうのさ、あんたたちいい加減にしなさいよ」

「なんだ、ねえさんの方が話が早いじゃねぇか。そんじゃあこっちと話そうか」

「なんだよ、道夫から出てこないもんはわたしからだって出ないよ」

「いや、金を出すばかりが借金払いじゃあねぇよ。ねえさんがちょろっとうちに顔を出してくれりゃあ済むかもしれねぇ話なんだ」

あのあと、三日も鶴子は一座に戻ってこなかった。戻ってきたときは半分死人のような顔になっていた。男の借金に女が口を挟んではいけないと、骨身に染《し》みてわかっているはずだった。目の奥いっぱいに、鶴子の顔が浮かんだ。

ユッコ、駄目だ。口を挟むんじゃない。駄目だ、ユッコ——。

「あの、いったいどのくらいお借りしているんでしょうか」

男の目が値踏みをするように細くなった。台所と茶の間の境に立って、前掛けの端を握った。春一は正座したまま頭を垂れている。百合江を見ようとはしなかった。

「元金三十万。利息は毎日増えてるよ」

借金は一度に作ったものではないようだった。二万、三万と借りては返すことを繰り返しているうちに、返済が滞った。自分を嫁に迎えるために無理かもしれないと思うと、夫がひどく哀れに思えた。

「どうするつもり、え？」

男が目を見開き、冗談めかして言った。

「黙ってちゃこっちも困るのよ。どうすんの、なんかひとこと言ってちょうだいよ」

春一が肩を震わせながら「ごめんなさい」と手を突いた。

「え、なに？　なんか言ったかい？」

「ごめんなさい」

「なんだって？　よく聞こえないなぁ」

「ごめんなさい」

部屋の隅で綾子が人形の頭をなでていた。百合江は立ったまま目を瞑《つむ》った。蛍光灯の白茶けた明かりの下で、春一が土下座を続けていた。息を大きく吸った。

「わたしも働きます。毎月少しずつお返しするというのじゃいけませんか」

百合江の言葉はよく聞こえたようだった。男はにんまりと笑うと「そりゃいい」と言って胸元で両手を擦り合わせた。夫は頭も上げないし振り向きもしなかった。

「そんじゃ、この中から好きなところ選んでちょうだい」

男がセカンドバッグから取り出した紙切れを、百合江のほうに差し出した。頭を下げ続ける夫の横でそれを受け取る。いくつか温泉旅館の名前が書かれてあった。町内のものもあったし、知床の旅館も何軒か混じっている。旅館の下には小さく数字が書き込まれてあった。月給の相場らしい。月給には二万円から三万円の幅があった。要相談、とも書かれている。

「住み込みと通い、どっちでも好きなほう選んでよ。それによってもちょっと金額変わるけどね。食費とか、いろいろ引かれるしさ」

「ここで働いたお給金がぜんぶ、返済にまわるということですか」

「そう。だけどこれ、けっこう親切なシステムなんだよ。給料はうちに入るけど、お客さんからもらうチップなんかはぜんぶ奥さんの懐《ふところ》だもん。そこまで出せとは言わないよ。そんなにあこぎなこと言ったら、みんな腹より先に首を括っちまうからよ」

　百合江の視線が「丸八旅館」の一行で止まった。町内の比較的中央にある、名の通った温泉旅館だ。家から歩いて二十分。夏ならばもう少し早いかもしれない。こんなときだけ妙に決断が早いのは、直らない性分なのだろう。百合江は男の前に仁王立ちしたまま旅館名が書かれた紙を突き返す。

「丸八旅館さんでお願いします。どのくらいで全額返済できるか、今すぐ計算してください」

　男は「ほう」としばらく百合江を見上げていたが、すぐにプラスチックのそろばんを取り出した。春一は体を起こし、黙って自分の膝頭《ひざがしら》を見つめていた。男の視線はもう春一のほうには向けられていなかった。

「利息を入れて、と。そうだな、ここなら一年でなんとかなりそうだよ。奥さん、けっこう話が早いね。昔、そっちの仕事でもやってたのかい？」

　百合江は答えず、部屋の隅に座っていた綾子を抱き上げた。

「子供を人に預けるお金はありません。一緒に連れて行きますが、いいですよね」

「わかった。旅館にはちゃあんと話をつけとくから。あんたは黙って働いてくれればいい。それじゃあ来週の月曜日からってことでよろしく。仕事は午後二時から宴会の片付けが終わるまで。着物はちゃんと向こうが用意してくれるから」

　男は「やっぱり、どこも女房のほうが話が早いや」と言って出て行った。百合江はストーブにデレッキを突っ込み、熾きをふたつに割ると、そこに新しい薪をくべた。春一は男が去ったあともしばらく正座したままその場を動かなかった。

　その夜百合江は、米に混ぜる麦を二倍に増やした。これから先はもっと厳しい節約をしなくては、という決意でもあった。

　春一は麦飯を口に入れ、アキアジの飯寿司《いずし》と沢庵《たくあん》を噛《か》んでいた。ぽりぽりという音が茶の間に響く。綾子も母親の静かな決意を気持ちのどこかで感じ取っているのか、行儀よく箸《はし》を動かしていた。

週明けから始まる暮らしのことは想像もつかないが、百合江は晴れ晴れとした思いに包まれていた。車にテレビに新型ミシン。幸福を絵に描いたような文化的な生活の、裏側が覗《のぞ》けた安堵《あんど》感《かん》だった。

幸福は与えられてばかりいると不安になる。無意識のうちに胸で膨らんだ暗雲が、借金取りのお陰で一気に晴れたのだった。皮肉にも借金のカタに働くという決意が、百合江の心を落ち着かせてくれた。

この感覚には記憶があった。いつだったか、懸命に思い出そうとするのだが、いいところで沢庵の音にかき消されてしまう。ようやく思いだしたのは、食器を洗い始めたころだった。それは産院から綾子を連れてアパートに戻ったときの、言葉にならない思いに似ていた。

七月、借金の額が半分近くまで減ったころ、百合江は丸八旅館の名物仲居になっていた。

春の旅行シーズンで旅行会社の添乗員が、誰か歌のうまい仲居さんはいないかと帳場に相談にきたのが始まりだった。百合江が若いころに旅の一座で歌っていたことは、借金取りから旅館の主に伝わっていたらしい。どこからどのようにして自分の過去が流れているのか、百合江には見当もつかなかった。

伴奏もない宴会の席で歌っているときに、客の手から杯や箸が離れるのを見るのは心地よかった。四十人五十人という宴会の客がみな、黙って百合江の声に耳を傾けたり手拍子をとったりしている。その瞬間だけは、忘れていた夢を思いだした。

紺色の着物に臙脂《えんじ》の帯を締めて仲居部屋から出てきた百合江を、添乗員の石黒が呼び止めた。

「百合江さん、今晩もよろしくお願いします。うちの企画、ずいぶん評判がいいんですよ。歌う仲居がいる旅館に連れて行けっていう申し込みが多いんです」

石黒の勧める日の出観光は、この春から丸八旅館にとって上客中の上客になっている。それまでは宿泊代の値切りや無理な日程と人数を押しつけるばかりだったのだが、二か月と経《た》たぬうちに態度を変えた。

「喉《のど》の調子はどうですか」

「悪くないですよ。大丈夫。今日は農協さんでしたっけ」

「ええ。一番牧草を刈り終わって、ひといきつきたいところらしいです。二十人と少ないけれど、みなさん百合江さんの歌を楽しみにしていた人ばかりです」

七三にわけた石黒の髪から、控え目な整髪料のかおりが漂ってくる。仲居のあいだでは評判のいい添乗員だった。

午後に家を出て、日付が変わるころに眠った娘をおぶって帰る。昼間のうちに綾子を風呂《ふろ》に入れ、働いているあいだは仲居部屋で遊ばせておく。歌えといわれる日が週に一度でもあると、それだけで体に溜《た》まったつかれが軽くなった。

同僚のやっかみをまったく気にしていないといったら嘘《うそ》になる。石黒の、どこが似ているというわけではないのだが、廊下で立ち話をしているときや宴会後に心付けを渡される際のちょっとした仕草のなかに、そう高くない背丈のせいもあるのか宗太郎を思いだすことが増えていた。

廊下で話すふたりの横を、膳《ぜん》を抱えた同僚が急ぎ足で通り過ぎた。早い部屋はそろそろ夕食が始まる時間帯である。歌でもらった心付けで、月に一度仲居部屋にお菓子を配る。とりあえず人間関係はうまく納まっていた。

「旅館のご主人に、こちらで働くようになったいきさつのこと、伺いました」

男の眉《まゆ》に向かって、今日は何を歌いましょうかと訊ねる。石黒は自分の発言を恥じるような笑みをこぼした。

「いつものように、『北海盆唄《ほっかいぼんうた》』から流行歌、最後はひばりで。アンコールがかかったらまた、『テネシー・ワルツ』で泣かせてください。僕、百合江さんのあの曲がいちばん好きです。盛りあがった宴会ほど、みなさん満足されるようです」

鶴子の十八番《おはこ》を温泉町の旅館で歌っていることが不思議に思えた。一度あきらめたはずが、どんな因果で再び歌っているのか、百合江自身にもよくわからない。風に流されているような日々も、ぐるりぐるりと螺旋《らせん》階段を上っているように感じることがある。そんなときはいつか再び、宗太郎に会える日がくるような気がした。

春一との会話はほとんどなくなっていた。カネも顔を出さない。

「嫁を働かせるほど息子の稼ぎは悪くないはずだって言ってんのよ、あの婆《ばあ》さん」

午前中に隣家の嫁が野菜のお裾分《すそわ》けにやってきて、姑《しゅうとめ》とカネのやりとりを報告していった。カネには、ひとり暮らしをやめて息子と同居すると言われるより今の暮らしを続けてくれていたほうがよほどありがたかった。春一の借金の話はどこからともなく漏れており、近所はカネのいないところでは百合江に同情的だった。カネが外で何を言おうと、自分にやましさのない毎日は、たとえ借金取りに賃金を搾取《さくしゅ》される日々であってもどこか身軽だった。

石黒から渡される心付けと客からのチップは、こっそり自分名義の貯金通帳に入れた。綾子とふたりの生活になることをはっきりと予定だててはいないけれど、返済が終わったところで、長く高樹春一との生活が続くような気もしなかった。百合江の心が楽なのは、まさにこの、予定の立たない暮らしのせいだった。旅から旅、昨日と今日の居場所が違う暮らしは嫌いじゃない。道夫が死んで鶴子が病にたおれてもまだ歌にしがみついていた日々を思えば、たいがいのことは耐えられる。

里実には旅館の電話を借りて、話を少しちいさめにして報告した。

「ちょっとね、生活費が足りないみたいなの。けっこういい職場なの。綾子を連れて働けるところだから、心配しないで」

「締まり屋のユッコちゃんがやりくりできないくらい苦しいの？」

「なんだかね、いろいろとかかるのよ。少し楽になったら、また家でミシン動かしながら暮らせると思う。大丈夫よ」

里実は百合江が外で働かねばならぬことについて不満そうな口ぶりだった。春一は何と言っているのか、と何度も訊《き》いてくる。

「なにも言わない。働かせてくれって言ったのはわたしのほうだし。綾子が小学校に上がるころには楽になると思うの」

里実の「仕方ないわね」という言葉を引き出すのに、三回の通話が必要だった。帳場を任されている事務員が気の毒そうな目で百合江を見るときだけ、身がすくんだ。憐《あわ》れみの眼差《まなざ》しには慣れていなかった。

給料取りの仲居が九人、調理場の板前や下働き、布団《ふとん》敷きと宴会の膳係を合わせると、丸八旅館で働く人間は三十人を超える。行楽シーズンは中学生や高校生のアルバイトも入る。仲居と板前のほぼ半数が借金を抱えて温泉に流れ着いた「余所者《よそもの》」だった。倒産や保証人、丸八旅館を選んだ理由はそれぞれだが、普通は借金をした地元では働きたくないものらしい。

百合江が宴会で歌っているあいだ、ときどき綾子の様子をみてくれるのも、地方からきた住み込みの借金仲間だった。仲居部屋は、地元の者と借金返済の者と、みごとにふたつにわかれていた。地元の人間にしてみれば、いつ借金を申し込まれるかわからないという怖《おそ》れと、どこか小馬鹿《こばか》にした思いがあったろう。百合江は自宅から通う借金組なうえ亭主が役場の職員ということで、どちらからもわずかに浮いている。加えて仲居の仕事のほかに歌うことで多少の金を得ており、旅館の主も借金が終わっても居続けを願っているという特異な立場だった。どちらかといえばいつか別れがくることを知っている、住み込みの女たちのほうが気楽につき合ってくれているように思えた。

その夜の宴会は、二十人という少人数だった。添乗員の石黒が、農協の団体ですと言っていた。

「本日は当丸八旅館をご利用いただきましてありがとうございます。楽しいみなさまの宴《うたげ》に、手拍子をいただきにまいりました、百合江でございます。どうぞよろしくお願いいたします」

『北海盆唄』で手拍子を取り付け、二曲目のリクエストを訊ねてみる。いつもと同じ流れになることを想定していた百合江の耳に、聞いたことのない野次が飛んだ。

「女郎あがりだぞ。この女、昔は芝居小屋で股《また》広げて踊ってたんだ」

声のするほうを見た。団体の、いちばん端の席でコップ酒をあおっていたのは、弟の治だった。その姿はおどろくほど卯一に似ていた。里実の結婚式で見た荒《すさ》んだ目に、今日は好色な気配が漂っている。年に似合った精悍《せいかん》さもなく、周囲とあまりうまく付き合えている感じはしなかった。バスの中で既に全員がほろ酔いだったという客たちは、夜を迎えて早々と盛りあがっており、会場は治の声に反応して急に温度が高くなった。

「そりゃいい。ねえちゃん、脱げ脱げ」

脱げや踊れの大合唱のなか、百合江はひとつ大きく息を吸った。石黒が治のコップに酒を注いでいるのが見えた。まぁまぁ、と動く口元。石黒と目があった。

大丈夫——目で伝える。石黒が真剣な眼差しでうなずいた。

「あいにく体が硬いので脚は広がりませんが、舞いのほうは大丈夫。雀《すずめ》百まで踊り忘れずと申します。今日は特別サービスでございます」

帯に挟んだ扇を片手に、コの字型になった膳の内側へ入る。病床の道夫が歌いたがっていた『人生劇場』で舞った。歌っているだけで充分に幸せだった一座時代を思いだすと、腹の奥から声がでた。三津橋道夫の歌声が耳の奥に流れ込んでくる。鶴子のお囃子《はやし》が聞こえてくる。座のざわめきも野次も、ぴたりと止《や》んだ。

隣の宴会場の客が襖《ふすま》を開けた。畳の縁を踏まぬよう舞い、呼吸を入れるときは見得を切る。首を斜めにした拍子に睨《にら》みつけると、治が目を逸《そ》らした。

静まり返った宴会場に拍手が湧《わ》いたのは、百合江が扇を帯に戻したときだった。いつのまにか客の数が三倍に増えていた。そのあとは宴会場をひとつにして、一気に座が沸いた。リクエストに応《こた》えて、いつもは五曲で終わるところを十曲歌い、紺地の着物の袖《そで》には次々にチップが落とされた。千円札を細長く折り、帯締めに挟み込んでゆく客もいた。さらりと尻《しり》を撫《な》でられても、何とも思わなかった。この時間をしっかりつとめさえすれば、悪いことなど起こらない。そう教えてくれたのは身に染《し》み込んだ旅芸人の血だが、真剣に歌っているはずの心のどこかで、この生活も長くは続かないことを予感していた。

着替えを終えて帳場に挨拶《あいさつ》をしたあと、百合江はぐっすりと眠っている綾子を背に負ぶった。通用口からでると、石黒が暗い路地に立っていた。

「今日は申しわけありませんでした」

昼間は汗ばむくらい暑いけれど、山間の温泉町の夜は歩いて帰るにはちょうどよい風が吹いている。負ぶった綾子にバスタオルを掛けようとすると、石黒が駆け寄って手伝った。整髪料に、うっすらと汗のにおいが混じっていた。ワイシャツの白さが夜目に青く浮かび上がる。

「あの場を納めるのは僕の仕事でした。本当にごめんなさい」

「大丈夫。おひねりもチップもたくさんいただいたし、あのお客さんが言ったこともぜんぶが嘘ってわけじゃないもの」

実の弟に下品な野次をとばされたことを、石黒には知られたくなかった。

石黒が目を伏せた。狭い路地を進むには、彼によけてもらう必要があるのだが、石黒は黙ったきりその場を動こうとしなかった。

「いつも感謝してます。わたしが丸八旅館にいる理由をご存じの上でよくしてくださっていることも、ちゃあんとわかっています。ご恩返しができているのなら、嬉《うれ》しいくらいです。石黒さんが頭を下げるようなことじゃありません」

石黒は無言で百合江の背にいる綾子をワイシャツの胸に抱き上げた。

眠っている子供の重さは日々増してゆくけれど、そのぶん借金が減ると思うことで折り合いをつけている。背中にかかっていた重みがなくなると、急に心細くなった。石黒が回れ右をして通路を歩き始めた。バスタオルでくるまれた綾子が目を覚ます気配はない。町の真ん中を流れる川の音が夏虫の羽音と重なり夜に響いた。

ほとんどの家々が明かりを消していた。日付もそろそろ変わるころだ。曲がり角がくるたびに肩先や腕が触れた。アスファルトと砂利道が交互に続いていた。綾子を抱いた石黒の歩みはとてもゆっくりだった。砂利を踏む男の力強い足音に、百合江の靴音が重なる。彼がこの時間を惜しんでいるのだと気づいたのは、川音が増して、あと三百メートルも歩けば家に着くころだった。石黒が立ち止まった。

「どうお詫《わ》びすればいいのか、ずっと考えてました」

「ですから、大丈夫ですって。チップでみんな帳消し。だいたい、あの場を納めるのは石黒さんには無理です。わたし、昔はこれでお金をもらってたんだから。これからも安心してお座敷を任せてください。それで充分です」

綾子を受け取ろうとして伸ばした腕を、石黒が引き寄せた。自分の心臓が大きく揺れるのがわかった。石黒の、右腕には綾子が、左腕には百合江がいた。鼻先に男のにおいがする。夫には嗅《か》ぐことのなかったにおいだ。脳裏を宗太郎が駆けてゆく。なぜ今、宗太郎なのかがわからなかった。

「お詫びというのは口実です。丸八旅館の主人に、残りの額を聞きました。僕に、任せてもらえませんか」

「任せるって、どういう意味でしょうか」

整髪料のにおいに引きずり込まれそうになる。だらりと下がった両腕が石黒のベルトの後ろ側にまわりそうになるのを堪えた。百合江の気持ちを知ってか知らずか、石黒の腕に力がこもった。川音に紛れて、石黒が胸の内をあかした。百合江は脳裏を駆けてゆく宗太郎の面影を振り切ることができなかった。

綾子を受け取った百合江に深々と頭を下げ、男が言った。

「あきらめたわけじゃあない。あなたが自力で返済したいと思うお気持ちもわかります。そういう人じゃないと、僕もこんなに心ひかれたりしない。陰ながら見守らせてください。落ち着いたら、今度は必ず本当のお気持ちを聞かせてください。お願いします」

石黒はくるりと体の向きを変えるとすぐに歩き始めた。男の胸に倒れ込んでしまいそうになる自分を、なぜ今ごろになって宗太郎の面影が止めるのか。もしもそれが百合江自身の本心だとしたら、あまりにかなしい。

その日は珍しく春一が起きていた。百合江はやましさなどないはずだと自分に言い聞かせ、綾子を布団に横たえた。

「遅かったね」

「ちょっと宴会が長引いてしまって。すみません」

「疲れてないかい」

夫の腕が百合江の腰に伸びた。

春一は手荒く体の内側へと踏み込んできた。百合江は石黒に抱き寄せられた場面を見られていたのではと怯《おび》えながら、春一の荒い息を聞いた。石黒の汗のにおいを嗅いでからちいさく灯り始めた内奥の炎が、色を変えて大きくなる。強い波にさらわれながら、自分の口から漏れる細い声を聞いた。

夫の咆哮《ほうこう》とほとんど同時に、気が遠くなった。瞑《つむ》った目の奥が眩《まぶ》しいほどの光で満ちた。いくら待っても宗太郎が脳裏に現れることはなかった。

その夜百合江は自分が大きな過《あやま》ちを犯してしまったのではないかと、朝がくるまで何度も隣で眠る男の顔を確かめ続けた。

師走《しわす》を迎えた温泉町が、湯治客で賑《にぎ》わい始めた。石黒との関係は進展なく、心ばかりざわめいたまま夏から秋、冬へと季節が変わった。

綾子は毎日大人たちに構ってもらえるせいか、この一年で急速に言葉を覚えていた。磨き込まれた旅館の廊下を滑りながら遊んでいて、通りかかった板長に怒られてもまったく気にしない。家ではおとなしいけれど、旅館にくると母親の百合江も笑ってしまうくらいひょうきんなところを見せるようになった。

「お母さん、イシグロがお小遣いくれた」

「石黒さんでしょう。大人の人を呼び捨てにすると罰《ばち》が当たっちゃうよ」

「イシグロでいいって言ったもん」

「いいって言われても駄目」

「いたちょーが、かなえちゃんとできてるんだって」

「こらっ」

川縁まで送ってもらった夏の夜から、石黒とふたりきりになる機会はなかった。百合江の歌が目当てで組まれる企画も週に一度必ずあった。石黒とは、宴席の打ち合わせと心付けを受け取る際に、ひとことふたこと言葉を交わすだけだった。最近はほかの添乗員にも宴会で一曲歌ってくれと頼まれるようになっている。

師走の始めには丸八旅館側からも居続けを頼まれていた。

「返済明けからも、うちにきてくれるかね。当然、給金はちゃんと百合江さんに支払うし、こっちは上乗せも考えてるんだよなぁ」

「うちの人が何て言うか、相談してみます」

できればずっと丸八旅館で働き続けたかった。部屋付きの仲居をしながら宴会でも重宝がられていることは、百合江にとっても嬉しいことだった。

高樹家に嫁にきてから、一年が経《た》とうとしていた。のんびりしていたのは最初だけで、そのあとはずっと丸八旅館で働いて過ごした。夫との時間もなかったが、姑とも滅多に会わずにいられたので、面倒な気持ちにもならずに済んでいる。

仕事を続けることに春一は反対するだろうか。家に帰っても会話はない。肌を合わせるたび、薄い情しか残っていないことがわかった。もともと情などあったのかどうかさえ、わからなかった。仕事の手が空いたときや眠りにおちてゆくとき、綾子を連れてどこか遠くの温泉旅館で働くのも悪くないと思った。この状況を正直に話せば里実も納得するのではないか。

心は石黒の背中を追っているのだが、体は違った。ちぐはぐな心と体は、歌うことによって焦点が合う。歌っているあいだは、心にも体にもなんの矛盾も生まれなかった。

日曜日は、一週間のうちに溜《た》まった家事や繕い物、アイロン掛けなどで一日が終わってしまう。春一はカネの家へ行ったきり夜まで戻らないので、百合江にとっては気楽だった。綾子も母親とふたりでいるときは、一日中テレビを見ながら歌ったり踊ったりしている。

「お母さん、イシグロが綾ちゃんのお父さんになりたいんだって」

テレビの画面がコマーシャルに切り替わった際、綾子がませた口調で言った。百合江はアイロンを持つ手を止めて娘を見た。肌色タイツの膝《ひざ》小僧に、ちいさな穴が空いている。アイロンの電源を切って、娘のタイツを繕いながら小声で言った。

「そういうこと、言わないで、綾ちゃん」

「なんで？」

「綾ちゃんのお父さんは、ちゃんとお家にいるでしょう」

「あの人、お父さんじゃないもん。綾ちゃん、イシグロのほうがいいな。どちらにしようかなって神様に聞いたら、イシグロにしろっていったもん」

「無理は言わないの」

夏の夜から、半年が経とうとしている。神様に訊《き》きたいのは百合江のほうだった。落ち着いたら、今度は必ず本当のお気持ちを聞かせてください――。

本当の気持ち、と自分に問うてみる。綾子とふたりで生きていくことは容易に想像できるのだが、その景色のなかに石黒がいる場面がうまく思い浮かべられない。憎からず思っていることと、一緒に暮らしたいと願うことには大きな隔たりがある。現実がそう甘くないことは、いやというほど味わってきた。

夫にこれからも旅館で働かせてほしいと伝える機会は、なかなか訪れなかった。春一がふたりでいる時間を避けているせいもある。借金も、ミシンとテレビの分くらいはもう返したのではないか。旅館がたまたま働きやすい職場だったからよかったものの、転がる先次第ではもっと早くに夫との関係が壊れていたのではないか。

自分を次の場所へ運ぶ風は必ず吹くはずだ。風を待つ時間を、もどかしいとは思わなかった。

「なんでもかんでも、考えようなんだよね」

綾子が母親の言葉尻を取って、「だよね、だよね」と歌った。

あと十日で今年も終わるころ、里実から丸八旅館の帳場に電話があった。

「ユッコちゃん、元気でやってるの」

「おかげさまで。サトちゃんはどうなの」

　里実は急に涙声になって、せっかく授かった子供が流れてしまったと言った。泣いている里実の姿を思い浮かべることができない。いつだって気丈に振る舞う妹が、心弱く泣いている。それだけで充分、ただごとではないのだった。

「布団《ふとん》の上げ下ろしがいけなかったって、お義母《かあ》さんが言うの。だったら最初から自分の息子にやれって言ってくれたらいいのに。流れてしまってからそういうこと言うの。亭主も亭主で、いつまでも女房がめそめそしてるところにいられないって。毎日朝まで帰ってこないの。ユッコちゃん、助けて」

　電話口で里実の泣き声を聞いていると、自分が置かれた境遇も思い起こされた。すべて百合江自身が選んだとわかっていても、妹の涙は百合江の心を弱くしてゆく。

「サトちゃん、頼むから泣かんでおいて。わたしもがんばってる。今年も、もう終わるしさ、正月の忙しいのが落ち着いたら、いちど釧路に行くから。少しのあいだ、待っててちょうだい」

「ユッコちゃん、きてくれるの。本当にきてくれるの」

　里実の泣き声がひときわ大きくなった。受話器を握ったままぼろぼろと涙をこぼす百合江を遠巻きにして、帳場は静まり返った。百合江は受話器を置いたあと「すみません」と頭を下げて帳場をあとにした。

「本日のいちばん様、ご到着」

番頭の声が館内に響きわたり、玄関前にマイクロバスが横付けされた。着替えた仲居たちが一列に並び、客を出迎える。百合江も急いで目元を直し、列の端に並んだ。

「いらっしゃいませ、道中おつかれさまでした」

いちばん客を連れてきたのは、石黒だった。二泊三日の湯治客だ。石黒はお世話になります、と短く言って、部屋の割り当て表をロビーの壁に張り出した。テープが途中でなくなったのを見て、百合江は急いで帳場からセロハンテープを借りてきた。

部屋割りを確認した客から順に、二階の客室に向かい始めた。部屋付きの仲居が「摩周の間のお客様」「大雪の間のお客様」と声を張り上げる。百合江の担当する部屋には二番様の一行が入るのだろう。ロビーから客も仲居もいなくなったところで、石黒が言った。

「なにかあったんですか。目が赤い」

弱くなっている心が、石黒のひとことに揺れた。妹に、悲しいことがあったのだと伝えた。

「年明けに釧路に行こうと思っています。もう一年も会っていないし。あの子がわたしを頼ってくれるなんてこと、滅多にないことだから。話を聞いてあげるだけで、ずいぶん違うだろうし」

釧路では一泊するのかと石黒が訊《たず》ねた。駅前の安い旅館に、と言いかけてハッと男の目を見た。夏の夜の息苦しさが舞い戻る。百合江は、急いで首を横に振り、慌《あわ》ててまた石黒を見上げ、もう一度首を振った。どっち、と石黒がやさしく言った。

「駅前の安いところにでも。綾子も連れて行くつもりなので」

「それなら、うちの会社が押さえてある宿がいくつかありますから、ひと部屋くらいならいつでもお取りしますよ。洋室がいいなら、そう言ってください。社員価格ですから、どこに泊まるより安いです」

百合江は努めて事務的に「一月の二週目の日曜」と伝えた。日曜月曜と二日間の休みを取ることができるのは、そこしかなかった。石黒はうなずいて、胸ポケットにあった黒い手帳に書き込んだ。百合江は毎日なにかしらの用事で埋まっている手帳を盗み見て、これはただの親切と自分に言い聞かせた。

石黒が用意してくれたのは、駅前ホテルのツイン部屋だった。綾子と一緒に行くにしても、里実と話すにしても、少しでも広いほうがいいだろうという。フロントに料金を訊ねたが、提示された金額は安旅館と同じくらいだった。

部屋に着いたとたん綾子は窓側のベッドをトランポリンにして遊び始めた。窓から見える大通りはうっすらと雪化粧をしている。山間の弟子屈とは気候も気温も違う。離れて一年経った。釧路の冬の沁《し》みるような寒さが、この街に住んでいた時間を思い出させた。毎日のように宗太郎の夢をみたけれど、思い出す場面はみな幸福だったように思う。

高樹春一と結婚しなければ、とは思わなかった。百合江はそうした自分の気質を、天からの恵みと考えている。里実は計画性がないと言うけれど、こうして振り返ってみると、計画をしないなりにうまく転がっているようにも思えるのだ。

石黒の心遣いに感謝して、百合江はロビーの公衆電話から里実を呼んだ。

ロビーに現れた里実は頬が削《そ》げて、黒々としていた髪にも艶《つや》がなくなっていた。髪の量も減ったように見える。

「お部屋にいらっしゃい。もし時間があるのなら、今日はここに泊まったらいい。清水さんのお宅にお邪魔したら、遠慮して話せないこともあるでしょう」

百合江が知っている強気でしっかり者の里実ではなかった。里実は姉の言葉にうんうんとうなずき、エレベーターに乗り込むとすぐに涙をこぼし始めた。

冷蔵庫から冷えたコーラを一本取り出し、コップふたつに注ぎ入れる。窓の下にある蛇腹型の集中暖房に手をかざす。寒くないかと問えば、大丈夫だと言う。

「綾ちゃん、大きくなったね」

「うん。旅館で大人たちに囲まれてるもんだから、口ばっかり達者になっちゃって」

「ねぇ、なんで旅館の仕事だったの？　そんなに生活苦しいの」

百合江は迷ったが、この場で嘘《うそ》をつき続けるのも強がるのも、里実に対して不実な気がした。

「高樹さん、借金あったの。わたしを迎えにきてくれたときの車も、お姑さんと別居するために用意した家も、ミシンもテレビも、みんな借金だった」

借金取りが用意した働き口で、唯一《ゆいいつ》家から通えるのが丸八旅館だったことを告げた。努めて明るく告げたつもりだが、うまく笑うことはできなかった。

里実は最初こそうつろな眼差《まなざ》しで聞いていたけれど、次第にその目に光が戻ってくるのがわかった。

「でも一年働いて、だいたいのところは返したから、あとは気楽」

「なに言ってんの、ユッコちゃんってば」

里実が声を荒らげた。百合江は妹の剣幕の意味がわからず、ぽかんと口を開けたまま綾子を抱き寄せた。

「そういうことだから、わたしたち、馬鹿《ばか》にされるんじゃない。うちの亭主も亭主なら、あの男もあの男だ。結婚するときはいいことばっかり言って、いざ嫁になったとたん、借金のカタに働かせたり女遊びしたり。こんなことになるなら、清水の家なんかに嫁に入るんじゃなかった。結婚なんかしなくたって、この腕さえあれば本当はひとりで生きていけるのに」

里実の心はお腹《なか》の子供を失ったかなしみから、夫への怒りへと変化したようだ。腕さえあれば、という言葉には百合江もうなずいた。宴会場で歌うことが、どれだけこの一年の自分をまっすぐ立たせていたかわからない。妹もまた、腕を頼りに生きているのだった。

「文句言ってたって、借金減らないもの。おかげであんまり家にいることもなくて、姑とも夫とも話すことないし。綾子とふたり暮らしみたいなもんだし、正直言うと今、本当に気楽なの」

朝、春一に弁当を持たせ、午後には綾子を連れて家を出る。夕食は旅館の賄《まかな》い飯だし、給料分までとはいえないがチップや心付けもそこそこ貯《た》まる。こうして釧路に一泊して妹に会えるのも、丸八に勤めて石黒に出会ったおかげだった。

わたしは食べて働いて歌ってさえいれば。

そこまで考えて、百合江の胸がしくしくと痛みだした。石黒のことを考えると、同時に宗太郎の面影も通り過ぎてゆく。正直さと不実さが心の奥でせめぎあっている。綾子を抱いて、ベッドから立ち上がった。

「ユッコちゃん、別れないの？」

同じ質問を返すのは、気の強い妹には酷だろう。窓の外に雪が舞い始めた。

「サトちゃん、今日は美味《おい》しいものを食べて、ここに泊まりなさいよ。そのくらいお姑さんも許してくれるでしょう。そうしようよ」

里実は黙りこんだ。

望むと望まざるとにかかわらず、高樹との関係は借金の返済が終わった段階で新しい局面を迎える気がした。このまま丸八旅館で働くにしても、なにかしらの話し合いはあるだろう。弱気になる必要はないのだと自分に言い聞かせてみる。旅館での給金があれば、綾子とふたりで暮らしていけるはずだと思った。

「ねぇ、どうしてそうへらへらしていられるわけ。わたし、ユッコちゃんがよくわかんない」

「へらへらしてるように見える？　怒っても仕方ないと思うだけだよ。ひとの気持ちなんてそう変えられないじゃない。泣いたって借金減らないもの」

「そんなだから、綾子の父親に逃げられたり、亭主の借金払う羽目になるんだよ」

「そんなもこんなも、仕方のないことはあんまり考えないようにしてる。働いてなくなる借金なら、働くしかないでしょう。健康に生まれたことに感謝して、毎日がんばってるよ。サトちゃんはそれじゃあ納得できない？」

しまったと思ったときはすでに里実が立ち上がっていた。

「ユッコちゃん、わたしね、ユッコちゃんがきてくれるまでのあいだに、亭主の女のところに乗り込んだんだよ。ふたりでいるところを押さえて、なにもかも白状させた。子供が流れたのはわたしのせいかもしれないけど、だからって、外の女の腹を膨らませることはないじゃない。絶対に別れない。別れたらこっちの負けだもの」

かける言葉が思い浮かばなかった。踏み込んだ部屋に腹の大きな女がいたという事実は、里実をどれだけ傷つけたろう。あの鷹揚《おうよう》な気配を漂わせる清水家の長男に、そんな甲斐性《かいしょう》があるなどと、親方も気づかなかったのではないか。

「親方と女将《おかみ》さんは、そのこと知ってるの」

里実の目がみるみる赤くなる。

「せっかくだから産ませて引き取れって。自分が産んだと思って、うちの子として育てたらいいって。いったいどういう神経してるのかわかんない。誰も信じられない。せっかくって、どういう意味なの」

綾子の頭を撫《な》でて、ベッドの縁に座らせた。里実の剣幕に、じっと身動きもせず黙っている。大人の顔色を見る子に育っているのかもしれない。

「サトちゃんが嫌なら、ちゃんと嫌だって言ったらいいんだよ。いつものサトちゃんなら迷わずそうしてるでしょう」

里実は両手を拳《こぶし》にして百合江の前に立ちはだかった。悔しさや情けなさ、愚かしい家族に押しつけられた無理難題に、心がどうにかなってしまったように見えた。里実が自分の髪をかきむしって叫んだ。

「ユッコちゃんは、子供産んでるからわかんないんだわ。今日だってわざわざ綾子を連れてくることなかったじゃないの。お腹が空っぽになっちゃったわたしの気持ちなんて、ぜんぜん考えてないでしょう。本当は子供を見せびらかしにきたんじゃないの。こんないい部屋取って、亭主が借金してるなんて嘘ばっかり。本当は外で働く口実が欲しかっただけなんだ。ユッコちゃんっていつも人より一歩退《ひ》いているように見せかけて、最後は必ず高みの見物。人間がずるいんだよ」

うまい言葉はなにひとつ思い浮かばなかった。追いつめられた妹があわれだった。

慰める言葉を持たない百合江もまた、何かに心を抜き取られていた。

窓の外はさっきよりも雪の降りが激しくなっていた。里実の剣幕を見て、綾子が百合江にとびついた。

「絶対別れない。わたしは絶対に別れたりしない。最後に必ず笑ってみせる。あいつらみんな、必ず後悔させてやるんだ」


里実が去った部屋で、ベッドに寝転び、真新しく白い天井を見ていた。綾子は再び隣のベッドをトランポリンにして遊び始めた。自分がとんでもないことを言ってしまったのか、それとも里実の虫の居所が悪かったのか。どっちにしても、今すぐに仲直りなど望めそうもなかった。婚家の態度が里実を苦しめているのは明《あきら》かだが、姉の自分が出て行って何か言えることでもなかった。生まれ育ちに負い目を感じることなく生きてきたつもりだが、振り返ってみれば、すべてはあの開拓小屋から始まっていたのかもしれない。故郷を出てからずっと、どこで暮らしても、浮草のような生活が続いていた。

最後に必ず笑ってみせる、と言った里実の言葉が何度も耳奥で繰り返された。そうなって欲しいと思う反面、そこに至るまでの道のりを考えると、とても幸せとは思えなかった。思いが定まらないまま時間ばかり経《た》った。綾子は疲れたのか、隣のベッドでうとうとしていた。部屋の電話が鳴り響いたのは、そのときだった。

「外線からお電話が入っております。お繋《つな》ぎしてもよろしいでしょうか」

里実かと思い、努めてやわらかく妹の名を呼んだ。

石黒だった。

「すみません、僕です。どうですか、妹さんとは無事に会えましたか。僕はついさっき社に戻ったんですが、雪が降り始めたので大丈夫かなと思って」

「ありがとうございます。なんだかすごく高そうなお部屋でびっくりしています。妹には会えました。さっき帰ったばかりです」

石黒は残念そうな声で、久し振りだと伺ったんで妹さんと一緒に泊まれる部屋をと思ったんですが、と言った。

「あの子もいろいろ忙しくて。でも、大丈夫。会えて良かった。石黒さんには感謝しています」

「晩ご飯はもう食べましたか」

「綾子がうたた寝しているので、駅でお弁当でも買ってこようかと思っていたところでした」

それじゃあ、と石黒がホテルの最上階にあるレストランの名前を出した。

「僕はあと一時間ほどでそちらに行けますので、綾子ちゃんと一緒に何か食べましょう。六時半に、レストランのある階で待っていてください。必ず行きますから」

一丁ほど向こうに、背の低いネオンが瞬《またた》いていた。ホテルの最上階から見る夜景が、ほどよく現実感を薄めている。ネオンを見て思い出すのは、なぜか楽しいことばかりだった。

「綾子ちゃん、美味しいかい」

「うん。イシグロのトンカツも美味しそうだね」

テーブルにはカツレツ定食ふたつとお子さまメニューが並んだ。

「弟子屈に行かれる前は、こっちにいらしたんですよね。一年ぶりくらいですか」

「ええ。ここは相変わらず賑《にぎ》やかですね。夜になると特に。景気の具合が、温泉町とはちょっと違いますよね」

閉鎖的な人間関係から離れた解放感もあった。山間と海側に住む人間の気質を、改めて考えた。漁や石炭で成り立つ街は、流れ者も多いせいだろうが、後のことはあまり深く考えず、どんな人間でも受け入れる空気が漂っていた。

石黒の言葉も、旅館の廊下で交わすものとは違った。あたりさわりのない会話が却《かえ》って互いの腹を探らせている。ふたりきりだととても耐えられないような緊張感を、綾子の存在が救っていた。向かいに座った彼に綾子が「イシグロ」と話しかけるたびに「こら」と注意するが、さっぱり効き目はないようだ。石黒本人も、楽しそうに綾子とやりとりしている。ひととき、里実の言葉を忘れられるのはありがたかった。

「妹さん、お元気でしたか」

「おかげさまで」

「なにか悲しいことがあったと伺いましたが。差し支えなければ、なにか僕にできることがあればおっしゃってください」

百合江はカツレツのひと切れをソースにからめ、口に運んだ。美味しいです、と言うと石黒もそれ以上は訊ねてこなかった。綾子がプレートの上のプリンに手をつけた。

「綾ちゃん、それはご飯を食べてから」

綾子が慌《あわ》ててチキンライスを口に入れた。石黒が母と娘のやりとりを笑いながら見ていた。

ロビーで見送ったはずの石黒が、部屋に電話してきたのが九時だった。満腹になった綾子は風呂《ふろ》から上がるとすぐに眠ってしまった。

「すみません、もうおやすみかなと思ったんですが」

「いいえ、わたしはまだ。雪、止《や》まないみたいですね」

「これは少し積もるかもしれない。釧路は積もっても弟子屈ほどではないですが」

レストランで話していたときとは、声のトーンも違っている。数秒の沈黙のあと、石黒が言った。

「実はロビーの公衆電話からかけています」

手を振ってホテルを出て行った石黒の、あっさりとした笑顔を思いだした。大きく息を吸って、吐いた。雪のなかをひとり帰すのは、あまりに酷だった。男にとっても、百合江にとっても。

「七〇三号室です。鍵《かぎ》、開けておきます」


翌日綾子を連れて列車に乗り込む際、駅構内に石黒の姿を見たような気がした。敢《あ》えて追わなかった。一夜限り、ということは石黒も気づいていたはずだ。石黒の腕の中にいるとき、宗太郎の面影が浮かんだ。男の勘を侮《あなど》ってはいけなかった。

夜更《よふ》けの街に戻ってゆく石黒を、追うことができなかった。正直な体を悔やんでも始まらない。ともかく、自分の進む道にひとつ答えがでたことは事実だった。体のどここにも石黒の居場所がなくなった朝、百合江の心は妙に晴れ晴れとしていた。列車の席を確保して、ほっと一息ついたところで綾子が言った。

「お母さん、イシグロと結婚するの？」

「しない。綾子のお父さんはひとりだもん」

「イシグロより好きなの？」

「たぶんね」

この、おそろしく勘のいい娘を前にして、高樹との結婚を維持することも難しそうだ。いずれ別れるのだろうと思いながら、どうして夫と肌を重ねる際に宗太郎の面影が割り込んできてくれないのかと思ったりもする。結局、揺れているのは百合江自身だった。苛立《いらだ》ちとあきらめと、図らずも前進しつつある状況を、レールの継ぎ目毎《ごと》に胸に落とした。

契約期間が終わっても働き続けることに、春一は反対しなかった。すれ違う生活に慣れていたことや、別の女の影がちらついていることも百合江の気持ちを軽くしていた。ときどき義務的に肌を合わせる生活は、百合江自身が次の行動に移るための敷石へと変わっていた。

百合江が体の変調に気づいたのは、それから四か月後の、五月の風が吹き始めるころだった。

お腹の子が八か月を迎え、これ以上は無理というときまで、百合江は丸八旅館で働いた。お膳《ぜん》は持てなくても、歌は歌えた。ときどき道で顔を合わせるカネに罵《のの》られても、心は揺れなかった。

百合江の妊娠を知ってからの春一は、ほとんど家に戻らなくなっていた。カネのところにいるのか、女のところにいるのかはわからなかった。生活費は百合江の稼ぎでまかなっている。お産で働けない時間のぶんは、今まで貯めたチップや心付けでなんとかしのがなくてはいけなかった。

旅館に百合江の妊娠が広まったころ、一度だけ石黒に「自分の子ではないのか」と訊《たず》ねられた。「まさか」と首を横に振った。たとえ石黒と一緒になったとしても、再び心の内で同じことが繰り返されそうな気がした。綾子を身ごもった日から自分は、望んで宗太郎の面影と暮らしている。

「子供を生んだら、また丸八旅館で働こうと思っています。旅館のご主人も待っていてくださるそうです。また、お座敷で歌わせてください。石黒さんには本当に感謝しています」

その日、石黒は強くうなずいて、百合江に宴会の心付けを手渡した。師走《しわす》の産院はルンペンストーブから離れると寒さが沁《し》みた。看護婦もひとりしかいない町内唯一《ゆいいつ》の産院だった。年老いた医師が冷たい聴診器を腹に滑らせ、しきりに首を傾《かし》げていた。腹の張りは綾子のときよりも強く、今回の妊娠は何かが違うと思っていた。出産前の最後の診察を終えて、医師が言った。

「逆子だわ。帝王切開になるよ」

百合江は塗装の剝《は》げた天井に向かってひとつ大きく息を吐いた。自然分娩《ぶんべん》よりも長く寝込むことになるのは確実だ。綾子のことが気がかりだった。いつもふたりで一緒にいたけれど、今回ばかりは春一に頼まなければならない。数日のことではあるけれど、旅館にも石黒にも、これだけは頼める筋合いのことではなかった。

「綾ちゃん、お父さんの言うことよく聞いてちょうだいね。お母さんが動けるようになったら、病室に泊まってもいいから。ほんの何日かだから、がんばって」

「綾子、旅館の仲居部屋で待ってる」

「そういうわけにはいかないの。今回だけでいいから、ね、お願い」

納得させるのに、二時間かかった。

入院準備のために一度家に戻ったが、やはり春一は帰宅していなかった。今にも産み落としてしまいそうなほど赤ん坊の位置が下がっている。通常分娩では子供の命が保証できないと言われれば、腹を切って産むしかない。綾子の着替えを詰めたボストンバッグを持ち、百合江はカネの家を訪ねた。

「帝王切開ということになりました。今日これから準備をして、明日の朝に手術だそうです。済みませんけれど、ひと晩この子をお願いしたいんです」

「うちは保育園じゃないよ」

「お願いします。春一さんはいつ戻るかわからないので、こちらにお願いするしかないんです」

「丸八旅館は、こんなとき何にもしてくれないのかい。だいたい、いつ戻るかわからない亭主にしたのはお前だろう」

「いい子にしているように、ちゃんと言ってありますから。お願いします」

カネがふんと鼻を鳴らし、家の奥に消えた。百合江は張った腹のせいでしゃがみ込むこともできないまま、綾子を諭した。

「いい子にしてて。手術が終わったら病院に連れてきてもらって。必ず、お父さんかお婆《ばあ》ちゃんに言って、病院にきてちょうだいね。お母さん、赤ちゃんと一緒に綾ちゃんがくるのを待ってるからね」

涙を溜《た》めた目で母親を見上げる綾子の、柔らかい髪を何度も撫でた。泣きそうな顔も、宗太郎にそっくりだった。ちいさな声で「お母さん」と言ったきり唇を噛《か》んでいる。

「たったひと晩だから。明日の夜にはお母さんにも赤ちゃんにも会えるから」

涙が綾子の頬をつたい落ちた。普段はあれだけ聞き分けのいい娘が、これほど不安がる理由を考えている暇はなかった。このままでは逆子のまま出産ということになってしまう。自分も子供も助かる方法は帝王切開しかない。百合江は心の内でも胸の前でも手を合わせ、綾子に頼んだ。

「お願い、綾ちゃん」

とうとう綾子は笑わなかった。それでも、ここに置いて行くしかない。百合江は涙をこぼす綾子を上がりかまちに座らせ、カネの家を後にした。

風呂敷包みひとつを抱え、産院に戻った。途中、サラシを二反買いに立ち寄った雑貨屋の店員が、「その腹かかえて、自分で用意しなきゃいけないのかい」と気の毒がった。

手術の準備を終えると、点滴が始まった。眠らなければいけないのはわかっているのに、綾子のことが気になって眠れない。隣の部屋から赤ん坊の泣き声がする。カネの家で綾子がどんな風に過ごしているか、考えれば考えるほど目が冴《さ》えてくる。こんなとき里実がいてくれたらと思うのだが、一月に釧路で会ってからふつりと音信も途絶えてしまった。何度かこちらから電話をしてみたが、弟子が出て「手が離せないそうです」と言って切ってしまう。

　明日の夜には身二つになっていることを思い、百合江は心を潜めながら雪明かりで青白く光る壁を見ていた。

　翌朝の手術は、胸から下が痺《しび》れているおかげで、意識はあるのだが痛みは感じなかった。ただ、自分の体が開かれているのだけは、耳に入ってくる音や医師の気配、動きでわかる。青いシーツの向こうから産声《うぶごえ》が聞こえてほっとしたのもつかの間、手術場の空気が変化した。

「女のお子さんです。お元気ですよ。高樹さんいいですか、これから少しのあいだ眠ります。数を数えて、ひとつ、ふたつ、みっつ」

　無影灯の円い光がぼやけた。看護婦の声が、七つで途切れた。そのあとは時間も場所も、百合江の前からはなにもなくなった。

「ユッコちゃん」

　目を開いてみるが、目の前にいるのが誰なのかわからない。一度目を瞑《つむ》り、再度開けてみる。喉《のど》が渇いて、舌が半分になってしまったかと思うほど干《ひ》からびていた。声の主が手を強く握った。感覚が戻っている。いったい何があったのだろう。術前に、縫合のあとはすぐに病室に運ばれると聞いていたが、違ったようだ。ぼやけた影が、濡《ぬ》れたガーゼを唇にあてる。薬くさいガーゼの水分を吸うと、わずかだが舌が動くようになった。

「サトちゃんなの？」

　少しずつ像の焦点が合ってくる。里実がしきりに「ユッコちゃん、ごめんねぇ」と繰り返していた。なにを謝る必要がある。こうして来てくれただけで、もう安心だ。里実さえいれば、あとは大丈夫。カネにも春一にも頼る必要はない。

「綾子は？」

「もうちょっと回復してからね。ユッコちゃん、ずっと麻酔で眠ってたの。赤ちゃんは無事だから、安心して。女の子だったの、わかった？」

　首を縦に動かした。油断するとすぐにまた深い眠りに落ちていきそうになる。何度も「綾子は」と訊ねるが、里実は「待って」と繰り返すだけだった。里実は湯飲み茶《ぢゃ》碗《わん》の水でガーゼを湿らせて、百合江に吸わせた。絶食中なので本当はまだ水も飲めないのだと聞かされた。

「子供を取り出したあと、緊急手術になったの。子宮がひどい炎症を起こしてたらしいのね。それで、高樹さんのお姑《かあ》さんと春一さんが呼ばれて、手術の同意書に名前書いたって。身内の同意がないと駄目だったらしくて」

里実の声がそこで途切れた。とりあえず目が覚めたことを喜ばなくてはいけないのだろう。里実の言葉から想像できるのはそこまでだった。

緊急手術の内容を知ったのは、更に一日経《た》って、ちいさな茶碗一杯ぶんの重湯を喉に流し終えたときだった。師走だというのに、里実は清水の家に一週間暇をもらって弟子屈にきていると言った。それがどれだけ大変なことか考えた。自分が眠っているあいだになにがあったのか、訊《き》かねばならなかった。

ひと晩でまた会えると約束した綾子が病室にくることはなく、赤ん坊も新生児室で看護婦がミルクを与えているという。手術の同意書を書いたというカネと春一は、いちども顔を見せない。心に浮かぶ疑問を、天井と里実の顔を見比べながらひとつひとつ口にしていった。

里実は重湯の食器と盆を返しにいったまま、しばらく病室に戻らなかった。里実を待つ時間の長さが、標茶の駅へ彼女を迎えに行ったときの心細くとも期待に膨れるひとときと重なり合う。自分が眠っているあいだ、何があったのか。百合江が訊きたいのはそれだけだった。

「ねぇ、サトちゃん、何を言われても驚かないから、言ってちょうだい」

里実はベッドの枕元《まくらもと》にある椅子《いす》に腰を下ろし、押し殺した声で訊ねた。百合江の視界いっぱいに、表情を消した妹の眼差《まなざ》しが広がった。

「かなしい話なの。それでもいい？」

里実が念を押せば押すほど、百合江の心は冷えていった。極限まで冷え切って、おそらくはもう何を聞いても驚かないところまで冷たくなった。

「あのね、子供はもう無理だって」

「うん。綾子もいるし、ふたり女の子がいれば心強いから大丈夫よ」

里実はそこでしばらくなにか考えているふうだった。じりじりと苛立つ前に、この妹が言葉を選ぶ理由が知りたかった。里実の目に涙が溜まった。こぼれないよう少し上を向き、指先で拭《ぬぐ》っている。

「緊急手術の内容はね、本人が落ち着いたころ、身内の方からって言われてる。わたしでいいかな」

「もちろん。わたしの身内は綾子とサトちゃんだけだよ。いろいろあったの。言えなかったけど、あの家では本当にいろいろあったんだ」

百合江は妹の涙から目を逸《そ》らし、ペンキを塗り重ねたせいでまだら模様になっている病室の壁を見ていた。

「もう少し早くきていれば、わたしが反対できた。ユッコちゃん、ごめんね」

里実は、今度はぼろぼろと涙をこぼしながら言った。

「帝王切開のあとね、子宮が摘出されたの」

震える声でそう言うと、里実は首をがくりと前に折った。

「子宮摘出」

舌がからまりそうな言葉を、何度か繰り返し言ってみる。さらしが巻かれた腹をそっとなでてみるが、そんな気配はみじんも感じられなかった。自分の体から女が取り除かれたことを、どうやって確かめればいいのか。体中が痛いのと傷口のひきつる感覚だけではとても推し量れない。

今度は百合江が言葉を選ぶ番だった。

「ねぇ、わたしのお腹《なか》にはもう子宮がないってことなんだね。子供を産めないのは、それが理由なんだね」

横たわっていても、手を伸ばせばすぐに届く場所に里実がいた。今はそれがなによりも心強かった。里実が目を瞑ったまま深くうなずいた。百合江は妹ほど落胆してはいなかった。その事実が自分にどんな未来を連れてくるのかを、想像できなかったせいもある。咄嗟《とっさ》に「綾子は」と叫んだ。これ以上カネと春一に任せてはおけなかった。綾子がどうしているか、里実はわからないと言うだけだった。

「手術が始まって、それから春一さんから連絡もらって、飛んできたの。綾ちゃんにはまだ会えてないのよ」

「わたしのほうはいいから、高樹の家に行って、綾子を連れてきて。ひと晩だけだからって、無理やり姑《しゅうとめ》の家においてきたの。春一さんはいつ家にもどるかわからなかったから。はやく綾子を迎えに行かないと。サトちゃん、お願い」

わたしが嘘《うそ》つきになってしまう――。

綾子を連れ出しに行った里実が病室に戻ってきたのは、それから三時間も後のことだった。二晩も三晩も待たされているような気がした。ドアがノックされるたびに腹に力が入り痛みに身をよじった。

病室には里実ひとりしか戻らなかった。

「ユッコちゃん、綾ちゃんは高樹の家にはいない。別の家に預けてあるって姑さんが言うの。役場に寄って、春一さんにも訊いてみたんだけど、なんだかおかしいのよあの人たち。のらりくらりとごまかしてる。春一さんがこんな人だと知ってたら、ユッコちゃんに結婚なんか勧めなかった。綾ちゃんをどこに預けたのか、わたし、もう一度姑さんのところに行ってみる」

こんなことになるなら、と言葉を詰まらせる里実に礼を言った。綾子は別の家に預けたと、里実を突っぱねるカネの顔が浮かんだ。子宮のあった場所には底のないいくつもの問いと怒りが溜まっていた。早く、一刻も早く病院を出なくてはならない。ここを出て、すべてを姑の口から語らせなければ。百合江は涙声の妹に頼んだ。泣いている暇はなかった。

抜糸が済むまで、というところを、百合江は無理に五日目で病院を出た。それ以上里実を引きとめておくこともためらわれた。

赤ん坊は退院時には三千二百グラムになっていた。乳は一滴も出なかった。張ることのない乳房は、空になった下腹と同じく静かだった。

赤ん坊を抱いていてくれた里実が、駅の構内でまたひと泣きした。

「ここから家まではタクシーを使ってちょうだい。本当は外を歩くのだってお腹にひびくから駄目だって言われてたでしょう。ユッコちゃん、もういちど釧路に戻っておいでよ。綾ちゃんと赤ちゃん連れて。わたしたち、やっぱり近くにいたほうがいいよ」

　里実はほんの少し言いよどんだあと、亭主が外に作った子供を引き取って育てていることをうち明けた。

「何度か電話くれたのに、ごめんね。出たら泣いてしまいそうで、嫌だったの。小夜子っていうの。昼間はミルクもおむつも、みんな弟子にさせてるけど、夜泣きにはわたしがつき合ってる。憎たらしい女の子供だけど、赤ん坊に罪はないしと思って。でも、ときどき抱いた手をゆるめて、下に落としたくなるときがある。ようやく思いとどまったこと、何度もあったよ。そんなことがあるから姑も亭主も、一週間わたしがこっちにくること、反対もできないの。ここから先はもう、どこまでも商売を広げて、親方夫婦から亭主から、みんながわたしに土下座するまで頑張ろうって、それしか考えてない」

　里実にかける言葉が思い浮かばなかった。

　病室に連れてこられた赤ん坊に、「理恵」という名前を付けたのは里実だった。

「理に恵まれた、筋の通った子になってほしいから」

　百合江もまた、理の通らない現実をすこしでもこの子がまっすぐにしてくれたら、と願った。

「釧路にもどる。近いうち必ず。サトちゃん、待ってて」

「待ってる。すぐに来てね」

列車に乗り込む里実に手を振った。赤ん坊の尻《しり》のあたりがじんわりと温かくなった。おむつが濡れている。ストーブの前でおむつを替えているうちに、列車がホームを出て行った。

しくしくと痛む腹を庇《かば》いながら、タクシーに乗り込む。カネの住む家の前で車を止めた。最初は居留守を使っていたカネだったが、百合江が十分以上戸を叩《たた》いているうちに、外聞が悪いと思ったのか玄関に出てきた。近隣の家々の窓に掛けられたレースのカーテンが、一斉に動いたのがわかった。カネは綿入れ袢纏《はんてん》に入れた両腕を組んで、上がりかまちに仁王立ちしている。

「何の用だい。近所迷惑なことしやがって。みっともないったらありゃしない」

「綾子を迎えにきました。どこに預けたんですか」

どうしてひと晩くらい、という言葉を飲み込む。カネはそっぽを向いた。

「妹は何にも言ってなかったのかい。あいつもお前とおんなじで、清水の家《いや》を乗っ取ろうとしているらしいじゃないか。あぁ、いやだ。これだから育ちの卑しい女は困るんだ」

「綾子はどこですか」

カネは百合江が腕に抱いた赤ん坊を見ようともしなかった。百合江は食い下がり、綾子の居場所を訊《たず》ね続けた。

「うるさい。あんな子、ずっと遠くにやっちまったよ。握り飯をやったって手も付けない、呼んだって返事もしない。犬のほうがなんぼか利口だ。あんなのがうちの孫ですなんて顔した日にゃ、ご先祖様に申しわけが立たないね。その赤ん坊もどうせ春一の子じゃないんだ。どこの種かわからないものを、ふたりも押しつけられるこっちの身にもなってみろ」

「どういう意味ですか、それ」

百合江の声に、カネが一歩後ずさった。百合江は長靴を脱いで、家に上がった。カネは後ずさりながら茶の間へと入った。舌打ちをしながら薪《まき》ストーブに薪をくべたあと、デレッキを持ったまま百合江を睨《にら》んでいる。百合江はカネがデレッキを下に置くまでじっと手元を見続けた。

「勝手に人の家に上がり込んで、今度は何をする気だい。それ以上近づいたら、警察呼んでやるからね」

「呼べるものなら、呼んでください。あんたたち親子が綾子に何をしたか、どこへでも出て喋《しゃべ》りますよ」

カネが鼻を鳴らし、どこへ出るんだか、とつぶやいた。

「そんな、外の男の種ばかり入る腹なんか要らないんだよ。春一には子種がないんだ。よくもぬけぬけとうちの嫁づらできたもんだ」

姑の態度が腑《ふ》に落ちても、百合江の怒りはおさまらなかった。

「綾子を、綾子を返せ」

百合江は傍らに理恵を置き、一歩カネに近づいた。下腹や腰にひきつるような痛みが走る。頭から、血が引いてゆく。経験のない怒りが両腕を持ち上げた。

仰向けに倒れ込んだカネの首に、自分の指先が食い込む。カネの染《し》みだらけの頬が紫色に変わる。指はもう姑の首から離れなかった。唇の端から、唾液《だえき》が流れる。今自分が見ているものと、一秒ごとに冴《さ》えてゆく意識との隔たりを埋めることができない。

直後、腹に衝撃が走った。記憶にないほどの痛みが、遅れてやってきた。カネの首にかけた両手が外れた。腹にもう一度、何かがぶつかった。百合江の体が床を転がった。

「母さんになにするんだ」

腹にぶつかったと思ったのは、春一の右足だった。胸から腹、全身が痺《しび》れ始めた。

脚のあいだに、生ぬるいものが下りた。出血だろう。百合江はうずくまり、両腕で腹を庇った。

春一が右脚をひきずりながらカネのそばに寄り、抱き起こした。揺り動かされたカネは喉をぜいぜい言わせながら叫んだ。

「このあばずれ、とうとうあたしを殺しにきやがった。人殺しだ。人殺しだよ、この女」

春一が玄関に向かって叫んだ。

「誰か、救急車をお願いします。救急車を呼んでください」

玄関先から、リレーのように「救急車」という言葉が遠ざかる。数分で到着した救急隊員は、カネと百合江を見比べて言った。

「旦那《だんな》さん、病院に運ばなきゃならないのは、こっちの若い奥さんのほうだよ」

百合江の転がった先には、綾子が大切にしていたセルロイド人形があった。百合江は必死で人形に手を伸ばした。

「奥さん、聞こえますか。ご自分の名前、言えますか?」

声をかけてくれた救急隊員に赤ん坊も一緒に運んでくれるよう頼んだあと、気が遠くなった。

目覚めたのは産院のベッドだった。外はもう真っ暗だ。いったい今度は何時間眠っていたんだろう。春一に蹴《け》られた腹には厚くさらしが巻かれている。枕元のナースコールを押すと、看護婦が理恵を抱いて病室にやってきた。

「狭い町だから、この半日でいろんな尾ひれがついてるみたい。役場の旦那さんを呼んだのもご近所だったって。ねぇ、悪いこと言わないから、どこか子供とふたりで暮らせるところへ行きなさい。妹さん、釧路に住んでるって聞いたけど、しばらくそっちにご厄介になれないものなの」

　春一が役場の職員だと気づいた救急隊員が、警察への通報をやめたという。百合江は笑った。再縫合した腹が回復するまでに、あと一週間入院する必要があると言われ、目を閉じた。体の痛みは麻痺《まひ》している。どこかでさびしがって泣いている綾子のことを考えると、傷などないはずの胸が痛んだ。

「この子、理恵ちゃんって言ったっけね。ミルクとおむつのとき以外泣かないの。きっと辛抱強い子に育つと思う。お母さんがしんどいことわかってるの。こういう子いるのよ、たまに。みんないい子に育ってるから、安心していいよ」

　それから、と彼女は百合江の襟元を直しながら言った。

「泣きなさい。泣くのを我慢すると、お腹に無駄な力が入るから。傷を早く治したいなら、今は泣いちゃいなさい。この子がこんなにいい子なのは、そのぶんお母さんに泣いてほしいからなんだよ」

彼女が、持っていたガーゼで耳へと流れる涙を拭《ぬぐ》ってくれた。ミルクのにおいが鼻先に漂うと、更に涙が溢《あふ》れてきた。

百合江は再び、里実が用意してくれた釧路のアパートへ移り住むことにした。今年もあと残り数日となった十二月二十七日の昼どき、赤帽の手を借りて、おおかたの荷物を釧路へ送った。

衣類はやっぱり風呂敷《ふろしき》包みひとつきり。綾子のものは数枚の衣類と、救急隊員に運ばれる際に咄嗟に手にしたセルロイドの人形ひとつだった。

ミシンも運び出した。里実にも、昼間ミシンを動かしてもいいように、夜の勤め人があまりいないアパートをと頼んである。

「いいミシン持ってるね」

赤帽の言葉には「慰謝料なの」と答えた。二年前は結納代わりという名目だったはずだ。まだここへきて二年しか経《た》っていなかった。

綾子の行方は依然としてわからないままだ。頼れる人間はひとりもいなかった。警察に届ける際、百合江は「誘拐」という言葉を使った。色めき立つ警官は、しかし半日後には「捜索願」にしたほうがいいと説得し始めた。

「どうしてですか。母親のわたしになんのことわりもなく、子供をどこかへ連れていくのは誘拐でしょう」

「高樹さんのところのお婆《ばあ》ちゃんはそう言ってないんだよ。息子夫婦が心配でちょっと遠いところにいる知人にあずけただけだってさ。嫁が正気に戻ったらすぐに連れて戻るって」

「行き先はどこですか、わたしに知らされない子供の行き先は、どこなんですか」

「だから、お婆ちゃんが知ってるっていうし。どうしてもっていうなら、とりあえず受理はするから捜索願にしなさいって言ってるんだ。あんたがこうやって外で誘拐なんて物騒なこと言うから戻してもらえないんだよ」

　最初は優しげだった警察官も、最後のほうは露骨に相手をするのも面倒という口ぶりになった。町の人間はみな姑に「嫁は赤ん坊を産んでちょっと気が変になっている」と耳打ちされているのだった。髪を振り乱して百合江が叫べば叫ぶほど、警官の顔が歪《ゆが》んでゆく。

「あんたがそんなふうだと、お姑さんが孫を任せておけないって思うのも仕方ないっしょ」

役場の戸籍窓口に座る夫にその場で離婚の印鑑を押させても、春一は決して綾子の居所を言おうとはしなかった。

「お前があんなことをするからだ」

「あなたがた親子が捕まるのも時間の問題だと思いますけど、いいんですね」

役場の職員も待合いベンチの客も、一斉にこちらを見た。転居用の住民票と新しい戸籍謄本《とうほん》には、百合江と綾子、理恵の名前が並んでいる。ここでも百合江は「産後に精神状態がおかしくなった嫁」と思われているらしい。

たまりかねて、カネの家の前まで行ったものの、隣近所の人間がふたり三人と狭い道路に出てきてさほど積もってもいない玄関前の除雪を始めた。隣の嫁も目が合えば会釈《えしゃく》をするけれど、百合江がまた何かするのではないかと見張っている様子だった。

丸八旅館へ引越の挨拶《あいさつ》をしに行った。そろそろ仲居連中も部屋に集まり始めるころだった。折れそうになっている気持ちを、理恵を抱くことでまっすぐに保っていた。

「本当に釧路に行っちゃうのかい」

「綾子の捜索願を出しました。帳場のみなさんも、どうかあの子を見かけたら必ずここに連絡をください」

渡したメモには清水理髪店の電話番号と、百合江の新しい住所が記されている。みな、うんうんとうなずくだけだった。その仕草に、彼らがどんな噂《うわさ》を耳にしているのか想像がついた。旅館のロビーに立つと、石黒の顔が過《よ》ぎった。ほんの数秒のことだった。板長はまっすぐに百合江の目を見て言った。

「はやく気持ち落ち着けて、良くなりなよ。そうすればすぐ綾ちゃんも返してもらえるから」

気などふれていないといくら主張しても無駄とあきらめた。百合江は目を伏せて頭を下げた。

釧路駅に着くと、里実が女弟子をひとり連れて待っていた。師走《しわす》のかき入れ時にこんなことを頼んで申しわけないと頭を下げると、里実はいいからいいからと言ってタクシーに手を挙げた。

里実が用意してくれたのは、八畳一間に台所つきのアパートだった。駅前通と並行している道路の裏手にある、住宅街の一角である。中心街に近いが、すぐそばに小学校もあるので治安は悪くないと里実が言った。川の音がしないことがなによりありがたかった。水の音を聞けば、嫌でも姑《しゅうとめ》や春一のことを思いだしてしまう。

布団《ふとん》や荷物を運んだあと、中学を卒業して一年目というおかっぱ頭の弟子が理髪店に戻った。里実は、仕事は一番弟子がなんとかしてくれているからとアパートに残った。

「水回りは独立していたほうがいいと思って。狭いのは、中心街に近いせいなの。郊外に行けば同じ家賃でもうすこし広いところもあるんだけど、なんたってうちとの行き来に不便だし」

清水の家に近いのはありがたかった。距離にすると、以前住んでいたアパートの半分もない。風呂屋も歩いて五分の場所にあった。里実はこまごまとした食器や水回りのものを台所に並べながら、親方や姑に高樹家の仕打ちを訴えたと言った。

「あの婆さん、こうとなったらテコでも動かないんだって。親戚《しんせき》感情があるから、口だしもできないって言うの。ユッコちゃんのことも、おかしくなったんじゃないかっていうんだよ。冗談じゃないよね」

百合江は理恵を抱きしめた。下腹から脇腹《わきばら》、背中までの皮膚が、自分の体とは思えないほど冷たかった。

「サトちゃんも、そう思う？」

「まさか。ユッコちゃんがおかしいなら、わたしはもっとおかしいに決まってる。夜中に赤ん坊にミルクをやりながら、この子をいつ線路に置いてこようとか、どうやったらここから消えてくれるだろうとか考えてるんだよ。わたしはやっぱり小夜子の母親にはなれないんだ」

里実の苦しい日々も、始まったばかりだった。

腹の傷を再縫合した日から、百合江の目には一滴の涙も浮かばない。あの夜、一生分の涙を流したに違いない。同じ街に石黒がいることも、里実の存在ほど心強く思わない。石黒のことを考えるたびに、空っぽになった下腹が痛んだが、彼に自分の体に起こった何もかもをうち明けるよりも、ひとりで綾子が戻る日を待ちたかった。

「わたし、サトちゃんがいればなにより心強いよ」

里実が泣き始めた。

「次にくるときは、小夜子ちゃんも連れてきて。お休みの日はいつでもおいで。わたしは年が明けたらまた、家具屋さんに顔を出すつもりだし、仕立物も少しずつやっていくから」

「任せておいて。うちのお客さん、ユッコちゃんがいなくなって困ってる人たくさんいたんだよ。既製服もずいぶん出回るようになってきたけど、やっぱり仕立てた服のほうがいいっていう人も多いの。わたし、またいっぱい宣伝するね」

嘘《うそ》でも前向きな話をしているときは笑顔になれた。不幸もふたつ寄せ合えば、なにか別の力に変わるのだろう。百合江は心から里実を頼もしく思った。

翌日、釧路警察署へ行くと生活課へと案内された。でっぷりと太った窓口係の女は百合江の話をひととおり聞いたあと、「親権争いならば裁判所へ行くように」と勧めた。勝てると思うから、と言ってはくれるのだが、百合江の主張はまったく理解されない。仕方なく弟子屈署では捜索願を出すように言われたことを告げた。係がちょっと待ってと席を立つ。

十五分ほど経って戻ってきたとき、彼女はやわらかい笑みを浮かべて言った。

「お話は伺いました。こちらも弟子屈署と同様の対応をさせていただきます。捜索願は受理されていますので、連絡先に変更があった場合はご連絡ください」

絶望感にふらつきながら釧路署をでた。アスファルトの浅いくぼみに氷が張って、その上にうっすらと雪が積もっている。百合江は滑らぬよう足もとを気にしながらアパートまでの道を急いだ。部屋においてきた理恵が気がかりだった。

信号待ちで立ち止まった百合江の目の前に、きらきらとなにかが舞っていた。目を凝らしてみる。空気中の水分を凍らせて、陽を浴びたダイヤモンドダストが穏やかな風に乗って流れてゆく。下腹が痛んだ。まだ外出はしないようにと言った里実の言葉を思いだした。

「外に出るのはもう少し暖かくなってからにしてね。毎日わたしか弟子がくるようにするから、用事や買い物はそのときに言ってちょうだい。家具屋さんにも連絡しておくね」

寒さなど、感じている場合ではなかった。理恵が綾子の代わりにはならないように、綾子の母も自分ひとりしかいない。百合江は清水理髪店の前で回るサインポールを遠くに見ながら歩きだした。

石黒がアパートにやってきたのは、年明けすぐの一月五日だった。

百合江は理恵のおむつを干していた。控え目にドアがノックされた。古い木造アパートには、ブザーもついていない。女と赤ん坊しかいない部屋には、表札も出していなかった。訪ねてくる客はたいがい何かのセールスマンか大家、回覧板を届けにくる隣人だ。

ドアの向こうに誰かと訊《たず》ねた。

「日の出観光の石黒といいます。こちらは杉山さんのお宅でしょうか」

応《こた》えればドアを開けることになる。無言でいれば、いずれ帰る。今は帰ってくれと言えるほど心がつよくなかった。百合江は、薄い座布団の上で手足を活発に動かしている理恵を振り向き見た。息をひとつ、吐いた。

ドアを開けた。思い切り引っ張ればすぐに外れてしまいそうなドアチェーンの金属音がして、隙間《すきま》に石黒が現れた。

「丸八旅館の帳場から、ここの住所を聞きました」

「すみません、家の中が冷えるので、ご用件は手短にお願いします」

百合江は石黒から目を逸《そ》らした。石黒は白い息を吐いたあと、すぐにドアを閉めた。意味がわからず内側で突っ立っている百合江の耳に、ドア越しの声が聞こえてくる。

「金貸しの男、覚えてますか。綾子ちゃんのこと、あいつなら知ってるかもしれないんです」

百合江は急いでチェーンを外した。玄関に入った石黒は懐《なつ》かしむそぶりも見せずに話しだした。

「松木商会っていう北見の金貸しでした。北島という、いい噂のない男です。仲居の斡旋《あっせん》であちこちの旅館に顔をだしたり、土木現場や飯場に作業員を送り込んだり、金がらみの仕事ならなんでもしているようです」

石黒が会ったという男の風貌《ふうぼう》には心当たりがあった。二年前の今ごろ、高樹の家にきて、旅館の名前が書かれた紙切れを見せたあの男に違いなかった。

石黒は、松木商会が丸八旅館に、新しい仲居を紹介しにやってきたところに出くわしたといった。百合江が丸八で働くようになったいきさつを知っていた石黒は、何食わぬ顔で男に近づき、景気の話などをしながらお茶を飲んだ。友好的な態度の添乗員を、最初こそ警戒していた北島だが「添乗員というのは労多くして実入りの少ない、気ばかりつかう嫌な仕事だ」とこぼしたことで距離が縮まった。男は親指と人差し指で輪を作り、狡《こす》っ辛《から》そうな笑みを浮かべた。

「兄さん、もっとこれのいい仕事探してるなら、いつでも相談にのるよ。俺もあんたくらいの男を紹介したら、けっこうな金が入る。お互い持ちつ持たれつといかないか」

他にはどんな仕事を手がけているのか、興味を覚えたふりをして石黒が訊ねると、男は少し声を潜めて「ときどきは、やばいこともやるよ」と言ってにんまりと笑った。できるだけ百合江や綾子のことをにおわせないようにして、その日石黒は丸八に宿泊した彼を町はずれの炉端に誘い酒を飲ませた。日付が変わるころようやく、男はその「やばいこと」の欠片《かけら》を漏らした。

「人足が欲しいって言われりゃ人足を、子供が欲しいって言われりゃ子供を調達する。金に困ってる親ってのは不思議なもんで、お前が育てるよりずっと幸せになるって言うとコロリといくんだ。できるだけ罪悪感を持たせないようにするのが俺の仕事よ」

「子供となれば、実入りも大きいんでしょうねぇ」

「そうさな、相手によるけども。直接親がでてこないときのほうが懐《ふところ》に入るもんは大きいな」

「そりゃ、どうしてですか」

「兄さん、ばかだなあ。相手は弁護士雇うくらいの金持ちってことじゃねぇか。仲介料ったら、そっちのほうが高いに決まってるだろう。向こうが身元を明かさないってことは、それだけお互い危ない橋を渡るってことよ」

「承知しない親もいるんじゃないですか。そんなときはどうするんですか」

「そこから先は、こっちの腕だな」

男はにやりと笑ったものの、それ以上は頑として口を割らなかった。

「高樹さんからはなにも聞かされてませんか。綾子ちゃんは、あなたが入院されているあいだにいなくなったんですよね」

金貸しの男が仲介したのが綾子だという確証はなかったが、綾子ではないとも言いきれなかった。石黒が危険を承知で松木商会の北島から情報を引き出してくれたことに感謝はしても、ここから先をどう動いていいのか、考えると頭が割れそうになる。

百合江は柱につかまりながら、石黒に訊ねた。

「石黒さんも、わたしの頭がおかしくなっていると思いますか」

石黒は首をつよく横に振った。

「それならばこんなことを伝えにはきません」

百合江の胸奥に、金貸しが言ったという言葉が重く沈んだ。

自分といるよりも幸せに暮らしているのかもしれない。又聞きにもかかわらず、百合江は金貸しが使った言葉の魔力に揺れた。皆が言うように本当に自分の頭がおかしくなっているように思えてくる。

「もう一度、北島に会ってみます。あいだに弁護士が入っているのなら突き止めて」

「待って」、百合江は石黒の言葉を最後まで聞かなかった。

「わたしを北見に連れて行ってくれませんか」

石黒が太い眉《まゆ》を寄せる。眉間《みけん》に向かってもういちど、頼んだ。男がつよくうなずいた。

「これから、すぐに出られますか」

百合江はおむつを替えた理恵を毛布にくるみ、自分はセーターや上着を着込めるだけ着込んだ。途中、ミルクを与えることができるよう魔法瓶にお湯を用意した。ミルクやおむつといった赤ん坊の荷物だけで後部座席がひとりぶん埋まった。

百合江が用意をしているあいだ、石黒は車で待っていた。頼み事をしているくせに、部屋に上がれとは言わなかった。

山間に入る前に一度給油をして、スパイクタイヤにチェーンを巻いた。運転中、石黒はほとんど話さなかった。百合江も後部座席で理恵を抱いたまま黙って車に揺られた。

石黒はチェーン装着のほかはずっと運転し続けた。それでも北見に着いたのは午後四時を過ぎたころだった。北見は思っていたよりずっと雪深い街だった。駅前交番で、松木商会の場所を訊ねる。車外にでる用事は石黒が動いてくれた。百合江はぐっすりと眠っている理恵を抱いて、曇った窓硝子《ガラス》を拭《ふ》きながら雪かさが増してゆく沿道の景色を見ていた。

松木商会は、繁華街のはずれにあった。スナックや炉端、質屋といった看板に紛れて、見逃してしまいそうなくらい狭い間口で商売をしていた。窓には賃貸部屋紹介の紙が貼《は》られており、店構えは金貸しというより不動産屋の気配である。

二坪あるかないかの事務所には、不釣り合いなほど大きな金庫があった。金庫の前で煙草《たばこ》を吸っていた老婆《ろうば》が「いらっしゃい」と言って立ち上がる。百合江よりも頭ひとつぶん背が小さい。細めた目が客の値踏みを始めた。

「部屋かい？　金かい？　どっち」

「今日は、北島さんはこちらにはいらっしゃらないんですか」

「北島？」

老婆は遠慮のない眼差《まなざ》しで石黒を見上げ、新しい煙草に火を点《つ》けた。

「あれはもう辞めたよ。辞めさせた。なんだか裏で危なっかしいことやってそうなんでね」

「いつ辞めたんですか」

百合江が一歩老婆に近づいた。老婆は悪びれもしなかった。

「年末で解雇。新しい営業を探しているんだけど、なかなかいいのがいなくて困ってんだよ」

「どこへ行ったか、わかりませんか」

彼女は煙をひと吐きして、さぁねぇ、と首を傾《かし》げた。金貸しと不動産斡旋を生業《なりわい》としている老婆の指には、アノラックともんぺ姿には不似合いな大きなルビーが光っていた。あぁそうだ、と彼女が百合江の目を見上げた。白目の部分が黄色く濁っている。

彼女は全身が煙草のヤニにまみれていた。

「北海道を出るようなことを言ってた。嘘か本当かわからないけど。内地にいいってでも出来たんじゃないのかい。とにかくあいつはどうにもならない男だったよ。こっちが油断したら寝首でもかきそうな小ずるいやつだ。真面目《まじめ》に働いてたのは最初のうちだけだった。あんたらも、あいつにまんまと騙《だま》されたのかい。まぁどっちでもいいよ、うちには関係のないことだ」

老婆は帰ってくれといわんばかりにルビーの指輪が光る手を振った。

松木商会を出た。大粒の雪が街を照らしながら揺れ落ちてくる。今夜は積もりますよ、と石黒が言った。縫合の痕《あと》がしくしくと痛んだ。

「今夜はこっちに泊まって、朝を待って出発しましょうか」

「峠は、やはり危ないんでしょうか」

「いや、多少時間はかかるかもしれませんが、雪がひどくなければ暗くなってしまったほうが運転は楽です。道路も圧雪のうちはいいけど、氷に変わると厄介だ」

できれば今夜のうちに戻りたいと告げた。石黒の労をねぎらいたい心持ちとは裏腹に、彼と北見に一泊するという事実から逃げたかった。綾子の消息が途切れたことの悔しさを、早くここから立ち去ることで忘れたかった。

「わかりました。走ります」

理恵にミルクを飲ませるため、北見の駅前で食堂に立ち寄った。テレビから流れる峠の情報を見ていた石黒は、急激なS字カーブが続く藻琴《もこと》峠は無理だが野上《のがみ》峠ならば緩やかなので大丈夫だろうと言った。

「あら、めんこい赤ちゃん。お父さん似かねぇ。女の子はお父さん似のほうが幸せなんだって。いいねぇ」

カレーライスを運んできたかっぽう着姿の店員は、向かい合って座るふたりが赤ん坊の両親だと信じているようだ。百合江は微笑《ほほえ》んだ。石黒の頬に力が入っている。産まれた時期を考えればすぐにわかることだった。彼がどう思おうと、事実は曲げられない。

弟子屈での暮らしを振り返ると、あの家は母も息子も不幸だと思うしか、こちらの心をうまく納める方法がなかった。百合江は自分を救っているのが金貸しの言葉という皮肉に耐えた。

釧路へあと十キロというところまできたとき、百合江はやっと礼の言葉を口にすることができた。石黒はそういう問題ではないのだと突き放した。

「綾子のことを考えると気がおかしくなるんじゃないかって思うんですけど、そう思ってるわたしは、かなしいくらい正気なんです。高樹の母親があの町にどんな話をばらまいているかは想像がつきます。でも気持ちのどこかで、自分よりもあの子を幸せにできるひとにもらわれて行ったのかもしれないって思うのを、止められない。自分を不幸だと思ったことはないけど、子供が幸せかどうか訊ねられたら、うまく答えられないんです」

「実の母親と一緒に暮らすこと以外に、子供にどんな幸せがあるっていうんですか」

綾子が裕福な家庭の子供になっているとしか願えなくなっている底のない無力さや、自分もいちど親妹弟《きょうだい》を捨てた身であることの負い目や、地に足の着かない生活のことが頭をかすめた。百合江が十六で飛び込んだ旅の一座は、みんな何かを捨てた人間の集まりだった。血も縁も恩もすべて、いちどこの身から引き剝《は》がした記憶が百合江を責めた。綾子を奪われたのが自分への罰だといわれても、どうやって今までをやり直すことができよう。

生きているならば、と思った。それは願いを超えて祈りへと変わった。無性に、鶴子の声が聞きたくなった。年を追うごとに、叶《かな》わない夢ばかりが降り積もっていた。百合江はこの男が納得しないまま家へ戻ることのないよう、淡々と自分の体に起こったことをうち明けた。

「石黒さんのお気持ち、ありがたいと思ってます。でもたぶん、ここから先はお互いに苦しむだけです。あなたも苦しいし、わたしも苦しい。黙っていてごめんなさい」

男も女も、心だけで繋《つな》がり通せるほど甘くない。それでも、心が弱くなった瞬間はそんな錯覚を許しそうになる。百合江はおむつとミルクのとき以外泣かない理恵を、つよく抱きしめた。

石黒はなにも言わなかった。彼が百合江への思いを言葉にすればするほど、こちらは石黒が使った言葉の裏側を覗《のぞ》いてしまう。ともに黙り込むしかなかった。

部屋に戻ったのは、午後十一時を過ぎたころだった。石黒は荷物を下ろすのを手伝い終わると、今日はゆっくり休むようにと言い残し帰った。百合江はひと晩かふた晩か、そのくらいで男の心にも折り合いがつくことを祈った。

部屋はすっかり冷え切っており、反射式ストーブが真っ赤になってもなかなか室温が上がらなかった。台所におにぎりを包んだアルミ箔《はく》の玉が三つと添え書きがあった。

『ユッコちゃん、どこに行ってるの？　心配してます。明日の朝またきます　里実』

ストーブの上でおにぎりを温め、一気にふたつ食べた。上野発の列車で、宗太郎に五目おにぎりを手渡したときの震える心が蘇《よみがえ》ってくる。姿を消した父親に向かって娘の無事を祈るのはおかしなことかもしれない。けれどなぜか、綾子を守ってくれる存在は宗太郎しか思い浮かばなかった。神や仏よりも、百合江は宗太郎の血を信じていた。

「宗ちゃん、あんたの子だから、ちゃんと生きてるよね。どんな強い風にも折れない柳の子供だもの。ちゃんとどこかで生きてるよね」

理恵がおむつの濡《ぬ》れを、赤ん坊にしてはひかえめな泣き声で報《しら》せた。母親を困らせないことを身につけて産まれてきた我が子のためにも、今は食べ、生きなければいけなかった。


翌朝、里実がやってきた。

「もう、どこに行ってたの。心配で眠れなかったよ」

背中に負ぶった小夜子の首がぐらぐらするほど拳《こぶし》を上下させて怒っている。謝ってひととおりの説明をし、赤ん坊をふたり並べて寝かせるまで、里実の眉間《みけん》には皺《しわ》が寄り続けた。小夜子は、理恵よりずっとふっくらとして健康そうな赤ん坊だ。もうハイハイをするので目が離せないと里実が言った。

「石黒さんって、いい人じゃないの。うちの亭主とは大違い。どうして前向きに考えないわけ」

「そんなに簡単にあっちからこっちへなんて無理でしょう。今は気持ちも体も弱いから頼っちゃいそうになるけど、働けるようになったら、今度はお互いの気持ちが邪魔になってくる」

「そういうもんなの？」

「うん。根が不真面目なんだよ、わたしは」

里実は納得しがたい表情で、綾子のことは自分にも責任があると詫《わ》びた。

「遠くても親戚《しんせき》ってのは本当に厄介なことだった。他人ならぜんぶ暴《あば》いて警察に突き出せるのに。清水の親が頭を下げてそれだけはやめてくれって言うの。ユッコちゃんには本当にすまないと思ってる。許して」

すべてに納得しながら前へ進むことなど不可能なことだった。立ち止まればいつも「折り合い」を強いられる。泣いても笑っても、まずは百合江自身が自分と折り合いをつけなければ、そのつけはすべて娘の理恵へと下りてゆくように思われた。

「そろそろミシンを出そうと思うの。お仕事、がんがんもらってちょうだい」

「わかった。家具屋さん、ユッコちゃんが戻ってきたことすごく喜んでた。やっぱり芸は身を助けるんだ。わたしも、あの家で耐えられるのは誰にも負けない腕があるからだしね」

「うん」

身を裂かれるような思いは思いとして、深く心の底に沈めた。明日か、ひと月後か、一年後か、その日がいつになるかはわからないけれど、綾子がこの手に戻ってくると信じることで、明日も生きられる。なにより、自分を必要とするちいさな命が腕の中にあることは、百合江がなんとしても生きて行かねばならない理由になった。

この年、雪の少ない道東の街には珍しく、春までに腰の高さほども雪が積もった。

＊　＊　＊

弟子屈《てしかが》町へ向かう助手席で理恵は、ダッシュボックスのＣＤを物色しながら「地味な趣味」と笑った。もう何年ものあいだ入れっぱなしになっているラテンギターとアップテンポにアレンジしたクラシック、人気バイオリニストの名盤。たしかに理恵の好きなボン・ジョヴィから比べればどれも地味だ。

「あった、これなら聴けそう」

椎名林檎《しいなりんご》の古いアルバムを見つけ、理恵が喜んでいる。峠に入ると片側の景色は湿原から深い谷へと変わっていた。夏の怠《だる》さを残してはいるけれど、九月にはいってから緑がいくぶん薄れた気がする。しばらく聴いていなかった曲が、耳に滑り込んできた。小夜子は、理恵とは昔から音楽の趣味が合わなかったことを思いだした。

金属音に近い、硬い声のボーカルが人の世や男女のままならない思いを歌っていた。この曲が流行《はや》っていたころ、鶴田とつきあい始めた。

小夜子はふと、元気だったころの百合江の姿を思いだした。

十年前、つきあいだしてすぐに鶴田の子供を身ごもった。年の暮れ、百合江の部屋に、里実が作ったおせちの重箱を届けた。年明けには堕胎手術の日程を入れていた。妊娠したまま年を越すという、すっきりとしない大晦日《おおみそか》だった。

「百合江おばさん、今年も静かだね」

「理恵のことならいいの。親のそばより楽しいところがあるって、幸せなことだと思うもん」

理恵が幸せを理由に帰郷しないとは思えなかった。

「清水家のみんなは元気なの？」

小夜子は「おかげさまで」と返すしかない。百合江と里実の姉妹は、お互いの商売が上手《うま》く回らなくなったあたりから疎遠《そえん》になっている。百合江は自分から妹の里実のところへ愚痴を言いにやってくるような女ではなかった。それでも里実のほうには、おせちを届ける習慣だけが残っており、遣いは毎年必ず小夜子だった。

重箱を受け取ってすぐに電話をした百合江に、里実は素っ気ない態度で「佳《よ》いお年を」と言って電話を切ったようだ。受話器を置く百合江の苦笑いで、母の態度はだいたい想像がついた。

「ひとりで年越しかぁ」

「そうだけど」

別に憐《あわ》れむほどのことじゃないと百合江が言った。小夜子も、実家で過ごす正月の気詰まりと、唐突にやってきた妊娠という事実に、とても正月気分ではなかった。

鶴田には妻がおり、産むかどうかという選択の余地はなかった。

「小夜子ちゃんは、清水の家で年越しするの？」

「うん、一応。でももうやめようかな。結婚してない友だちはみんな海外旅行に行ってるし」

里実に言いつかったとおり、祖父母の仏壇にお参りをした。里実が自分で来ればいいようなものだが、百合江の投機の失敗を招いた原因や、生活保護を受けることになったいきさつなど、里実が来づらいことは確かだった。

仏壇には祖父母とは別に、去年はなかったちいさな位牌《いはい》がひとつ増えていた。

『杉山綾子』

初めて聞く名前だった。

「おばさん、この位牌」

百合江はさびしそうに笑ったあと「わたしのひとり目の子供」と答えた。

「理恵に、お姉さんがいたの？」

「うん。いろいろあって、自分で育てられなかったの。ずぅっと生きてると信じてたんだけど、それもなんだか、潔《いさぎよ》くないなぁって思い始めて」

ひどく清々《すがすが》しい顔に見えた。理恵から姉がいるという話は聞いたことがなかった。そのことを言うと、百合江の目元がわずかに暗くなった。

「わたしから言ったことはないなぁ。話すとお互いに面倒な気持ちになりそうで。こっちはいつも言葉が足りないし、あの子はあの子で聞きたがらないし」

生活保護者を受け入れたアパートには風呂《ふろ》もついていなかった。手のひら大のラジオひとつきりの娯楽を見た理恵が、これじゃああんまりだといってこっそり買ったビデオ機能付きのブラウン管テレビが一台、部屋の隅にあった。百合江は民生委員が訪ねてくるときは押し入れに隠すのだと言って笑っていた。

幼いころは里実に邪険にされるたび、百合江のところへ行った。訪ねる理由は言わなくても、百合江には小夜子の心の内が透けて見えていたかもしれない。

「小夜子ちゃん、なにか心配ごとでもあるの？」

妻ある人の子供を身ごもっていることを、なかなかうち明けることができなかった。うつむいた小夜子に百合江は「一緒におせちをいただきましょうか」と言ってお茶を淹《い》れた。

テレビではレコード大賞発表の場面だった。女性演歌歌手の名前が呼ばれたとき、百合江の手が止まった。

「今年は演歌なのかぁ。そういえば、この曲ずいぶん売れたもんね」

小夜子がつぶやくと、百合江が「いい歌よねぇ」と返した。

札幌に行ったきりになっている理恵の話や幼いころから続いている里実との確執など、小夜子にしては珍しく口からぽろぽろと言葉がこぼれ落ちた。うなずく百合江の笑顔が、ひどく慈悲深いものに見えた。小夜子はなにかのついでのように、うち明けた。

「おばさん、わたし妊娠しちゃった」

「小夜子ちゃんの気持ちはどうなの。産みたいの？」

首を横に振った。百合江は「そう」と言ってテレビ画面に視線を戻した。

大賞歌手が歌い終わった。受賞者本人に涙のない授賞式はからりとしており、涙を誘おうとする司会者を困惑させていた。それを見て百合江が珍しく大きな声で笑った。

「わたしはね、小夜子ちゃんの人生は小夜子ちゃんのものだと思うの。子供は産みたいときに産んだらいいのよ。女は選べるんだもの。産んでやり直す人生と、産まずにやり直す人生と。どっちも自分で選べば、誰を恨むこともないじゃないの」

長いこと持っていた疑問を口にしてみた。

「百合江おばさんは、ひとりで理恵を育てて、幸せだった？」

「幸せに決まってるでしょう」

彼女の答えは単純明快で、小夜子も一緒に笑った。

「理恵がどう思ってるかはわかんないけどね。親だの子だのと言ってはみても、人はみんな手前勝手なもんだから。小夜子ちゃんも、自分の幸せのためなら、手前勝手に生きていいんだよ」

その日百合江の部屋で思いきり泣いたせいか、年明けの手術ではひとつぶの涙もこぼれなかった。同意書にサインをする鶴田の手が震えていたことが唯一《ゆいいつ》の慰めだった。

「里実おばさんって、あんなに弱々しいひとだったっけ」

椎名林檎の曲に指先でリズムを取りながら理恵が言う。

「みんな年取ったってことじゃないの」

今日、病院で里実から聞くまで、理恵の父親が清水家の遠戚《えんせき》だったことも知らなかった。清水の祖父母が逝《い》ってからは、まったくつきあいが途絶えているという。小夜子は市民病院の食堂で聞いた里実と理恵の会話を思いだした。

「高樹さんっていうんだけど、姉さんは別れてからは一切連絡は取ってなかったと思うの。だけど、母親が死んだときに、一度だけうちに電話が掛かってきたんだわ。そのときに春一さんから聞いたんだ」

「わたしの父親ですね」

里実がうなずいた。

「姉さんには、高樹さんに言われたとおり綾子は死んだって伝えた。預けた家の窓辺のソファーでトランポリン遊びをしてて、そのまま窓から飛び出して頭を打ったって。それで返してあげられなかったって。信じたかどうかはわかんないけど」

病院での里実は一度も小夜子の顔を見ようとはしなかった。だって、と里実が続けた。

「たとえ生きてたって、生みの母親の記憶なんかどっか行っちゃってると思ったもの。年中貧乏暮らししてる実の母親に、今さら会ったところでどうなるもんでもないでしょ。死亡届は出てないし、戸籍は今も姉さんのところにあるから、信じてなくたって仕方ないんだけど。あれきり綾子のことは話してないんだよ」

だけど、と里実はそのときだけ強い口調で理恵に訴えた。

「十年育てればもう自分の子供だと思わないかい」

誰の心も穏やかにはしない質問とわかっていて、小夜子は里実が本心からそんな言葉を言っているのかどうか、訊《たず》ねてみたい衝動に駆られた。

里実は理恵に、高樹に会ってきてほしいと言った。

「ねぇ、小夜子はどう思った?」

「どうって、何が」

「里実おばさんの話」

「半信半疑。記憶って、都合良く上書きできるっていうし。たとえば理恵のお姉さんが生きてたとしても、あのひとの言葉をまるごと信じるのとは違うかな」

理恵は「あのひとかぁ」と言ったきり黙り込んだ。

道はどんどん細くなっていった。理恵が小説を書いていることを知ってから、小夜子はほとんど自分の話はしていない。理恵が書いた小説を読まないでいることも、その中に自分が提供したかもしれぬ一行を見つけてしまうのが嫌なのだろう。自分のことが、物書きのフィルターを通して勝手に解釈されるのは好みじゃない。なにより、小説という大義名分を使って自分を分析されるのは不愉快だった。

理恵が空涙を流しているのを見たのは初めてだった。あのひととときで、里実の内側にあった姪《めい》にまつわるたいがいの過去は浄化されたろう。直情型の里実にとって、涙はとても良い緩和剤だ。

弟子屈に着いたのは山の端《は》に太陽が隠れるころだった。硫黄《いおう》のにおいが車の中にも入りこんできた。摩周湖やオホーツク海に抜けるときに通ることはあっても、この土地が目的で車を走らせたことはない。いつも通過するだけの町に、小夜子は初めて車を停めた。

『特別養護老人ホームすみれ園』

ホームページから想像していたよりもずっと大きな建物だった。敷地も広く鉄筋二階建ての造りになっている。沈んだ太陽が町を取り囲む稜線《りょうせん》の端を浮かび上がらせていた。

「ねぇ、ちょっと待って」

エンジンを切ろうとした小夜子の胸元に、理恵が何か差し出した。受け取って、車内灯を点《つ》けた。封書だった。

『羽木よう子様』

出版社宛《あ》てに送られた手紙のようだ。ファンレターかと訊ねると、理恵は首を横に振った。

「ちょっと読んでみて、それ」

「遠慮したいな。こういうこと、苦手なんだ」

「頼むから読んで」

理恵は一歩も退《ひ》かぬ眼差《まなざ》しで小夜子を睨《にら》んだ。仕方なく、車内灯の下で便箋《びんせん》を広げた。ボールペンで書かれた、神経質そうな男文字だ。

羽木よう子様

文学新人賞のご受賞、おめでとうございます。先刻、新聞にて貴女様《あなた》のご本名を知りました。もしやもしやと思いながら、初めて文芸誌というものを買いました。受賞作は母親と娘の確執、記憶の断片、現在の関係など、心に迫る文章でありました。

わたくしの思い違いでなければもしや、あなたのお母様は杉山百合江さんではないか、と。年寄りの記憶には怪しいことも多々ありますが、あなたは杉山さんのお嬢様ではないかと、そんなことを思っております。

受賞された物語がすべて真実と考えるのは、いち読者として、わたくしの心根の卑《いや》しいところではございますが、もしもこのお話の半分でも、本当のこと、あるいは多少でも現実をヒントにして書かれたものだとしたら。遠い昔のことではございますが、貴女のお母様と関わりのあった人間のひとりとして、墓場まで持って行くにはあまりに重いお話がございます。

もしも私の見当違いでしたら、平に平にお許しください。有名になると親戚が増える、くらいのことと、笑い飛ばしていただけたら幸甚《こうじん》です。

貴女様の今後のご活躍を心からお祈りしております。齢《よわい》八十の年寄りの話にご興味を持たれましたときは、私はすべてをお話しする覚悟でおります。

心から、ご健筆をお祈りしております。

不一

差出人は弟子屈町に住む「高樹春一」。

日付は受賞作が文芸誌に載ったころのものだった。

文芸誌では新聞取材時のわがままは通らなかったらしく、三センチ四方の顔写真が載った。ただ、本名は載っていなかった。理恵が、新聞にさえ顔と出身地が載らなければ百合江にも里実にもばれることはないだろうと言っていたのを思い出す。出身地を明かしていないので地元が騒ぐということはなかった。なぜそこまで隠したいのか訊ねてみる。

「別に。面倒だっただけ。会ったこともない父親が名乗りでてくるなんて、格好悪いし。現にこういう手紙届いたし」

出身地や本名、顔写真が公開されれば、母親の百合江はひっそりと隠れているかもしれないが、誰より里実が大騒ぎしそうだった。たとえ普段から理恵のことを疎《うと》ましく思っていたとしても、里実にはそういうところがある。

「この手紙に、返事は出したの？」

「いや、出してない。お母さんがらみで面倒なことが起こるのは嫌だったから」

「じゃあ、どうして」

今回に限ってなぜ里実にあれこれと訊ねたうえ、弟子屈までやってきたのか、という言葉を飲み込んだ。便箋を封筒に仕舞い、理恵に返す。外はすっかり暗くなっていた。小夜子は車内灯を消した。

山間の温泉町は、車を降りると更に硫黄のにおいが増した。町の真ん中を流れる川の音が絶え間なく聞こえている。水の音はこの町の土や空や、建物のすべてから響いてくる。

理恵が「ここか」と言ってひとつ息を吐いた。小夜子はうなずき、バッグから里実に渡されたメモを取り出した。

「さ、行くよ」

理恵は先に歩き出し、ホームの玄関で用向きと名前を告げた。担当のケアマネージャーがやってきて、愛想よくふたりを建物の奥へと案内する。夕食前の、ざわついた気配が漂っていた。遠くでアルミ食器の音がする。高樹春一が、弟子屈町役場の職員だったことは、今日初めて報《しら》された。

「お電話ありがとうございました。高樹さん、今日はとても体調がよろしくて、まるでおふたりが訪ねてこられること、朝からご存じだったみたいですよ。あのくらいのお年になると、わたしたちにはないカンが働くらしいんです。いつも不思議に思うんですけど」

ケアマネージャーは自分たちと同年代の、人の善さそうな女だった。食事の時間帯は部屋のドアを開けておく決まりらしい。エプロン姿の職員がひと部屋ずつ声をかけながら廊下を歩いていた。開いたドアからは室内がすべて見える造りになっている。どこも似たような広さで、ベッドの足もとに衣類ケースが並んでいた。病室というほど医療施設めいた気配はなく、かといって老人ホームのかさついた印象もない。廊下はロビーを中心にして左右に伸びており、案内されたのは身の回りのことができる入居者の棟だった。どの部屋もベッドから手の届く場所に液晶テレビがある。みなそれぞれ、テレビの近くにビデオテープやＤＶＤを並べている。

高樹春一の部屋も同様だった。ケアマネージャーが先に室内に入った。

「高樹さん、お待ちかねのお客様がいらっしゃいましたよ。朝からそわそわしていたのは、いつものカンですか」

「たぶん、そうですよ。いや、ありがとう」

思っていたよりずっとかくしゃくとした声が響いた。高樹春一は綿のシャツにスラックスという姿で、腰掛けていたベッドから立ち上がると、右脚をすこし引きずりながらこちらへ歩いてきた。ベッドは整えられている。足を引きずる以外は、特養老人ホームにいることが不思議なくらい元気に見えた。

高樹春一の高い鼻は、理恵によく似ていた。彼もすぐに自分の娘がどちらかわかったようだ。彼はふたりを前に均等に微笑《ほほえ》んだあと、深々と頭を下げた。

「よくきていただけました。ありがとうございます。この日をずっと待っていました。生きているうちにお会いできてよかった」

「お返事も出さず、申しわけありませんでした」

「いや、自分でも気ばかり走ったお恥ずかしい手紙だということは承知しておりました。おかしな人間だと思われたでしょう。新聞に載ると、親戚が増えると申しますし。ご迷惑をおかけしました」

でも、待っていた甲斐《かい》があったと、彼は皺《しわ》に流れて行きそうな目元にうっすら涙を浮かべた。高樹老人の期待は別として、ふたりの様子は生き別れになっていた親子の再会には見えない。淡々とした他人行儀なやりとりを聞いていると、こちらが本来の姿で、対面番組にありがちな煽《あお》られた感動場面のほうがずっとおかしなことに思えてくる。

ケアマネージャーが丸椅《まるい》子《す》をふたつ抱えて部屋に入ってきた。

「どうぞ、こちらに腰掛けてくださいな。高樹さん、面会用の和室のほうが落ち着くんじゃないの。すぐ用意できますよ」

高樹春一はふたりを見て、ここで話したいのだがいいだろうかと言った。理恵がうなずく。小夜子は理恵より少し退《ひ》き気味に置いた丸椅子に腰を下ろした。慣れない距離を運転したせいなのか、早朝に起こされたせいなのか、肩や腰に疲れが沁《し》みた。無意識のうちにお腹《なか》に手をあてていた。

「あぁ、斉藤さん、夕食は食堂のほうに残しておいてください」

ケアマネージャーが愛想よく返事をしてドアを閉めると、室内は急に喧噪《けんそう》から遠くなった。高樹老人がベッドの縁に腰掛け、穏やかな微笑みを浮かべた。

「やはり、羽木よう子さんは百合江さんのお嬢さんだったんですね。勘違いじゃなくてよかった。ときどき、自分がとんでもない妄想に取り憑《つ》かれているんじゃないかと、不安になるんです。呆《ぼ》けてしまうと、自分では気づかないといいますし。これはこれで、怖いことです」

　高樹老人は、決して自分が理恵の父親であることを口にしなかった。小夜子にはそれが、彼が己に課した戒めに思えた。

「ずいぶんと長いこと、何度も何度も胸の内で繰り返してきたことなのに。いざこうしてその時間が訪れてみると、だらしないもので、足が震えておりますよ」

「ゆっくりでいいんです。思い出された順番に、なんでもお話しください。何を聞いても驚かない覚悟で参りました」

　彼は「いちばん大切なことを訊ね忘れた」と言い、百合江さんは元気でいらっしゃるだろうかと、そのときばかりは眉間《みけん》の皺を深くして訊ねた。理恵が答える。

「体の機能が全体的に低下した状態だそうです。今は病院で眠っています。お医者様は老衰という言葉を使われていました」

「老衰？　わたしより十歳も年若い百合江さんが、老衰ですか」

　高樹老人はしばらく言葉を失っていた。ドアの向こう、遠いところで床に食器が転がる音。甲高い声が入居者の名前を呼んでいる。

老人の眼差しがどんどん遠く深い場所へと伸びてゆく。彼の内側で時間が後退している。

高樹春一の瞳《ひとみ》は、先ほどとは別の光を宿し始めていた。

4

昭和五十年七月。

皇太子夫妻が沖縄で火炎瓶を投げつけられたという話題が、新聞やテレビのトップニュースとなってすぐのことだった。里実から、卯一がトラクター事故で死んだという連絡が入った。長男の治が、起伏の激しい牧草地で横転しそうになって、ブレーキとアクセルを踏み間違えたのが原因だという。

「通夜《つや》の日になってから連絡寄こす神経が信じられない。なんでよって訊《き》いたら、忘れてたって言うんだよ。信じられる？　ユッコちゃん、うちの人が車出すから乗って。あんな親でも、お弔いはちゃんとしなくちゃ」

里実はいったい何年会ってないかな、と指を折り始めた。ふたりとも、里実の結婚式以来、一度も標茶《しべちゃ》へは帰っていなかった。切ろうと思って切れる縁でもないのだが、行ってつまらない火種を撒《ま》いてくるよりいいだろうと、見て見ぬふりをして過ごしていた。実家の話をすることは、なにより里実が嫌がった。

一番牧草の刈り取りが始まった農地にはいくつもの牧草ロールが並び、牧草畑は手入れの行き届いた芝生のように丘陵を夕空に繋《つな》げていた。運転をしながら、清水時夫が「いい景色ですねぇ」と言った。黒い服を着ているけれど、誰も親の通夜へ行くような暗い顔をしてはいない。八つをすぎた理恵も、なぜ自分が黒いワンピースを着せられているのかわからぬ様子である。里実に至っては夫の時夫が何を言っても相づちすら打たない。この夫婦がすっかり冷え切っていることは、妹の仕草や態度でよくわかった。里実は百合江の前では遠慮なく夫を無視し続けた。百合江もそんなときは、義弟が見せるばつの悪い笑みを見ないように努めた。

アパートを出る際に理恵が言ったひとことが耳に残っていた。

「おじいちゃんって、だれ？」

お母さんのお父さんと言ってもピンとこないようで、理恵本人を中心にした血縁をうまく説明することができなかった。

理恵は余所《よそ》の家には父親と母親がいて子供がいる、ということを特別に羨《うらや》んだりするようなこともなかった。従姉妹《いとこ》の小夜子と自分を比較して卑下することもない。感情が希薄なのかもしれないと思うこともあった。

それでも百合江にとって理恵の感覚はそれほど理解が難しいことでもなかった。自分も、親が死んだという報《しら》せを受けても、あぁそうか、と思うだけで特別に悲しいとか切ないということがない。己もいつか、思わぬことで逝《い》くのだろうという漠然とした予感が胸に降りてくるだけだ。

「里実おばさん、小夜子はこないの？」

「うん。おばあちゃんのところに置いてきた。絹子の面倒をみていてもらわなきゃいけないし。理恵ちゃん小夜子がいないとやっぱりさびしい？」

理恵が遠慮がちにうなずいた。後部座席に座ってすぐ、理恵は小夜子がいないことに不安を覚えたようだ。まるで双子のようにして育った娘たちは、幼稚園も小学校もずっと同じである。ときどきは喧嘩《けんか》もしているが、三日も続けばいい加減さびしくなるようで、どちらからともなく仲直りをしている。

里実は小夜子の三つ下に、女の子をひとり産んだ。絹子と名付けたのは百合江だった。里実の愛情はまっすぐに絹子に注がれている。それは誰の目から見ても小夜子が可哀相《かわいそう》なほどだった。夫の時夫も、遠慮があるのか里実にはなにも言えないようだ。ときどき暗い目をしている小夜子の、いちばんの友だちが理恵なのだった。当然小夜子は母親の態度が妹と自分に対してまったく違うことには気づいている。ときどき百合江のところにやってきて、それとなく理由が知りたいというようなことをほのめかすときもある。百合江は八歳の子供になにが理解できるのかわからないまま、もどかしい時間を過ごしていた。

「ユッコちゃん、明日のステージはどうするの？」

「今日が通夜だから、明日の夜には釧路に戻れるでしょう。繰り上げ法要が終わってすぐ戻れば、充分間に合うと思って」

　このあたりでは初七日も四十九日も、一周忌までの法要はお骨《こつ》になったその日にするのが普通だった。合理的といえばそうだが、開拓という名のもとに故郷を捨てた人間たちに相応《ふさわ》しい、面倒のないならわしでもある。

「もしもってこともあるから、支配人にくらい言っておいたらいいのに」

「言えば気を遣わせちゃうもの。『銀の目』だって、バイト歌手のためにいちいち弔電打ってられないでしょ」

「そうだね。弔電や花輪にババンと店の名前入れられるのも、田舎におかしな話題を提供するようなもんだし」

　百合江が週末に末広のキャバレーのステージで歌うようになってから、七年が経《た》った。『銀の目』に百合江を紹介してくれたのは石黒だった。つかず離れずの関係も十年となれば身内よりもずっと頼りになり、心強い。男と女としては理恵の出産を境に別れを迎えたけれど、ここ数年は新しい絆《きずな》を手に入れたのだと思うようになった。石黒は内勤になって役職についてからは、月に何度か『銀の目』を使ってくれた。道東最大の高級キャバレーは、釧路の夜の目玉商品でもあった。

店に現れるとき、石黒はいつも百合江に一曲リクエストをした。演歌のこともあったし、ブルースのときもあった。ふたりが店の外で会うということはなかった。

百合江は昼間、ミシンを踏んでいるときは必ずラジオを入れている。流行歌はたいがいラジオで覚え、バンドのメンバーに頼んで音を合わせればどうにか人前で歌うくらいまではもっていけた。この曲は石黒が好きそうだな、と思うとほどなくリクエストがかかる。

ふたりの関係は、石黒が職場から仕事の確認をする電話をくれたり、里実を通して背広の直しを頼まれたりするだけだ。それも頻繁ではなく、年に二度か多くても三度のことだった。背広の繕いものは、彼のそばに針を持つような女がいないことを教えてくれた。

旅行代理店からお店に落ちる金もけっこうなものだった。百合江はキャバレーからも大事にされていた。週末、港町のキャバレーは、漁師や炭鉱マンや数々の山師で溢《あふ》れかえる。

不況の風が吹き始める前は、ピアノ演奏ができる人間でも雇ってバーのひとつも持たないかという話も、年にいちどか二度は持ち上がった。悪い話ではなかったけれど、理恵を夜中までひとりでアパートに置いておくことにためらいがあった。金曜日と土曜日の二晩だけなら、里実のところに預けてもなんとか乗り切れるが、自分で店を持つとなれば、理恵とふたりで過ごす時間は大幅に減る。

カーテン生地も、最近は既成のものが増えて、ほとんど注文がなかった。その代わり、キャバレーで働く女たちからの注文やリフォームの依頼が多くなっている。見本はいつも自分がステージで着ているドレスだった。

いつの間にか季節の変わり目などは、ひとりでは追いつかないほど仕事がくるようになった。『銀の目』のホステスだけではなく、噂《うわさ》を聞きつけた他店の女たちもいた。昼間の仕事が順調であることはなによりありがたかった。

「あぁ、町民会館ってあのあたりでしょうかね」

車のスピードが落ちた。フロントガラスの向こうに、木造モルタルの建物が見える。百合江の心臓が前後に揺れた。十六のときに三津橋道夫と一条鶴子が歌っていた建物が近づいてくる。

道夫や鶴子が歌っていた舞台には幕が下ろされ、棺《ひつぎ》の長さから少しはみ出るくらいのちいさな祭壇が準備されていた。卯一が亡《な》くなったのは一昨日だったという。

百合江が十六のときに人で溢れかえっていた町民会館も、今日は閑散としていた。六時半からの通夜だから、時間がくればもう少し人も増えるのかもしれない。板張りの床にビニールござが敷かれており、左右に分かれている。棺に向かって右が親族の席で左が弔問客の席である。親族側には喪主のハギと長男の治と幼い顔をした妻が座っていた。弟が妻を持ったことも、今日、父の訃報《ふほう》とともに報されたことだった。

百合江と里実がまず焼香を済ませた。本人の顔を思い出すのも大変なくらい引き延ばされた写真が、卯一の記憶を更に遠いものにしてゆく。どう見ても菊の花が足りなかった。間引かれたように花の少ない祭壇は、そのまま杉山家の貧しさを物語っていた。

百合江の目からはひとつぶの涙もこぼれなかった。綾子がいなくなってから、一度も泣いていない。感情と涙を流すことが、あの日完全に分離してしまった。里実も儀礼的に弟に頭を下げたほかはいつもと変わらぬ顔だ。清水の両親には、車に乗れないと言って断ったという。両親の香典を祭壇に上げて焼香をする時夫のほうが里実よりずっと悲しげな表情をしていた。百合江は弟の妻に頭を下げた。里実は知らんぷりしている。

「初めまして、こんな席でのご挨拶《あいさつ》、ごめんなさいね」

「ミネです、どうも」

幼い顔立ちをした嫁の頭がくらりと頼りなく揺れた。お辞儀をしたつもりらしい。面食らう百合江を見て里実が笑いを堪《こら》えている。百合江は母の前に座った。ハギは喪服も持っていないのか、黒いTシャツに、下は毛玉だらけの黒いジャージという姿でぼんやりと卯一の遺影を見ていた。実家の人間は誰も礼服など着ていなかった。

里実の着ているワンピースは、何かのときのためにと百合江が自分のものと一緒に縫った礼装用である。夏でもいいように、インナーで調節できるように仕立ててあった。生地は店でいちばんいいものを選んだ。百合江が首にさげているパールは、礼にといって里実が買ってくれたものだ。百合江は自分たちがひどく場違いな服装でいるような気がした。

ハギは百合江の顔を見ても、娘だとは気づかないようだった。母の丸い肩をさする。ハギはずいぶんちいさくなっていた。悲しいといえば、この母の姿がいちばん悲しかった。得体のしれない暗い気配が漂ってきた。振り向き見た。治が百合江の背後に立っていた。丸八旅館の宴会で自分に罵声《ばせい》を浴びせたときよりはるかに荒《すさ》んだ目をしている。弟が開拓小屋でどんな育ち方をしたのか考えると、真夏だというのに鳥肌が立った。

「この婆《ばば》ぁ、酒で頭おっかしくなってんだ。なに言ったって返事もしねぇ。隠れて飲むたびにぶん殴っても直らねぇ。毎日ただ飯ばっかり喰ってよぉ。まったく親父《おやじ》もこんなの残して死にやがって」

理恵が百合江の胸元にすがりついた。里実もこのときばかりは真顔で弟の様子を見つめていた。時夫はただ狼狽《うろた》えているだけで何の役にも立たなそうだ。

「正と和は、どこ?」

治は「こねぇよ」と吐き捨てた。

「トラック乗りになって内地に行ったきりだ。免許取ったとたん、逃げるみたいにしてここを出てったんだ。お前らとおんなじだべ」

悪態をつく治を、ミネがへらへらと笑いながら見上げていた。百合江は見てはいけないものを見たような気がして、理恵の肩を抱き立ち上がった。

会館の入口に見覚えのある顔が現れた。入植者をまとめていた地区班長だった。もう白髪頭になっており腰も曲がっている。卯一の行いを戒めてくれた、たったひとりの人間だった。焼香を済ませて親族席に近づき、百合江をみとめて班長が目を大きく開いた。

「ユッコちゃんか。やぁ、久し振りだべなぁ。今どこさいるの」

「釧路です。里実ちゃんの近くで暮らしてます」

「そうかい、この度は急なことでなぁ。びっくりしたべぇ」

百合江が受け取った香典袋は、すぐに治が横から手を出し自分の懐《ふところ》へ入れた。誰も、なにも言わない。時間になって現れた弔問客は、里実が修業した床屋の親方夫婦を含めて十人に満たなかった。誰の口も重たく閉ざされていた。祭壇の花よりさびしい通夜だった。弔問客を見送ったあと、百合江は弟にいちど釧路へ戻り明朝またくると告げた。治の態度は変わらなかった。

「あとは焼くだけだし、香典置いてってさえくれりゃあ何度もこなくていいぞ」

会館を出る際、もう一度祭壇を見た。ハギが開けた棺の窓に顔を埋めていた。

翌日百合江は、骨壺《こつつぼ》を胸に抱いたハギを抱えるようにして会館から連れ出した。今日は理恵を清水の家に預けてきたので、車の後部にはひとりぶんの座席がある。

「アパートに連れて帰る」

「本気なの、ユッコちゃん」

里実は真正面から反対した。実家のことは実家で片付けてもらいたいという妹の言葉に、この度ばかりはうなずくことができなかった。時夫はふたりのやりとりを遠くから見ている。

「治に、これ以上負担をかけたら、あの子きっとお母さんを殺してしまう」

この言葉には里実もさすがに黙り込んだ。百合江の取り越し苦労と高をくることのできない気配を、里実も感じ取っていたのである。十年前は驚くほど肥えていたハギの体が、今は半分になっていた。皮膚も垂れ下がり黒ずんでおり、藁《わら》のような髪の毛も汚れたままひとまとめになっている。少なくとも数か月、まともに風呂《ふろ》に入っているようには見えなかった。あとのことはあとから考える。そう決めた。里実が、まるで百合江の思いをなぞるようにつぶやいた。

「また、なるようになる、とか思ってるんでしょう。わたしは知らないよ。泣いたって、今回ばかりは助けられないからね。ユッコちゃんが自分の責任で面倒みてちょうだいよ」

言葉は乱暴だが、ハギを車に乗せる際の里実は骨壺を左脇《わき》に抱え、ハンカチで「まったくこんなんなっちゃって」と母の目頭に溜《た》まった目やにを拭《ふ》いていた。

里実の背に向かって百合江も「大目にみてよ」とつぶやいた。

昨夜帰り際《ぎわ》に地区班長に耳打ちされたときから、おおよその覚悟はしていた。

「治はやっぱり業務上過失致死で書類送検になるようだ。本人は過失って言い張るけんども、今回のことはワシにもなんだかよくわからんことが多くてな。まんず刑務所ってことはないだろうが、ちょっとのあいだ面倒なことになりそうだ。治のことは、ユッコも里実もあんまり首突っ込まんほうがええわ」

八畳一間に百合江と理恵、ハギが一緒に住むのも無理がある。百合江の覚悟を後押ししてくれたのは、他ならぬ里実だった。

時夫の車が釧路に入るころ、里実は清水理髪店を一階にしてテナントを数軒入れられるビルを建てるのだとうち明けた。地価も物価も上がり続けるなかでのビル建設だった。あちこちに分散して買っておいた土地をすべて売って、支度金にしたという。

「実はもう基礎を埋めてるの。場所は今のところから五分くらい駅寄りかな。二階は清水の親とうちらが住む。三階から五階までは2DKの賃貸マンションにするの。あの場所なら、いつでも事務所として貸し出せるでしょう。そこ、ちょっと安くするからさ。春からは今よりせいせいした暮らしができるよ、きっと」

運転席の時夫は「俺は判子を押すだけで、ほとんどはこいつが決めたんです」と愛想笑いをしていた。ありがとうと言った百合江に、里実は素っ気なく「お家賃はちゃんともらうから」と応《こた》えた。

アパートに着いてすぐ、台所の洗面器に湯を溜め、タオルで母の顔や頭、首や手足を拭いた。タオルは何度洗っても同じくらい汚れた。理恵が戻る前になんとか母を小ぎれいにしておこうと思ったものの、いちどしっかり風呂屋で流さないと無理のようだ。ハギの体は痣《あざ》だらけだった。自分の産んだ息子から受ける暴力を、どんな思いで耐えていたのかと思うとタオルを持つ手が震えた。

「お母さん、明日は一番風呂に連れていくからね」

ハギの目は虚《うつ》ろなままだ。卯一の骨壺はミシンの横にある棚に納めた。骨壺ごと連れ帰る必要はなかったのかもしれない。ただ、弟にこれ以上の貧乏や我慢を強いたらという、怖《おそ》れに似た思いは変わらなかった。

何度もお湯を取り替えて、ようやくハギの体を拭き終わった。時計を見ると、そろそろ『銀の目』の楽屋に入らねばならない時刻が近づいていた。ハギに浴衣《ゆかた》生地で縫った夏物の寝間着を着せ終えたところで、理恵が帰宅した。

「今日から、おばあちゃんが一緒に住むんだけど、春からは大きな部屋に引っ越せるみたいだから、ちょっとのあいだよろしくお願い」

理恵は昨日の夜より幾分こざっぱりしたハギに、里実が持たせてくれた大福餅《だいふくもち》をひとつ手渡した。ハギは孫の顔を珍しそうに見つめている。

「里実おばちゃん、お母さんのぶんもくれた。春から、小夜子と同じ住所になるって聞いて、早く報《しら》せなきゃと思って」

「わたしも今日初めて聞いたの。ちゃんとお家賃払えるように、お仕事がんばらなくちゃね」

理恵が自分はもう一度小夜子のところに戻るのか、このままアパートでハギと一緒にいるのか、『銀の目』での仕事中どうしたらいいのかと訊《たず》ねた。もう誰もハギを蹴《け》飛《と》ばしたり殴ったりはしない。けれど、母が感じている孤独はどう頑張っても自分には理解できないことだった。ひとりで過ごさせるより、そばに理恵がいたほうがいいだろうか。

百合江も迷い、ふと背後を見た。

ハギが大粒の涙を流しながら大福を食べていた。娘と孫が自分を見ていることには気づいていない。少ない歯で懸命に大福餅を噛《か》んでいる。その姿は八歳の孫が黙り込むほど切ない光景だった。すべて飲み込んだあと、ハギがようやく聞き取れるくらいの声でつぶやいた。

「んまがった、ありがとぉ」

理恵が声をあげて泣き出した。百合江は涙を出せるなら自分も思いきり泣きたいと思いながら、そっと理恵の肩を抱いた。

その年の暮れ、街に例年よりひとあし早い積雪のあった週末。

石黒から受けたリクエストは沢田研二の『時の過ぎゆくままに』だった。八月末に発売されてから、ラジオでは毎日のように流れている曲だ。バンドとは一度しか音合わせをしていない。もちろんステージで歌ったことはなかった。師走《しわす》のせいか客席は不況のなかにあっても八割が埋まっている。フロアの一割は石黒の客である。ボックス席がいくつも繋《つな》げられ、大口の客仕様になっていた。

さかんにラジオやテレビから流れている曲を歌うときは、素直に歌うかアレンジをするかいつも迷う。それでも、本家より上手《うま》く歌おうという意識は一座時代から変わってはいない。バンドマンにジャズアレンジを勧められたが、支配人に石黒のリクエストであることを耳打ちされたとき、百合江はまっすぐ歌うことに決めた。

『銀の目』の建物は、一階に舞台があって、二階からステージを見下ろせる造りになっていた。吹き抜けの空間にぐるりと円を描くように張り出した二階フロアは、チャイナ服姿のホステスが接客をする『香港《ホンコン》』という姉妹店である。百合江のような専属の歌い手が入るのは週末だけだが、年に何度か東京や大阪を拠点にして全国を回る本職のクラブ歌手が興行をする。レコード歌手がくるときは、客層も変わった。百合江がバックコーラスをつとめることもあったし、客のリクエストに応じてデュエット曲の相手をすることもあった。器用な歌いわけがいつの間にか得意になっていた。なぜこれで食べてこなかったのか、と同情含みで訊ねた人には必ず「何度も、レコードに入れられる声じゃあないって言われてるんです」と笑ってみせた。

百合江の申し出で、伴奏はギター一本でいこうということになった。哀愁のあるメロディーと、サビの繰り返しで、店内は心地よい静けさに包まれた。

自分もたしかに歌詞のように、時の過ぎゆくままに身をまかせて生きてきたような気はするのだが、すべてのことが昔話になるにはまだ少し時間が足りなかった。客席の、とても近い場所に石黒の姿が見える。いつもは末席で酒を注いだり注がれたりしていたはずだが、今日は主賓に近い席に座っていた。

もしも二人が愛せるならば、窓の景色もかわってゆくだろう――。

次々と流れてゆく窓の景色を愛すれば良かったのか、石黒を愛することが出来れば幸せだったのか、歌詞はどうにでも取れた。見たいように見て、聞きたいように聞く。「自分が思ったように歌え」。それが一条鶴子の教えだった。

共に漂ってきた十年が、恋だったとは思わない。それ以外の、なにかとても尊いものに守られてきたことを、歌いながら感じていた。

いつものように歌謡曲と演歌、ブルースを織り交ぜながら十曲を歌った。石黒のリクエストで始まったステージには、アンコールがかかった。百合江は再び『時の過ぎゆくままに』を歌い上げ、満場の拍手のなか、楽屋へ戻った。

ベースを効かせたジャズナンバーが始まり、店内が再び客のざわめきで満ちるころ、黒服のフロア係が楽屋へやってきた。

「百合江さん、お客様からチップとお座席をいただいているんですけど、駄目でしょうか」

ホステス契約はしていないのだが、支配人に頼まれたときは客席に降りる。最初のころは頼まれるまま酒を注いでいたこともあるが、断りきれずにグラスを空けて病院搬送騒ぎを起こしてから、無理にとは言われなくなっていた。知らぬ間に酒の駄目な体質になっていたらしい。

「どこのかた?」

「日の出観光の石黒様です」

「すぐに参りますと伝えてください」

黒服がうやうやしく礼をして楽屋のドアを閉めた。百合江は外しかけたイヤリングのネジを巻き直した。『銀の目』で歌うようになってから、石黒の席に呼ばれたのは初めてだ。

百合江は赤いベルベットのロングドレス姿で、石黒の隣に座った。

「いやぁ、やっと席に呼べた」

石黒の向こう隣の席から、男がぬっと顔を出した。少々酔いがまわっているようだ。

「こんばんは。いつもありがとうございます」

「いや、今日は特別なんですよ。石黒の送別会で。それで無理やりマドンナにきてもらったってわけです。いつもはこいつがシャットアウトしちゃうもんですから、なかなか間近でお会いできなかった」

「送別会ですか」

百合江の問いに、ようやく石黒が口を開いた。

「一月から東京本社に行くことになりました」

「ご栄転おめでとうございます」

それ以上の言葉はでてこなかった。石黒も、荷物はもうおおかたまとめたということや、入社してから道外に勤務するのは初めてということを淡々と語った。ふたりで一緒に黙り込めば、周りの同僚がどんな詮索《せんさく》をするかわからなかった。石黒の気遣いが胸に痛い。うなずく百合江の耳たぶで、ステージ用のイミテーションが揺れた。

百合江が送別会の席に呼ばれたのは、ふたりをどうにかしようという石黒の同僚や部下たちの企《たくら》みだったらしい。

「こんなさわがしい席にお呼び立てして申しわけありませんでした」

首を横に振った。もしも呼ばれなければ、挨拶状《あいさつじょう》一枚で済ませるつもりだったことは容易に想像がつく。おそらく逆の立場ならば自分も同じようにするだろう。百合江は石黒のグラスにウイスキーを注ぎ、氷を落とした。水を足そうとした手を彼が止めた。

石黒はロックを一度に喉《のど》に流し込むと、ひとつ大きな息を吐いた。期待したほど盛りあがる様子もないふたりのことを、周囲もそろそろつまらないと思い始めているようで、座には再びざわめきが戻ってきた。背後でバンドマンたちがジャズのスタンダードナンバーを演奏し続けている。

黙々と飲み続ける男のグラスに、ウイスキーを注いだ。話したいことはたくさんあったが、うまい言葉が見つからなかった。男の横顔を見ることもできず黙り込む。

席について二十分ほどでそろそろお開き、という気配が漂い始めた。百合江はステージを振り返った。リーダーのドラマーと目が合う。ひとつうなずいてから、フロアの黒服を手招きし、そっと耳打ちをする。黒服が百合江の言葉をメモに取り、バンドリーダーに伝えにいった。

「石黒さん、お体に気をつけて。どうか、東京へ行ってもお元気で」

涙がでないことを、このときほどありがたいと思ったこともなかった。石黒と越えてきた日々を振り返るのはまだ早い。百合江は席を立ち、右手を差し出した。石黒が眩《まぶ》しそうな目で見上げた。差し出した百合江の手をそっと握り返す。『テネシー・ワルツ』のイントロが始まった。百合江は石黒の手を離し、ステージに上がった。

フロアに客とホステスたちが数組揺れ始めた。この曲のときはいつもそうだった。百合江は石黒の後ろ姿を見つめ、歌い始めた。

I was dancin' with my darlin'――。

たった一度しか重ね合えなかった肌が雪の夜を思いだして粟立《あわだ》った。石黒の熱い息を、首すじが覚えていた。

リーダーに目で合図して間奏を続けてもらいながら、百合江はフロアの一角を見つめて語り始めた。

「本日はご来店いただき、ありがとうございます。今夜はどうしてもこの曲を歌わねばならない理由ができました。たった今、お世話になった方が遠いところへ行ってしまわれると伺ったんです。もっと華やかな曲でお送りしたいのですけれど、わたくしには、やはりこの曲しかございませんでした」

ピアノが絶妙のタイミングで間奏を終えた。石黒はステージに背を向けたまま、グラスを持っていた。

通用口のドアを開けたら、そこに石黒が立っているのではないか。

店をでてすぐ、百合江はその想像を嗤《わら》った。従業員通用口には、雪をかぶった水色のゴミ容器が三つとスコップ、砂利に積もった雪しかなかった。ビルのあいだにできた細長い空を見上げる。涙雪がキャバレーのフロアを飾るモールのように繋がり落ちてくる。

家への道を急いだ。タクシーが近づいては、ドアを開けて乗れと合図する。末広の街を出るまで、百合江は手を振って乗車を断り続けた。

翌年三月、百合江と理恵、ハギの三人は清水ビルの三階にある賃貸マンションへと引っ越した。近隣で最も背の高いビルだった。三人で清水家の両親に挨拶に出向くと、すべては里実の商才のお陰と持ち上げられた。時夫を含めたこの家の人間が嫁と孫に強いた現実は、里実の宣言どおり、誰も彼女に逆らうことができないという結果をつれてきた。

　ハギは時間をかけて少しずつ言葉を取り戻した。孫と話しているときは、ときどき笑い声もでるようになっていたが、標茶の話は決してしようとしなかった。百合江も訊《き》かない。理恵は字の読めない祖母を疎《うと》んじることもなく、ふたりでいるときは文字を教えたりもしているようだ。母の文盲を知った里実の落胆ぶりを知る百合江としては、理恵のそんな行動も驚きのひとつだった。

　酒は、一日にコップ一杯までならいいということにしてある。ほとんどは晩ご飯の支度をしながらちびちびとやっているうちになくなってしまうが、ハギが不満を口にすることはなかった。

　五分で駅にも繁華街にも行ける場所は、不況下でもすぐにテナントが決まったと聞いた。商業地にある賃貸マンションは、竣工《しゅんこう》のころにはほぼ全室入居者が決まっていた。「清水理髪店」も、『理容　しみず』へと名前を変えた。里実夫婦もここ数年で弟子を取ることをやめ、ひとり残っていた弟子が故郷の帯広に店を持ったのを最後に、夫婦で店を切り盛りするようになった。ひとりくらい雑用をする人間を残しておいたほうがいいのではないかと、時夫が難色を示したというが、「そんなこと、自分ですればいいことです」という里実の意見が通った。

床屋も盆と正月に行列ができる時代ではなくなって、昔は髪結いと着付けが専門だったはずの美容室がハサミを持ちカットも行うようになった。理髪店と美容室の棲《す》み分けが難しくなってきており、床屋の客も夫婦ふたりでちょうどよいくらいに落ち着いていた。

親方も老眼がひどくなり、予約を入れた古い客のとき以外は店に立たなくなった。スナック商売もビル管理のことも、里実がひとりで動かしている。本人に言わせれば「家の中には誰も頼りになる人間なんかいない」せいだという。

白を基調とした店内には里実の希望どおりオーディオシステムが完備され、ときどき好きなレコードを持ってやってくる客も現れるようになった。

何もかも順調に思える新生活だったが、百合江は歌うことへの熱を失いつつあった。理由はなんとなく気づいている。石黒がこないとわかっている『銀の目』に、歌うことの喜びはなかった。

春休みに入り、理恵と小夜子は地域の児童館へ遊びに行っていた。朝から出かけて、昼時にいちど帰宅してご飯を食べたあと再び出かける。ふたりで一日中、卓球をしたり本を読んだりしているらしい。小夜子は三歳下の妹よりも双子のようにして育った理恵と一緒にいるほうがいいようだ。里実が産んだ絹子は、母の愛情を受けて子供らしいわがままを言える子に育っていた。里実も小学校の行事に積極的に参加している。絹子を産む前は、小夜子の幼稚園時代の遠足や行事、お遊戯会の準備などはほとんど百合江が引き受けていた。園からの連絡も百合江に入るようになるほど、里実の関心は小夜子に向けられなかった。それとなく忠告しても、目に見える変化はなかった。

「誰がわたしの気持ちを分かってくれるっていうの。ユッコちゃんがいちばんよく知ってるでしょう。お弁当だって、材料代は払ってるじゃないの」

「お金の問題じゃあないの。サトちゃんの苦労も知ってる。だけど、小夜子が大人の顔色を窺《うかが》うような子になっちゃってるのは、よくないと思うんだよ」

「小夜子には、親方が隠れて小遣いをやったりしてるみたい。デパートに連れてってプリン食べたりしてるのよ、あの人たち。いいじゃないの、向こうは向こうの考えかたがあるんだろうし。わたしは、あの子を死なせなかっただけで充分と思ってほしいくらい。正直、ユッコちゃんと理恵がそばにいてくれて助かってるの。わたし、家の中は敵だらけだから」

小夜子の籍が親方夫妻の元に入れられていることを、最近になって知った。自分たちの子供として育てることは承知した里実だが、そこだけは譲らなかったという。

「大きくなって、自分だけおじいちゃんおばあちゃんの籍に入ってるって知ったら、あの子がどう思うか考えなかったの？」

「だって、わたしは何が何でも自分の子供を産むつもりだったし、その子と同じように育てるなんて、最初から無理だと思ってたもの。ある程度の年になって向こうから訊かれたら答えるつもり。それがわたしの小夜子に対する誠意なの」

里実には里実の、それがたとえどんなに歪《ゆが》んだものでも、誰も口を挟むことのできない道理があるのだった。

百合江はホステスたちに頼まれたドレスのリフォームと、夏物の準備に取りかかっていた。ハギは一日中テレビを見て過ごしている。春の日差しが南向きの窓いっぱいに差し込んで、鉄筋コンクリートの部屋は、ストーブを消してもしのげるほど温かった。

この春ようやく取り付けた電話は、もっぱら里実のところから掛かってきた。仕事の依頼も、少しずつ自宅の電話に入るようにはなっていたが、まだ里実を通しての仕事が大半である。

「ねぇ、ちょっとお茶を飲みにこない？」

今までは弟子か小夜子にひとっ走りさせていた用事も、電話一本で済むようになった。百合江は、日曜の午後をもてあましている里実につき合うことにした。

「ねぇ、ユッコちゃん、自分のお店を持つ気にはならないの」

「お店？」

里実が珍しく含みのある眼差《まなざ》しでお茶を注いだ。添えられた南部《なんぶ》煎餅《せんべい》は、姑《しゅうとめ》の実家から送られてきたものだという。

「この煎餅に水飴《みずあめ》挟んで食べる神経がわかんないのよねぇ。差し歯が取れちゃいそう」

姑や舅《しゅうと》、夫の何もかもが気にくわない里実の、いつものぼやきだ。百合江は妹の問いに首を傾《かし》げた。

「バーだのスナックだのっていうお店じゃなく、リフォームと仕立てのお店。この立地条件なら充分にやっていけると思うんだよね」

花屋が入る予定だった一階のテナントスペースが、急に空いてしまったのだという。三坪では入る業種も限られており、もちろん飲食店に貸す気はないと里実がいう。

「人の口をあずかる商売は嫌いなの。建物も汚れるし。ユッコちゃんが仕事部屋を一階に移して、ちゃんと宣伝もしたら、案外いけるんじゃないかって思うのよ。駄目だったらまた考えればいいじゃない」

「駄目だったらって、人のことだと思って軽く言わないでよ」

「ユッコちゃんがいつも言ってることじゃないの」

里実がばりばりといい音をたてて南部煎餅をかじった。百合江はお茶をすすりながら、里実の提案を思い浮かべてみた。里実のほうが楽観的なことを言うのは初めてかもしれない。

「いつまでも『銀の目』で歌えるわけじゃなし。そろそろ将来のこととか、本気で考えてちょうだいよ」

「将来のことって、なに」

里実はきっぱりと「老後です」と言い切った。老後という言葉を母ではなく自分に向けて考えてみたことはなかった。ほら、と里実が人差し指を百合江の鼻先に突きだした。

「ユッコちゃんと理恵とお母さんで、いつまでも三人仲良く暮らすなんて夢みたいなこと考えてるんじゃないでしょうね。ありえないから、そんなの。あれだけ良くしてくれた石黒さんも東京に行っちゃったし。ついていくのかと思ったらそんな風じゃないし。これから先ひとりで生きて行くなら、自分の老後のことくらいしっかり考えなさいよ」

「サトちゃんは考えてるの？」

「あたりまえでしょう。清水の親が死んだら、亭主と財産真っ二つに割って、店は婿《むこ》を取って娘夫婦に任せちゃって、わたしはひとり自由なことして暮らすんだ」

「そんなにうまくうまく行くかなぁ」

「うまく行く行かないじゃないの。わたしはそのためにがんばってきたんだから」

だから、と里実がたたみかけた。

「ユッコちゃんも、その腕でひと財産つくらないと。こんな近くに暮らしてて、お互いの生活に格差があるのって不幸じゃない。ここらで、ちょっとは欲をだしてがんばってくれないと。わたしの楽しい老後に、ユッコちゃんの貧乏暮らしで水を差されるのは嫌なの」

言葉はきついが、里実の気持ちは伝わってくる。不思議と里実の提案に不安は抱かなかった。百合江は自分の内側にもう、歌への熱がほとんど残っていないことに気づいていた。

『お仕立て＆リフォーム　すぎやま』が開店したのは、五月の初めのことだった。家賃は三か月間は免除してあげる、と里実が言った。花屋から多少の違約金が入ったおかげだった。

『銀の目』も、川沿いにできたディスコ店に若い客が流れてゆくなか、変革期を迎えていた。もう、ムード歌謡とチークダンスという時代ではなくなっていた。

四月いっぱいで辞めたいという百合江の申し出に、つよい慰留はなかった。円満に進んだ独立は、異業種でもあったせいかホステスたちにチラシを配ることも許してもらえた。

使い慣れたブラザーのミシン一台と胴体マネキンが一体、あとは畳一枚分ある作業台だけの、ちいさな店だ。

『銀の目』に配った手作りのチラシと口コミで、六月に入るころには朝から晩までミシンを動かしても追いつかないほど忙しくなっていた。

古いドレスを引き取ってくれないか、と言い出したのは、廃業を決めた馴染《なじ》みのベテランホステス、満寿美《ますみ》だった。人を飽きさせない話術とまだまだ衰えることのない艶《つや》と甘い声は、百合江でなくてももったいないと思うに違いない。満寿美は長く『銀の目』のナンバーワンだった。店には相当な痛手ではないのかと問うた。

「潮時なの。ユッコちゃんの歌も聴けなくなったことだし。この仕事二十年やったけど、ナイトドレスってのはそうそうデザインが変わった風もないのよねぇ。最近は普段着みたいな格好で接客する店が流行《はや》ってるようだけど、そんなの客もこっちも調子出ないじゃない」

長く日陰の暮らしをしていた満寿美は、開業医の後妻に入ることになった。ドレスをすべて処分することに決めたのも、二度と夜の世界に戻らぬ決意のあらわれだった。ドレスが三十着。染《し》みや傷《いた》みのあるものはなかった。ほとんどのドレスに見覚えがある。百合江が縫ったものも数点あった。

赤いラメの一枚は思い出深いものだった。クリスマスシーズンは少し華やかなものを着て欲しいと言われて、困っていたときに彼女が貸してくれた。『銀の目』で歌うようになって、初めての年末だった。百合江はこのドレスに細い羽のショールを掛けてクリスマスソングを歌った。

「捨てちゃおうかと思ったんだけど。貧乏性ねぇ。端切《はぎ》れにでもして使ってもらえたら嬉《うれ》しいわ」

「満寿美さん、これぜんぶいただいてもいいんですか」

「引き取ってくれるなら、お礼を言いたいくらい」

仕事着を新調するたびに数日分の稼ぎが飛んでしまうと、生活のかかっているホステスが嘆いているのを何度も聞いた。満寿美のようにナンバーワンになって金持ちのパトロンでもつけば別だが、おおかたの女たちは食べるものを削って洋服代に充《あ》てている。百合江は仕事着のレンタルを思いついた。

「ドレスを買えなくて困っているホステスさんたちに、安く貸し出ししてもいいですか」

満寿美はこの申し出をとても喜んだ。夜の女同士でドレスをあげたり貰《もら》ったりというのは、よほど仲が良くなければプライドが邪魔をするのだという。

「わたしも本当は、ドレスと男のお下がりだけは勘弁してほしいと思ってたのよ」

伏し目がちな艶っぽい笑いも、どこか晴れやかだ。一銭でも金を払えば、たとえ借り物でも気持ちの納まりがいいだろうと満寿美は言った。ただで貰うわけにはいかないと言うと、彼女は首を横に振った。

「ここはちょっと格好つけさせてちょうだいな。古着でお金もらったら、『銀の目』の満寿美が泣くでしょう。お古でなんだいって話だけど、開店祝いってことで手を打ってちょうだい」

百合江は思わず彼女に向かって手を合わせていた。

「生きてるわよ、まだ」

満寿美が笑う。礼の言葉もうまく言えずにいるとき、暇に飽かせて縫っておいたサロンエプロンがあったのを思いだした。夏物のワンピースから出た余り布や、買い置いた端切れで作って、もう十枚以上溜《た》まっていたはずである。百合江は大きめの菓子箱に畳んで入れておいたエプロンを、作業台の上に広げた。

「お好きなもの、何枚でも持っていってください。なければ好みをおっしゃって。縫っておきますから」

満寿美は桜の地模様が入った薄いピンクの一枚を手に取った。せめてもう一枚、と頼むと困った顔をしながら黒地に小花模様のものを選んだ。わたしお料理できないの、と満寿美が言った。

「これからです、満寿美さんもわたしも」

『お仕立て&リフォーム　すぎやま』にレンタルドレスがあるという噂《うわさ》は、半月ほどで夜の街に広まった。クリーニング店と取り次ぎ契約を交わし、レンタル料をクリーニング代込みにしたのも良かった。借りるほうは、クリーニング代に少し上乗せした料金で一週間、借りものでも新しいデザインのドレスを着られる。

小さくても看板を出しなさいと言ったのは里実だった。

「夜の人限定じゃなく、結婚式で一度しか着ない人もいっぱいいるでしょう。普通の生活してる女の人が玄人《くろうと》のカクテルドレスを着られるチャンスなんてないもの。需要はあるはずよ。もっと宣伝しなくちゃ」

店内に『買取歓迎』のポスターを貼《は》り出すと、すぐにドレスは倍の枚数に増えた。ドレスと同じくらい、オーダースーツが集まってくることも新鮮な驚きだった。着道楽は同じものをふたシーズン着ない。夜の街には満寿美のようなプライドのある女がまだまだいるということだった。

レンタルドレスは口コミで市内に行きわたった。里実の言ったとおり、結婚披露宴で気の利《き》いたドレスを着たいという客が訪れるようにもなっていた。百合江の商売は開店から三か月で黒字を出した。毎日忙しくクタクタになって部屋に戻る夜が増えたけれど、理恵や母に過剰な節約や我慢を強いることもなくなったことが何より嬉しかった。

卯一の三回忌法要を終え、百合江は肩にかかっていた荷のひとつを下ろした。標茶の弟夫婦には事前にはがきを出したが、宛所《あてどころ》なしで戻ってきた。里実は「後の火種は残さないに限る」と言って、里実夫婦とハギ、百合江母娘のみの、ささやかな法要を取り仕切った。

忙しいけれど平穏な日々に風が吹いたのは、小学校が夏休み中の、八月初旬のことだった。

百合江は理恵とハギに朝ご飯を食べさせて、昼用のおにぎりを握り、その中のふたつを自分の弁当用にアルミ箔《はく》で包んだ。同じ建物内とはいえ、なかなか自宅に戻ってのんびりと昼ご飯を食べるのが難しくなっていた。昼休みの時間帯は大通りにある銀行勤めをしている若い子が、秋の結婚式シーズンに着るドレスを予約しにやってくる。

「いってきます」

玄関をでた百合江を、理恵が追ってきた。鉄の扉が閉まるのを確認して、娘が神妙な顔をして百合江を見ている。視線の高さはもう、五センチも違わない。背丈はあと一年もしないうちに抜かされそうだった。面長で大人びた顔立ちに、高い鼻。ここ数年でずいぶんと父親に似てきた。理恵は顔立ち同様少し大人びた口調で「話したいことがある」と切り出した。

「なに、長くなりそう？」

「ううん。おばあちゃんのことなんだけど」

「おばあちゃんがどうかした？」

理恵は言いにくそうに、ハギが朝から酒を飲むようになったことを告げた。

「夜、一杯だけっていう約束だったでしょう。でも、コップの縁ぎりぎりまで注いでも、すぐになくなっちゃうの。それで、お母さんが遅いときは二杯目を飲んだりしてたんだ」

ハギは最初、理恵に「ユッコには内緒にしといてけれ」と言っていたらしい。しかし、百合江の目の届かぬところで、二杯三杯と酒量は増えていた。

「二杯だけだよって言ったら、わかったわかったって。でも、隠れてまた注いでるの。ときどきコップに入ったお酒を買ってる。おばあちゃんの箪笥《たんす》の中に入ってる」

「朝から飲むって、どういうこと?」

「今はああやってテレビを見てるけど、お母さんがお店に出たあと、すぐに飲み始めるの」

理恵の晩ご飯を母に任せ、安心して仕事をしていた。最近は百合江が戻るころは理恵もハギも布団《ふとん》に入っていた。部屋に酒や乾物のにおいが漂っていることはあったけれど、飲み始めるのが遅かったのかもしれないという想像しか働かなかった。まさか酒量が二倍三倍に増え、朝から飲むようになっていたとは思わなかった。

部屋へとって返そうとした百合江を理恵が止めた。

「わたしが告げ口したって思われるから、やめて。おばあちゃん、飲み始めると標茶の話いっぱいするの。お母さんには言わないけど、わたしには話してくれるんだ。おばあちゃん、可哀相《かわいそう》なの。だから、体を壊さないようにしてあげたいんだけど」

ハギがどんな話をしているのか、おそるおそる訊《たず》ねた。

「秋田でおじいちゃんと知り合ったときのこととか、夕張の炭鉱時代のお話とか、里実おばちゃんのことや、お母さんが歌手になったときのこととか。あと、秋田にいるときにできた赤ちゃんが生まれてすぐに死んじゃったこととか。おばあちゃん、おじいちゃんと出会うまでずっとひとりだったんだって。誰も自分の話なんか聞いてくれなかったって。わたしが聞くよって言ったら、泣いてた。それからなの、お酒いっぱい飲むようになったの」

理恵は自分の同情がそのままハギの酒量に繋《つな》がってしまったことに、心を痛めているようだった。わたしのせいなんでしょうと問われ、百合江はつよく首を振った。

「違う。理恵もお母さんも、おばあちゃんも、人間だから弱いの。だから、優しくされると甘えちゃうんだ。でも、甘えると今度は自分が嫌になっちゃう。おばあちゃんはそれに耐えられなくて、お酒を飲んじゃうんだと思う。理恵は間違ってない、大丈夫」

理恵は、小夜子が児童館へ行こうと誘いにきても断っているのだと言った。ハギをひとりにはしておけないというのが理由だった。

「今日は小夜子ちゃんと、児童館に行っておいで。おばあちゃんのことはいいから。今日は早く戻るから」

気持ちを持ち上げるようにして店のシャッターを開けた。

ミシンに向かい始めてからもしばらくのあいだ、暗い気持ちが続いた。ハギに酒を止《や》めさせるのは無理かもしれない。かといって、好きなだけ飲ませるわけにもいかない。一日コップ一杯の約束は、百合江が家で仕事をしていたころは守られていた。結局、自宅でしていた仕事をそっくり一階の店に移したことが始まりだった。百合江が仕事場所を得た喜びは、ハギの酒量が増えることと引き替えだった。

悩んでいる時間がもったいなかった。逡巡《しゅんじゅん》や自責を繰り返したところで、なにも前には進まない。百合江は夕方までに自分の内側に広がる不安を鎮《しず》めた。その日百合江は午後六時の店仕舞いを守って三階に上がった。

台所に、コップ酒を半分ほど開けながらモヤシを炒《いた》めているハギと、炊《た》いたご飯にへらを入れている理恵がいた。娘の目が不安に翳《かげ》った。百合江が唇の端を上げてうなずくと、白い歯がのぞいた。

ハギは残りの酒を食事のあいだちびちびとなめていた。久し振りに三人揃《そろ》った夕食の膳《ぜん》は、モヤシの炒め物と総菜屋のコロッケだった。瓶詰めのイカ塩辛はハギの好物だ。昼間、駅前市場にほろ酔いでコロッケを買いに行く母を想像してみる。心に溜めた昔話を聞いてくれる孫がいて、好きな酒もご飯も腹に入る生活。ハギにとっては今がもっとも幸せではないのか。里実の言葉が耳奥に蘇《よみがえ》る。

「ユッコちゃんと理恵とお母さんで、いつまでも三人仲良く暮らすなんて夢みたいなこと考えてるんじゃないでしょうね」

妹の言うとおりだったかもしれない。不幸も幸福も長く続かない。そんなことはもうずいぶんと前から知っていたはずだった。

その夜風呂場《ふろば》で、母の背中を流した。つるりとした白い肌だった。風呂にも入れてもらえず垢《あか》まみれだった母を、卯一の骨と一緒に標茶から連れ帰ったあの日が嘘《うそ》のようだ。百合江は、母に毎日こざっぱりとした服を着せ、裕福ではないけれど食べることのできている生活に安心しきっていた。やはり責められるべきは自分だろう。

「お母さん、今年いくつだったっけね」

お湯で泡を流しながらつぶやくと、ハギが「わすれた」と答えた。

「二十歳でわたしを産んだなら、六十二くらいじゃないかい」

「そうかぁ」

「最近ちょっと忙しくて、ゆっくり話せなくてごめんね。昼間もし嫌じゃなかったら、仕事を手伝ってくれないかな」

「ワシになんか、できることあるべか」

「あるある。いっぱいある。夕方にご飯支度する時間まででいいからさ」

ひとまず、理恵の重荷を下ろしてあげなければならなかった。ハギが百合江と一緒にいれば済むことだ。百合江が風呂を出る母を見送りながら「お母さんが手伝ってくれたらすごく助かる」と言うと、ハギは裸の肩をきゅっと持ち上げた。

翌日から百合江はハギを連れて店に降りた。端切れを適当な大きさに切ってパッチワーク用の布束を作ったり、アイロン掛けをしたりと、思っていたよりもハギの仕事は多く、苦し紛れの思いつきとは思えないほど助かった。

午後三時にはいつもどおり市場まで夕食の買いだしに行ってもらう。それは今までと変わらない。コロッケや天ぷらといった総菜が多かったけれど、女三人の暮らしは食事も気楽で肩肘《かたひじ》張らないものばかりだった。

一週間もするころには理恵の表情も明るくなった。ただ、里実だけは「いつまでもつかねぇ」と顔をしかめた。里実はそう言いつつ、雨の日などは買い物も大変だろうと手作りの総菜を持ってきてくれたりもするのだった。

里実の言葉が現実のものとなったのは、十一月の最初の土曜日だった。

「ユッコちゃん、大変。お母さんが交番に保護されてるって」

季節は冬に向かって気温も日ごとに下がっていたが、天気は良かった。午後になってハギが百貨店の地下にある総菜屋へ行ってくる、と言って店を出てから三時間経《た》っていた。午後から立て続けに年末用のレンタルドレスの予約が入り、時計を気にする暇がなかった。店に飛び込んできた里実が叫ぶのを聞いても、母と交番という言葉がうまく結びつかない。

「ユッコちゃん、栄町交番。早く行かなきゃ」

里実とふたり、交番に走った。途中店で履いていた突っかけが脱げて転びそうになった。

「ユッコちゃん、なにやってんの。もう、いつもそうなんだから。どうしてそんなにボケッとしてるかなぁ」

気管をぜいぜいいわせてたどり着いた交番で百合江が見たのは、椅子《いす》に座って船を漕《こ》いでいるハギの姿だった。北大通が人で溢《あふ》れかえる土曜の夕方、ハギは酒に酔ってバス停のベンチで眠っていたという。どんどん気温が下がってゆくなか、見かねた菓子店の主人が交番に届けた。

「お母さん」

揺り起こすと目をしばしばさせるものの、自分がどこにいるのかわかってはいないようだ。ハギの体から日本酒のにおいが漂ってくる。いったいどこでどれほど飲んだものか、見当もつかなかった。百合江と里実の背後で警官が「お母さんに間違いないですか」と訊ねた。同時にうなずいた姉妹に向かって、警官が言った。

「デパートの地下で一升瓶を買って、一階入口にある待合わせ用のベンチで飲んでたらしいんです。店員が何度か気にしながら見ていたそうです。そのうち、ベンチの下に空になった瓶を残していなくなってたって。ふらふら歩いてバス停まで行ったらしいです。あのまま寝てたら凍死しちゃいますからね。連絡をくれたのは床屋さんのお客さんだったみたいです。それでお宅に電話したんですわ」

通報したのが自分の店の客だったというのが、里実の怒りに触れた。ハギをタクシーに乗せて部屋まで連れ帰ったあとは、百合江も言われるまま黙っているしかなかった。

「だいたいね、ユッコちゃんが甘いわけ。こういう人だってこと、最初からわかってたじゃないの。一日一杯なんて、守れるわけないの。一杯が二杯、二杯が三杯。増えるに決まってるでしょう。体に染《し》み込んだだらしなさって、一生取れないの。だらしない人間は、死ぬまでだらしないんだ。今度こういうことがあったら、ユッコちゃんも理恵も、お母さんを連れてここから出て行って。わたし、こういうのが何より嫌いなの、知ってるでしょう」

百合江は黙って頭を下げた。里実にとっては百合江の態度の何もかもが気に障《さわ》るようだった。

「頭を下げていれば、そのぶん時間だけは過ぎちゃうもんね。ずっとそうやって生きてきたんだもんね。わたし、自分にこんな親がいることが悔しいの。わかる？　父親が死んで、ほっとしちゃう気持ち。そこまで親のこと嫌になっちゃうような毎日なんか想像もできないでしょう。あんたが旅芸人になって標茶をでてから、わたしがどんな思いをしたか。どんな思いをしてここまできたか、結局誰もわかっちゃくれないんだ。ユッコちゃんは都合のいい善人だもんね。お母さんを連れてきて、親孝行できたようなつもりなんでしょう、どうせ。いっそふた親ともいっぺんに死んでくれれば良かったなんて、爪《つめ》の先ほども思わないんでしょう」

里実は次から次へと流れる涙を、拭《ぬぐ》おうともせず怒鳴り続けた。たったひとつの救いは、ハギが相変わらず眠りこけていることだった。

年明け、再び交番から電話が掛かってきたとき、百合江は理恵がいないときを見計らって、ハギに頭を下げた。できるなら心をつよく持ってほしいが、それができないのなら出て行ってもらうしかないと、覚悟を決めていた。

「お母さん、今度こういうことがあったら、みんなここを出て行かなきゃいけないって言ったよね。わたしも理恵も、出て行くことはできないの。サトちゃんが清水の家に顔向けできないようなこと、二度としないでってあれほど頼んだよね。お願い、お酒やめてちょうだい」

翌日ハギは理恵が小夜子とスケート場へと遊びに出かけているあいだに荷物をまとめ、部屋を出て行った。テーブルの上に残された書き置きを、帰宅した理恵が見つけ一階の店に駆け込んできた。

『りえちゅんえ　じ　おしえてくれてありかと　ばば』

泣き続ける娘をなだめる言葉も浮かばなかった。

昭和六十年三月、理恵と小夜子が高校を卒業した。

ふたりはそれぞれ別の高校に進んだあとも、時間をみつけてたびたび会っていたようだ。母と娘の会話は、理恵が中学を卒業するあたりから極端に減っていた。口数も少なくなり、一日中本ばかり読んでいる娘とは、会話もかみ合わなくなっていた。里実も小夜子とは似たようなものだという。娘たちは娘たちで、母親たちとは違う場所で呼吸を始めていた。

商売がピークを過ぎていることは売り上げにもはっきりとでていた。ただ、地元のホテルに営業の仕事を得た理恵とふたりなら、暮らしてはいける。夜の街もドレスを着るような働き口はなくなっていた。通販や既製服で、いくらでも安価なものが手に入る。ドレスレンタルも、新しいものが入らなくなり、品物の傷《いた》みが目立ち始めた二年前にやめた。

『理容　しみず』は小夜子の妹、絹子が継ぐことになった。中学を卒業して地元の理美容学校に通うことに決まっているという。普通高校への進学を望んだ時点で、里実は小夜子が床屋になることをあきらめていた。

「小夜子には無理。ガッツがないの、あの子には。見ていてイライラすることばかりよ。そりゃ脳みそは絹子より多少働くかもしれないけど、手伝いをさせてもとろいし、なにを考えてるかさっぱりわからないんだから。床屋になるかどうか、考えさせてほしいなんて言って、妹が先に手を挙げるの待ってたんだよ。まったく父親に似て小ずるいんだから」

「今どき中卒で床屋に弟子入りっていうのも珍しいことでしょう。高校を卒業してからだって充分できるじゃないの。たった三年のことなんだから」

「違うの。手職って、この三年がいちばん覚えが早いの。高校を卒業してから入った弟子なんてのは、生意気で使いものにならないってみんな泣いてる。こっちに学がないこと、腹の中で笑ってるのがわかるんだって。ハサミの持ち方も知らないくせに月給がいくらか訊《き》くんだってよ。笑いたいのはこっちのほう」

清水家が持っている土地は毎年上がり続けていた。里実は「清水ビル」のほかに郊外の賃貸マンションを二軒持ち、床屋の収入が多少落ち込んでもびくともしないと言った。景気の良さは、百合江のところまでは届かないが、それでも毎月赤字も出さずにいられるのは、街の経済がそこそこ回っているということだろう。

卒業式から戻ると、理恵はさっさと着替えて打ちあげ会場へと出かけてしまった。打ちあげが終わったあとは小夜子と合流するので、帰りは遅くなるという。

「あんまり羽目を外さないようにね」

返事をしないのも毎日のことだった。どこの娘も似たり寄ったりと聞いて、そんなものかと思いながら過ごしている。

北大通の人の流れも変わった。郊外に大型のスーパーができてからは、歩道を行く人の数は半分以下になった。土曜日曜こそ、ぞろぞろと歩く人も見えるが、駅前通りに大きな魅力がなくなっていることは明かだった。

「景気がいいはずなのに、シャッターを閉める店が増えているのは、二代目三代目と続く商売を守りきれない才覚のなさと、なにより地価の高騰《こうとう》と収入のバランスが悪くなっているせいなの。あんたも五十になるんだし、そろそろ次を見据えて行動しなきゃ駄目よ」

百合江の髪は一割ほど白くなっていた。白髪はこめかみのあたりがいちばん多い。里実はいつもワインカラーに染めているが、本当は半分以上白いという。

「いっつも頭使ってるからね、わたしは。あんたとは違うのよ」

里実に「あんた」と呼ばれることにもいつの間にか慣れた。ハギが家をでてから、百合江は自分の存在までがしぼんだように思う。何かをつよく思うことも、心が揺れることもなくなった。改めて「五十になるんだし」と言われると、そこでなるほどと気持ちも落ち着いてしまう。

卒業式を終えた午後、里実の家でお茶を飲んだ。一週間後には絹子の卒業式も控えている里実は、まだ気が抜けないと言って甘いものを食べない。四十を過ぎたあたり

から、体重が増え続けているという。大きなお世話だって
「お客さんには楽をしすぎなんじゃないかって言われるんだよ。
いうの」

時夫は月の半分は外泊という生活を続けているらしい。彼に妻以外の女がいるのは
いつものことで、もう誰も驚かないし怒りもしない。娘たちも公認となると、家庭と
しては崩壊しているのではないかと心配になってくる。

夫婦になって早々に関係修復のきっかけを失ったことが、結果的に里実の才覚を開花させることに繋《つな》がった。清水家を動かしているのは、今や里実ひとりである。親方も糖尿を患《わずら》い病院を出たり入ったりしていた。姑《しゅうとめ》は夫の看護や食事療法に追われている。

百合江は女として華やかな時間がほとんどなかったように思える里実を、心の中で哀れんでいた。人の心に寄り添ったり寄り添われたりというひとときがあれば、もっと柔らかな女でいられたのではないか。それでも、ふらふらと風に吹かれ続けた自分のことを振り返れば、すぐにそんな思いも吹き飛び、里実の生き方もまたひとつの賢い選択と思えるのだった。

それでね、と言われ、はっと里実の顔を見た。またぼんやりして、とむくれ気味の

顔で里実が続けた。

「土地さえあれば、家賃収入だけで充分に暮らしていける商品が出たの。今までもあったことにはあったんだけど、これは大手の建築メーカーなんだ。話だけでも聞いてみようかなって思ってるの。どう？」

テーブルに広げられた資料には「ゆとりある老後のために、お手持ちの土地を活《い》かしませんか」と書かれていた。小さい文字は読むのにひと苦労だ。老眼鏡は自宅に置いてきた。資料を顔に近づけたり離したりしている姉を見て、里実が「相当進んだみたいだねぇ」と笑っている。

「もう、一日中ミシン使うのもつらくなってきたんだよねぇ」

「だからこそ、これなのよ」

勝ち誇った顔が近づいてきた。里実が指を差したのは、二階建てで上下三軒ずつ計六軒の賃貸マンションだった。一階は老人向けに段差のない造りだという。投資者本人の入居が可能と書かれていた。

「毎月、家賃収入で好きなことして暮らすっていいと思わない？」

「でも、すごくお金かかりそうじゃない」

「だから。土地と頭金、子供にお金がかからなくなったこれからが勝負でしょう」

百合江は大きくため息を吐いた。里実は三年後、五年後、という言葉をよく口にするが、自分はそんなに長い幅で生活を考えたことがない。今日と明日と、せいぜい一週間後が関の山だ。それは五十になっても変わらなかった。贅沢《ぜいたく》とは縁のない生活だったし、積極的にお金を貯《た》めようと思ったこともない。里実はそういう不安定な生活だからこそ、しっかり貯めることを考えるのが普通だろうと言って譲らない。

「サトちゃんの言ってること、なんだか外国語みたいでよくわかんないわ」

里実がいつものように人差し指を百合江の鼻先に突き立てた。

「そんなこと言ってると、後で泣くんだから。ここから先は少し本気で考えなきゃ駄目。理恵だって、今後はちゃんと食費入れさせなさい。もう社会人なんだから。ひとり暮らしなんかしたらホテルの営業なんかじゃ洋服一枚買えないんだからって、ちゃんと言わなきゃ。それを貯めるだけで少しは違うでしょう。うちは小夜子にもちゃんと食費入れさせるよ。まさか市役所勤めするようになるとは思わなかったけど」

理恵は大通りのホテルに営業として、小夜子は市役所の電話交換手として就職が決まっていた。娘たちの道が大きくわかれたことも、いくぶん里実の優越感を持ち上げているようだった。

その年の六月、阿寒の温泉に人情芝居がくるという新聞の折り込みチラシが入った。阿寒湖温泉全館あげて、一か月のロングラン公演。天才女形の坂東玉三郎にあやかって「チビ玉」と呼ばれている子供女形は全国にいっぱいいた。『元祖』という勘亭流の文字も、はったりだらけの旅役者によく似合っている。

最近また、宗太郎の夢をよくみるようになった。夢の中での宗太郎はギターを抱えて百合江に言う。

「ユッコちゃん、好きに歌って。あたしがちゃんと調節してサビのところを重ねるから」

優しく言ってくれるのに、夢の中の百合江からはどんな声もでない。宗太郎はギターの準備をしながら微笑《ほほえ》み、百合江の声がでるのを待っている。そんな夢をみた朝は必ず、懐《なつ》かしさと怖さで喉《のど》に手をやった。

子供の流し目は、無駄な邪気がないせいでひどく艶《なま》めかしい。おそらく本人にはさっぱりわからないところで騒がれているのだろう。百合江は宗太郎の女形姿を思いだした。宗太郎は大きな子供だった。それは道夫が宗太郎を見ていちばん最初に言った言葉でもあった。

「この子、女形だねぇ。なぁんも考えてない目だ。あれこれ考える子は目にでちゃう。

女を越えるにゃ、考えないことだってあたしのお師匠さんも言ってた」

美しくなろうと思ってはいけないのだと道夫は言った。あれこれ考えれば「作る」からということらしい。今ならば旅のつれづれに聞いた言葉も腑《ふ》に落ちた。

「あたしゃユッコには難しいかもしれないねぇ」

鶴子の合いの手も懐かしい。道夫や鶴子のことを思いだすことも多くなった。人情芝居のチラシを見ていた百合江の目が、劇団員の名前のいちばん最後でとまった。

『滝本宗之介』

まさか――。

最初の行から何度見直してみても、その名は消えずに残っていた。まさか宗太郎と同じ芸名を使っている旅役者などということがあるだろうか。百合江は息を詰めて必死になって別人である可能性を考えた。

「二代目襲名」ということもある。ただの箔付《はくづ》けと笑いながら、鶴子も「一条」姓は師匠からもらったと言っていた。それにしても、まるきり同じ名前とは。たとえ別人でも宗太郎本人を知らない人間ということはあるまい。

公演は七月の最初の週末から八月の一週、ちょうど釧路地方の夏祭りが終わるあたりまで続く。

それからの一か月、里実がいつ阿寒の人情芝居のチラシに気づくかとびくびくしながら過ごした。チラシは公演が始まってからも一度出回り、新聞の地方版には役者の横顔なども載るようになった。看板役者はやはり「チビ玉」で、滝本宗之介の記事はどこにもなかった。百合江はさびしさと安堵《あんど》でなんとも落ち着かない気分で一か月を過ごした。

宗太郎がバスで一時間揺られた先の温泉町にきていると知ったら、里実ならば間違いなく出かけていき、人目もはばからず怒鳴りつけるだろう。そういうときの里実には身内も他人もない。そのつよい意志に守られて暮らす時間が長くなるにつれ、百合江も里実の逆鱗《げきりん》に触れることがらがだいたい想像できるようになっていた。

二日間途切れなく続いた雨が上がった、土曜の朝だった。最近は土日の二日間を休むようにしている。店を開けてもほとんど客がこなくなっていた。

百合江がおにぎりを握り始めると、出勤前の化粧をしている理恵が、ベースクリームで真っ白になった顔を上げて言った。

「今日はおにぎり要らない。たまには美味《おい》しいものを食べようって、先輩に誘われてるの。それよりコーヒーいれてよ」

「そんじゃあ、これはわたしが持っていこうかな」

「おにぎり持って、どこかにピクニック？　今日はお店に出ないんじゃなかったっけ」

なんということのない問いに、ふっと「阿寒にでも行こうかなと思って」と答えていた。

「阿寒？　里実おばさんとふたりでいくの？」

コンパクトを持つ手を止めて、理恵が真顔で訊《たず》ねた。

「ううん、たまにはひとりで温泉ってのも悪くないじゃない。自分に褒美《ほうび》っていう言葉もあるくらいだし」

理恵はふぅんとうなずいた。母の外泊に文句を言う気はないようだ。そうしているうちに理恵のバッグでポケベルが鳴った。慌《あわ》ててバッグに手を伸ばしている。誰か好きな男でもできたのだろうと、娘を見て思った。

「理恵、鍵《かぎ》を忘れないでね」

二度念を押した。忘れたら里実のところに取りに行けばいいだけなのだが、そうなると百合江が阿寒へ行ったことが知れてしまう。里実に知れたら、また面倒なことになりそうだ。行くと決めたら、旅館と無料送迎バスの予約を取らねばならなかった。

理恵が出かけたあと、百合江は駅前の旅行代理店に電話を掛けた。

「阿寒の人情芝居を観《み》たいんですけど」

「おひとり様ですか」

「ええ。ひとりの宿泊は駄目でしょうか」

「いいえ、お受けしないわけではないですが、割高になってしまいますので」

「かまいません、お芝居が見られれば、シングルのお部屋で充分ですから」

受付係は申しわけなさそうに、温泉宿にシングルルームはないのだと言った。百合江は自分の無知を笑い、ならばいちばん安い宿を頼むと言った。

その日の午後、百合江はバスに揺られながら、山間へ向かってどんどん濃くなってゆく緑を見ていた。海沿いから三十分内陸に入っただけで、雨上がりの熱気がむっと鼻先に押し寄せる。アスファルトから陽炎《かげろう》が立ち上っていた。

無料送迎バスは満席だった。二度目だというファンもいれば、五、六人でお菓子を分け合っているグループも、夫婦連れもいた。ひとり客は百合江だけのようだ。最後部座席の窓側で百合江は祈った。

宗太郎ではありませんように、宗太郎でありますように――。

結局阿寒に到着するまで、自分がどちらを望んでいるのかわからなかった。それはひと風呂《ふろ》浴びているあいだも、本人だったらと思いながら薄く化粧をしているあいだも変わらなかった。山の端《は》に太陽が沈み、バイキングの夕食も終えた。午後七時から始まる人情芝居の会場は、大手旅館の大広間だった。百合江の宿からは歩いて百メートルほどのところにあるという。チェックイン時に簡単な地図が渡されていた。

「当旅館の浴衣《ゆかた》をお召しになっていただければ、すぐにご入場できますので」

浴衣の上に袖《そで》なしの羽織を重ね、百合江は会場へと向かった。記憶はどんどん遡《さかのぼ》ってゆき、標茶の夏祭りで美江に誘われて町民会館へ向かったときに近くなっている。どこからともなく聞こえてくるお囃子《はやし》と、硫黄《いおう》のにおい。百合江を通り過ぎた近い人遠い人。さまざまな面影が夕暮れの温泉町に蘇《よみがえ》った。どんなに不幸に見えるときも、みんなそのときそのときで精いっぱいだった。幸不幸など、過ぎ去ってから思い出す遠くの景色のようなものかもしれない。

「この世は生きてるだけで儲《もう》けもんだ」

百合江は、そう言った鶴子自身が自ら命を絶つほどつらいのがこの世の常と思いながら生きてきた気がする。土産物屋の軒先をひやかしながら、同じ方向に歩いてゆく人波に紛れた。

百畳あるという大広間の、真ん中あたりにぽっかりとひとつ空席があった。ひとりぶんしかない座布団《ざぶとん》は、なかなか埋まらないらしい。自分がなにか行動するとき、いつも「里実なら」と考えるのが癖になっていた。里実なら、ひとりぶんの席まで歩き、ちょっとごめんなさいよと言って無理やり百合江を呼びそうだ。恥ずかしがる姉をしかりつけながら、それでも周囲には「すみませんねえ」と頭を下げる。里実のたくましさは、多少鬱陶《うっとう》しいこともあるけれど、自分は結局里実の性分に頼って生きてきたのだった。

会場の照明が落とされ、舞台にピンスポットが円を描いた。円の中に立っているのは、座長らしい。口上が終わり、舞台両袖のスピーカーから演歌のイントロが流れた。スポットライトが袖から「チビ玉」を連れてくる。会場が割れんばかりの拍手で満ちた。

遊女姿のチビ玉は、重そうな島田をぐらつかせることもなく舞扇をひるがえす。見たところ、まだ十二、三歳といったところだ。あだっぽい仕草は誰に習ったものか、扇さばきもみごとなものだった。背中にもすきがない。欲を掻《か》いた邪気もない。あぁ、と百合江は思わず声を漏らした。振り付けは、鶴子が宗太郎に教え込んだものと同じだった。

舞台はほとんどが演歌と舞踊で、人情芝居は合間の演《だ》しものになっていた。客が入る週末は、演目も変わるのだろう。チビ玉の「夢芝居」が本日いちばんの盛りあがり。

そのあとに始まった座長と花魁《おいらん》の漫才のような「愛想づかし」では、客席の緊張もだらりとのびた。

それは、愛想づかしを決めた年増《としま》の遊女が馴染《なじ》み客に別れを持ちかけようとした矢先、逆に客のほうから愛想をつかされる、という内容だった。「悪いなぁ」と客が言えば、「悪いのはわっちのほうで」。「さびしいことだけどよう」と言えば「さびしいのはわっちのほうで」。

どちらもお互いの「愛想」をもてあまし、うまく伝えきれないところが笑いどころだ。客は飲み食いしながら舞台上のやりとりを見て、ところどころ笑いも起こる。ざわつく客席にいて、百合江は舞台から目を離せなかった。

年増の遊女を演じているのは、宗太郎だった。

だんだん苛《いら》つき始めた客役の座長が、最後に「頼むから別れてくれ」と土下座をする。そこでようやく遊女も男の真意に気づくというくだりである。男が去った舞台で、遊女がつぶやく。「どっちが言っても、別れはつろうござんすなぁ」。

声こそ多少嗄《かす》れ気味だけれど、節回しも袖を使った涙芸も、宗太郎に間違いなかった。ピンスポットが消えて、最後は再びチビ玉の登場である。客席の視線が一気に舞台へと戻った。百合江の両頬に、涙が流れた。綾子を失った日から何があっても流れなかった涙だった。

舞台が終わって大広間の客がそれぞれの宿へと引き上げ始めた。百合江はおおかたの浴衣姿が大広間から引き上げても、立ち上がることができずにいた。仲居が百合江のそばにやってきて、気分でも悪いのかと訊ねた。

「ごめんなさい、ちょっと」

立ち上がろうとするのだが、体に力が入らない。自分がどこにいるのか、宗太郎と離れてからいったいどのくらいの時間が経《た》ったのか、思い出すのにしばらくかかった。仲居が浴衣に染め抜かれた旅館の名前を出して、何なら誰か迎えにきてもらいましょうかと言った。

「大丈夫。少しすればおさまりますから。ごめんなさいね」

座席の端から半被《はっぴ》を着た会場係が座布団を回収し始めた。百合江は這《は》うように大広間の端へ移動した。今ごろ宗太郎は楽屋の隅で鬘《かつら》を外し、頭に羽二重を巻いた姿でほっとしているころだろう。胸奥が温かいもので満ちていった。

「こら、待ちなさい。遊ぶのはドーラン落としてからって言ったでしょう」

チビ玉が上半身裸で幕の下から滑り出てくるのを、羽二重と長襦袢《ながじゅばん》姿の座員が追いかけてきた。百合江は声をあげて笑った。会場係と並んで座布団を持っていたチビ玉が壁に寄り掛かっている百合江を見た。一拍遅れて、追いかけてきた座員も百合江を見た。

「宗太郎」

自分の喉から、こんな澄んだ張りのある声が出たのは久し振りだった。壁に寄り掛かった体が嘘《うそ》のように軽くなった。宗太郎は思ったとおり頭に羽二重を巻いてこちらを見ている。百合江はもう一度、女形の名を呼んだ。

「宗太郎」

呼ぶたびに声に張りが出てくる。

「ユッコちゃん」

宗太郎の興味が余所《よそ》へ移ったのをつまらなく思ったのか、チビ玉が楽屋へ戻ってゆく。おおかたの座布団が重ねられても、百合江は座り込んだまま、宗太郎はぼんやりと広間の畳に突っ立ったままだった。にっこりと顔いっぱい笑ってみせた。泣き虫の宗太郎にハッパをかけるときはこれに限る。歩きだしてよろけた宗太郎の体が、畳二枚分を残して崩れた。百合江は居住まいを正し、姉弟子の顔に戻って言った。

「あの子、宗ちゃんが育てたのかい？　いい踊りだねえ」

「うん。三つのころからあたしが育てた。座長の息子なんだけど、映画監督からも声がかかってるの。やんちゃだけど、本物よ」

「元気そうで良かった。いい芝居だったよ」

宗太郎の、照れ笑いの目元から涙がつたい落ちた。相変わらずの泣き虫だ。袖でひと拭《ふ》きしただけでドーランが剝《は》げてひどいことになっている。涙を拭いてはまたぼろぼろと泣くので、まるで上野のパンダだ。

「あんまり泣くと、明日の舞台に障《さわ》るから泣くのはおやめ」

「ユッコちゃん」

「元気なだけで充分。また会えて良かった。あの子、しっかり育ててやんなよ」

さっき流した涙とともに、長い長い旅が終わった。百合江は自分の目元に涙のあとがないことを祈りながら、役者のようにすっくと立ち上がった。けれん味たっぷりで始まった再会は、最後まで芝居で通さなければ。遠巻きに、座長とチビ玉がこちらを見ていた。百合江はふたりに向かって頭を下げ、大広間をでた。

阿寒で再会してから、百合江は宗太郎の夢をみなくなった。厚い澱《おり》が漉《こ》され、心は底まで見えそうな澄みきった水に満ちていた。

気がかりは理恵のことだが、それも若さに吹く風だというあきらめがあった。十六で何もかも捨てて旅に出た放浪の血は、娘にも流れている。自分に許したことを娘に許さないのは、人としても女としてもひどく往生際《おうじょうぎわ》の悪いことだった。

秋風が吹き始めた九月には、理恵の帰りも遅くなり、百合江の作った夕食を食べることも少なくなった。外泊すれすれの朝帰りもたびたびある。

「今日は帰ってくるの？」

「なに、その厭味《いやみ》な訊《き》きかた。腹立つ」

「ご飯の都合があるの。わたしひとりなら適当に済ますことができるでしょう」

「ふたり分だって、充分適当じゃないの」

遅れてきた反抗期は思ったより重症だった。どんな男とつき合っているものか、だいたいの想像はつくが、それを口にすれば溝はますます深まるばかりに思えた。ため息をつけば、より大きなため息で返す。何がそんなに気に入らないのか、とりつく島もない毎日だった。

標茶の町立病院から電話が入ったのは、その日の昼時。ちょうど昼ご飯を食べに戻ったときだった。

「杉山ハギさんのことで、お電話させていただきました」

電話の主は、入院病棟の主任と名乗った。

ハギから「標茶の飯場で飯炊《めした》きをやっているから安心してくれ」という連絡が入ってから八年近く経っていた。理恵に告げれば連れ戻せと言うに違いなく、里実がそれを許すはずがないこともわかっていた。八年間、戻ってこいとも言い出せないまま時間に埋もれて過ごしてきた。主任の話は簡潔だった。一週間前に吐血して運ばれてきたが、そのときに本人がぎりぎりまで誰にも連絡しないで欲しいと望んだという。

「ぎりぎりって、どういうことでしょうか」

「今日明日が峠かと思います。ご本人に了解をとって、ようやくお嬢さんの連絡先を伺ったんです。連絡先は杉山百合江さんしかいらっしゃらないということでした」

百合江はすぐに『理容　しみず』に走った。電話をかけようにも受話器を持つ手が震え、すぐにはダイヤルが回せない。走ったほうが早かった。

「どうしたの、ユッコちゃん」

血相を変えて店に入ってきた百合江を見て、里実が待合椅子《いす》から立ち上がった。里実は時夫が自宅にいるときは、たいがい店で過ごしている。本を読んだりテレビを見たり、弟子も親方もいない床屋の待合室がいちばんくつろげる場所だという。

「サトちゃん、お母さん、危ないって」

「なぁに、飯場の飯炊きってそんなに危ない仕事だったっけ」

「今、標茶の町立病院から電話あった。今日か明日だって」

「なにが」

「死にそうなの、お母さん」

里実の顔から柔らかい気配が消えた。

「ユッコちゃん、持つもの持って、すぐに駐車場におりといで」

里実は白衣を脱ぎ、サインポールの電源を抜くとすぐ、入口に「準備中」の札を下げた。百合江は言われたとおり、上着を羽織りバッグと財布を確認して店の裏にある駐車場におりた。時夫が昼寝からたたき起こされたのか、左頬に座布団カバーの痕《あと》を残したまま運転席に座っていた。里実が早く後ろに乗れと手を振る。自分がスリッパ履きで家をでたことには、市内をでるまで気づかなかった。

運転中、時夫がしきりに里実に話しかけている。女房にたたき起こされても文句も言わずに車を出す時夫を見ていると、案外これで妹夫婦はうまくいっているのかもしれないと思えてきた。こうして何年ものあいだ後部座席から見てきた。どんなかたちであれ、ふたりは夫婦だった。

酸素マスクを曇らせて、細く小さくなったハギが横たわっていた。もう、お話は無理ですと看護婦が言う。今日もやっぱり時夫がいちばん狼狽《うろた》えていた。里実は両目を見開いて、ハギの様子を見ている。

「お母さん、きたよ。サトちゃんもいるよ。見える？」

酸素マスクの中で、ハギの唇が動いた。百合江はそっとマスクを持ち上げてみた。

「ちゃ、り、ちゃ」

母の体からはとうに生きることを止《や》めた臓腑《ぞうふ》のにおいがする。百合江は懸命になにか話そうとする唇に耳を近づけた。

ハギは理恵の名前を呼んでいた。里実もようやくそのことに気づいたらしい。

「お酒なんか飲むから会いたい孫にも会えないんじゃない。ほんとにほんとに馬鹿《ばか》なんだから」

里実の声に、ハギの頬がわずかに持ち上がった。百合江はこんなに屈託なく笑う母を、初めて見た。あぁもう駄目なのだと思ったとき、ハギの右手がわずかに持ち上がった。胸がいちど大きく波打つ。自力ではない、なにか別のものに背中を持ち上げられ、手を取ってもらったような動きだった。百合江は、卯一が迎えにきたのだと思った。

あとはすべてが静かになった。

翌々日の昼、骨になったハギを釧路へ運ぶ際、理恵が中茶安別《なかちゃんべつ》の開拓小屋へ寄ってほしいと言いだした。三人の弟たちとは誰とも連絡を取れない状態が続いていた。ハギの骨を拾ったのは、里実夫婦と百合江と理恵の四人だった。

「おばあちゃん、本当は自分の家に戻りたかったの。おじいちゃんと一緒に作った家なんだって。いつか理恵も連れてってあげるって言ってた。寄ってあげて」

運転席の時夫が鼻をすすり始めた。里実は窓の外を向いたきりだ。牧草地帯には車内の湿った空気が冗談に思えるくらい、青い秋空が広がっていた。時夫の車は市街地を出て中茶安別の開拓区域に入った。山肌を削って作られた開拓用の細い馬車道は、今も舗装されないまま沿道に雑草を茂らせていた。馬車道を一キロほど進むと左側の凹《へこ》んだ場所に牧場があった。すり鉢の底に似た丸い土地は、牧柵《ぼくさく》でふたつに仕切られ、片側には牛舎、片側には住まいがある。下り坂の手前で、時夫が車を止めた。

牧場は荒れ果てており、家を覆《おお》うほど雑草が生い茂っているのが見えた。丘陵の中腹で草に見え隠れしている機械は、トラクターのようだ。卯一の事故からそのままなのか、横倒しで錆《さ》びている。時夫が小屋まで降りたほうがいいかどうか、妻の横顔に訊《たず》ねた。里実は「降りてあげたらいいじゃないの」と言って後部座席を顎《あご》でしゃくった。

車を降り、雑草をかき分けて小屋の戸までたどり着いた。骨になったハギが理恵に抱かれて玄関を入る。小屋の角という角に、真綿に似た蜘蛛《くも》の巣がかかっていた。百合江は板張りの床に立ち、錆びて赤銅色《しゃくどういろ》になった薪《まき》ストーブを見下ろしたあと、ハギが仕事の合間に座っていた土間の一斗樽《だる》を見た。いったいここでどうやって親子七人が寝起きしていたのか、不思議に思えるくらいちいさな小屋だった。土間には一升瓶が何本も転がっている。

里実がストーブの横で埃《ほこり》だらけになっていた卯一の湯飲みを、フォーマルパンプスのつま先で蹴飛《けと》ばした。湯飲みが板の間を転がる。積もった埃が湯飲みを追いかけ舞い上がった。

理恵は最後に小屋をでて、一度空を仰いでから車の後部座席に戻った。みな、黙ったまま自分の座席に戻った。時夫がそろりと車を出した。すり鉢の底から這い上がってゆく際百合江が見たのは、このまま空まで続きそうな急勾配《こうばい》の馬車道だった。

ハギの荷物は風呂敷《ふろしき》包みひとつだった。卯一の骨箱と、毛玉だらけの着替えと、百合江が買って与えた藤色のがまぐち。所持金は千円札が二枚と小銭が二百三十円。財布の底から、細い真鍮《しんちゅう》の指輪がでてきた。指の太さに合わせてサイズを変えられる、お祭りの夜店で売っているような子供騙《だま》しの、見るからに安物だった。指輪は管楽器に使われているのと同じ金属とは思えないくらい変色していた。手にとってみると、指の背にあたる部分に蛇の模様が入っていた。

「それ、おじいちゃんからもらった結婚指輪。一回だけ見せてもらったことがある。これを貰《もら》ったとき、秋田をでてくる決心がついたんだって。おじいちゃんには奥さんがいたんだけど、それでも好きだったって。おばあちゃん、お酒が入ると照れもしないでそんなこと言うの。お母さんは土曜日の夜家にいなかったから知らないだろうけど、おばあちゃん、ドリフの番組が大好きで、見ているあいだはびっくりするくらい大声で笑うんだよ」

理恵は自分が外に出ているあいだに、百合江がハギを追い出したと思っているようだった。遺骨の前でいいわけをするのもためらわれた。百合江は黙って娘の言葉を胸に落としながら、卯一とハギの骨箱を開けた。太く頑丈そうな卯一の骨の上に、ほとんどが灰に近い状態のハギの骨をふり入れた。ぱっとあたりに骨灰が舞った。真鍮の指輪をそっと骨箱の隅に落とした。

「そんなことしたって、おばあちゃん、ちっとも喜ばないと思う」

黙っていれば「お母さんの、そういうところが大嫌いだ」という。

安らげない恋をしていることや、仕事の不満が母親への辛辣《しんらつ》な言葉へとかたちを変えているのかもしれない。幼鳥の幼い尾羽が見え隠れしている。目を凝らせば透けて見えそうな娘の状況を偉そうに指摘したところで、溝が深まるばかりだ。十九、二十歳の娘には、親も家もなにもかも、捨てられるエネルギーがある。ハギも自分も、同じではなかったか。みな同じように脱皮を繰り返し、螺旋《らせん》階段を上るように生きてゆく。

頭半分も百合江の背丈を越えた理恵に、何か言うことはないのかと詰め寄られても、黙り続けるしかなかった。両親の骨をひとつにまとめるように、自分もくるりと繭《まゆ》の中で丸まってしまいたい。じき、理恵の言葉も耳に入らなくなった。心は、安堵《あんど》とも後悔とも満足とも言い難い、不思議な色あいで満ちていた。

翌年の春、理恵は一年間勤めたホテルを辞め、職を求めて札幌にでた。

百合江が老後を見据えて、郊外に土地を買ったのが平成元年のことだった。取引先が架空の会社だったことが判明したときは、無一文になっていた。

東京に転勤になったきり音沙汰《おとさた》のなかった石黒から電話があったのは、そんなときだった。

「ご無沙汰しています」

少しも変わらぬ声だった。今は日の出観光の広報宣伝部長をしているのだという。元気かと問われ、もちろんと答えた。何を話せばいいのか、百合江も間が持てずに受話器をにぎり続けていた。石黒が数秒黙りこんだあと、電話の目的を口にした。

「あれから、僕なりに綾子ちゃんのことを調べたんです」

百合江は石黒がこんなにも長く自分たちを見守ってくれていたことに驚きながら、なぜこのひとと添うことができなかったのか、つよく自分を責めた。

「ありがとうございます」

百合江は、話しだそうとする石黒の言葉を遮った。

「石黒さん、綾子は死んだそうです」

「死んだ？」

「ええ、杉山綾子は死んだんです」

「百合江さん、ちがう、綾子ちゃんは」

「石黒さん、どうかそれ以上はおっしゃらないでください。いろんなことがありましたけど、わたしは自分のこと、世界一幸せな人間だと思ってます」

長い沈黙が続いた。百合江は引越の準備を始めた部屋をぐるりと見回してみた。相変わらずがらんとした部屋に住んでいる。家具らしいものはほとんどなかった。旅から旅へ、また浮き草に似た生活が始まるのだと思うと、自然に笑いがこみ上げてくる。

「楽しかったと思いませんか、旅館時代も、『銀の目』時代も」

百合江が言うと、石黒が乾いた声で笑った。

「僕も、自分のことをこんなに幸せだと思えるのは、たぶんあなたに出会えたからでしょうね。ありがとう」

それじゃあ、と彼が言った。引き止めなかった。電話が切れるまでの沈黙の隙間《すきま》、受話器の向こうから聞き慣れた街頭放送が聞こえてきた。釧路の駅前に流れる、金市舘のテーマソングだった。

自己破産の手続きを進める弁護士が百合江に言った。

「多いんですよ今、悪徳商法で全財産無くしちゃう人。最近は毎日そんな仕事ばっかりでね。まぁ、ギャンブルや浪費でこうなったわけじゃなし、免責もつきますから、また一からがんばってくださいよ」

また一から、という言葉を聞いたとき初めて、何もかもを失った実感が湧《わ》いてきた。百合江の胸奥に再び、安堵とも後悔とも、満足とも言い難い思いが満ちた。まるで双《すご》六《ろく》だ。サイコロを振って升目《ますめ》を進んでは、振り出しに戻ってまた歩き始める。

目を瞑《つむ》ると眼裏《まなうら》に、仙台の寺の前で見た宗太郎と自分の長い影が蘇《よみがえ》った。鶴子の骨をどうするのかと宗太郎が泣いている。ふたりの影はどんどん長くなり、道の向こうへと伸びてゆく。ここをまっすぐ歩いて行けば、必ず陽が昇る。なんの根拠もない思いを裏付けるのは、いつも宗太郎の泣き顔だった。

「弁護士さんも、大変ですねぇ」

百合江の言葉に、彼は書類から顔を上げ「ほんとですよ」と笑った。

終章

小夜子は静かに対峙《たいじ》する父と娘を見ていた。理恵の首すじと肩の線は百合江の若いころにそっくりだった。高樹老人の瞳《ひとみ》は、まっすぐ理恵に向けられていた。「老衰」という診断と目覚めることのない百合江の状況を知り、彼の覚悟もつよく固まったように見えた。

「では、最初からお話ししましょう」

高樹老人の声が、白い床に滑り落ちた。

百合江さんと出会ったのは、妹の里実さんの結婚式でした。東京で歌手をされていたと伺って、とても興味を持ったんです。それとなく目で追っていると、とても気のつく女性で。おひとりで子供を育てているということで、最初は結婚にあまり乗り気ではなさそうでした。ただ、ここは男として踏ん張らねばと思ったんです。わたしも、当時としてはかなりの晩婚だったし、多少焦《あせ》ってもいました。

早くに父親をなくしましたので、母ひとり子ひとり。今でいうひどいマザコンだったんです。おまけに異常なほどの見栄坊《みえぼう》で、新しもの好き。役場勤めをいいことに、ずいぶん借金をしていました。親方日の丸の、生涯雇用の時代でした。百合江さんにお会いしたときも、財布の中は火だるまで。でも、そんなことが知れたら、百合江さんでなくとも誰もわたしと結婚などしてくれないと思ってました。

百合江さんがようやく結婚に踏み切ってくれたのは、初めてお会いしてから半年ほど経《た》ったころでした。もう、言葉にならないほど喜びましたよ。これからは見栄坊も贅沢《ぜいたく》もやめて、彼女を幸せにしようと誓ったんです。でも、その幸せにする方法というのが、思いつくことすべて金のかかることばかりでした。女の人を幸福にする方法というのを、知らなかった。気づいたとき、すでにわたしの借金は、転んだら立ち上がれないくらい膨らんでいたんです。車を買ったりテレビを買ったり、百合江さんだけではなく、自分の母親にもいい顔をしていないと気が気じゃなかった。いつのまにか、お金を遣っていないと不安になるほどおかしくなっていました。

結婚してすぐに、借金取りがやってきました。頭を下げるばかりで返済の目処《めど》もたたない状態だった。百合江さんにすべてを知られてしまったことで、前後のことがまったく見えなくなりました。とにかく頭を下げることしかできなかった。借金の額は、百合江さんに一年のあいだ旅館でただ働きをさせるほどに膨らんでいました。嫁にきてすぐにそんなことになってしまった負い目や、母親に対するいいわけや、なかなかなついてくれない綾子さんのこと、とにかく毎日穴やほころびに蓋《ふた》をするのが精一杯で、自分のこと以外なにも考えられなかった。里実さんの結婚式で、綾子さんが歌ったザ・ピーナッツの『情熱の花』は、思い出すたび、彼女の父親になりたいと願うわたしの気持ちを萎《な》えさせました。綾子さんの才能は、わたしと血が繋《つな》がっていないことで存在するものだと思い知らされるんです。いいわけめいた勝手な思いでしたけれど。

百合江さんを旅館で働かせているあいだも、借金の額は変わりませんでした。一度身についてしまった癖は、なかなか体から離れてくれない。すべて自分の弱い心が原因と気づいていてさえ、借金の額を減らすことはできませんでした。

彼女が借金取りとの契約期間を終えるころになっても、実は借り入れの数字は太り続けていたんです。子供を授かったときも、同じでした。わたしはもう、彼女に会わせる顔もなくて。これはほんとうに人間の弱さがつくる魔物としか言いようがありません。ひとでなしといわれても仕方のないことだけれど、わたしは当時、不満ひとつ言わずに働く百合江さんを憎み始めていました。その心根は、今思いだしても恐ろしさと恥ずかしさで消えてしまいたいくらいです。

日を追うごとに膨らんでゆく彼女のお腹《なか》が、自分の借金のように見えました。またあの苦しみが続くと思ったら、怖くて怖くて。わたしは彼女からも借金取りからも逃げ回っていたんです。

そんなときでした、あの男がやってきたのは。

当時はもう、酒場からまっすぐ母の家に帰るようになっていました。夜中だというのに家にはまだ明かりがついていて、借金取りの男が上がり込んでわたしの帰りを待っていました。

「おう、おかえり。奥さん、出産だってね。丸八旅館で聞いて、びっくりして飛んできたんだよ。奥さん、ずいぶん稼いでるっていうじゃないか。やっぱり芸ってのは身を助けるもんなんだなぁ。あんた、ついてる亭主だ」

北島という北見の金貸しでした。銀行では借りられない金を、わたしはその男から借りていました。利息も高く、いちど返済が滞るとあっという間に雪だるま式に増えていくんです。とうとう母親にもすべてを知られてしまいました。

そんなときでも、なんとかその場から逃げることばかり考えてしまうのは、持って生まれた悪癖としか言いようがありません。わたしは百合江さんの部屋の隅に、座布団《ざぶとん》を二枚敷いて寝かされている綾子さんがいました。百合江さんの出産が手術になることを、母から聞いて初めて知ったんです。

「このままじゃあ、生まれた赤ん坊を売らなくちゃいけなくなるよ、どうすんの」

北島にねちねちと責められても母は黙っていました。二年前は百合江さんが助けてくれたけれど、母は黙り込むばかりで何も言いません。最初はこの男こそが悪魔だと思っていましたが、違ったんです。悪魔は母とわたしでした。男は眠っている綾子のことを顎《あご》でしゃくって、この子とは旅館で会ったことがあるんだと言いました。薄気味悪くなるほど優しげな目つきでした。

「驚いちまったよ。母親が歌ってるのを覚えてたんだろうが、やけに歌がうまいんだ。子供の歌ってのは、あれだろう、ただでかい声でがなるだけだが、この子は違った。これはと思うようないい声で歌うんだ。仲居や帳場の人間は気づいていたかどうか知らないが、俺は自分の目に狂いはないと思ってる。俺も今じゃあこんなことをしているが、子供時代はピアノを習えるくらいいい生活してたんだよ。こいつはと思って試しにドレミの歌を教えて、ポンと手を叩《たた》いて訊《たず》ねてみたね」

男は綾子の音感の良さを確かめるために、あちこち叩いてはその音がどう聞こえるか訊ねたそうです。

「床はソで、手拍子はドだって言うんだ。びっくりしたのは、川の音がぜんぶドレミに聞こえるってことだったな。まだ人形抱っこしているようなこんまいガキが、川はすごくきれいな曲なんだってなことを言うんだよ。そりゃあこっちも色めきたっよ。こんな才能、聞いたことはあってもこの目で見たのは初めてだったんだ」

男はやんわりと借金の額を示しました。百合江さんを丸八旅館で働かせることになったときの金額が三十万。そのときの額は、五十万でした。このまま払えないことが続けば、すぐに百万円になると言われて、わたしはもう何が何だかわからなくなってしまった。当時の百万円というのは、途方もない額だったんです。どうしてそんなに借金が膨れあがったのか、自分でもよくわからない。何か大きなものを買ったとか、賭《か》け事とか、そういうことじゃあないんです。ただ、毎日の生活に流れていった金だったことが、余計に怖《おそ》ろしかった。

綾子さんの才能は男に言わせると『本物』ということでした。母はあいかわらず黙って自分の膝《ひざ》を見ているばかりです。男は声を潜めて言いました。

「でね、実はあんたらにとってもこの子にとっても、えらくいい話が舞い込んでるんだよ」

男は、大きなお屋敷を持った大金持ちの夫婦が綾子を欲しがっている、と言いました。自分は会ったことはないのだが、内地の、名前を聞いたら腰を抜かすような大金持ちだと言うんです。その夫婦が、何年も前に亡《な》くした子をあきらめきれないでいるということでした。けれど、一応親子とはいえ、百合江さんの承諾もなく綾子さんを養子に出すなんてこと、どう考えてもできることじゃない。わたしは首を振りました。母のために借りている家をひきはらって、今度こそ自分の力で借金を返さねばと、ようやく目が覚めそうになっていたところへ、母が顔を上げました。

北島の前で母は言いました。

「春一、この男の言うとおりになさい。綾子ひとりですべて帳消しになるなら、安いもんだ。借金で火だるまになったお前たちが、子供をふたりも育てられるわけないだろう。明日腹を切って出す赤ん坊だって、お前の子なんかじゃあないんだ。旅館の仲居なんてのは、お膳《ぜん》運んでるだけじゃないんだよ。お前は騙《だま》されてるんだ」

母は、見たこともないような怖い顔をしていました。何を考えているのか、正直そのときは気が動転していてさっぱりわかりませんでした。

母はわたしには子種がないのだと言いました。三歳のころにひどいおたふく風邪に罹《かか》ったそうで、そのとき医者が「これほどの熱を出してしまったら、たとえ助かったとしても、きっと孫は抱けないよ」と言ったそうです。母はその言葉を何十年も信じていました。

男の提案を受け入れ、綾子を穏便に里親に届けるための計画を、わたしたちは明け方までかかって話し合いました。そのときは自分がしようとしていることを、怖ろしいと思う感覚も麻痺《まひ》していたように思います。

明け方、男は眠ったままの綾子と着替の入ったバッグを抱きかかえ、家を出てゆきました。ひどいことをしているという気持ちの傍らで、どこかほっとしてもいました。

男は、最初からわたしの「役場の戸籍係」という立場を利用するつもりだったようです。今でこそコンピューターで管理されていますが、当時はすべて窓口係の手書きです。訛《なま》りがきつくて文盲の人の代筆なんかもするわけです。樺太《からふと》からの引き揚げ者もたくさんいました。子供が学校にあがるころになってあわてて戸籍を作りにくることや、呼び名と戸籍の名前が違うなんてのはよくあることでした。

わたしはこの町に転居の手続きをしたある夫婦の戸籍に、五年前に遡《さかのぼ》って綾子を実子として書き込みました。戸籍の偽造という大罪に手を染めたんです。当然、わたしたちの戸籍にも綾子の名前は残ります。二重戸籍です。

手続きをしに現れたのは夫婦の代理人を名乗る弁護士でした。金貸しの男はわたしが罪に震えているあいだ、一度も姿を現さなかった。役場に電話を寄こして、すべて終わったからあとはよろしくと言って、それきり姿を見なくなりました。

まる一日そんな緊張のなかにいたわたしには、百合江さんが受ける手術のことも生まれてくる赤ん坊のことも、まともに考える気力が残っていなかった。ただひたすら、自分のしたことがばれないよう、祈っていました。綾子がいなくなったことを知ったら、百合江さんに殺されるかもしれない。そうしないためにはどうしたらいいのか、必死でそのことばかり考えていました。彼女が入院している病院から役場に電話が掛かってきたのは、ちょうどそのときだったんです。

帝王切開で理恵さんを取り上げた医者が、百合江さんの子宮にひどい炎症と筋腫《きんしゅ》を見つけたということでした。緊急手術の同意書には、本人に代わり身内の者がサインをしなくてはいけないんだそうです。わたしは母を連れて病院へ行きました。雪道を、寝不足でぐったりしている母を負ぶって走ったんです。わたしには、ひとりで病院に行く勇気もなかった。

同意書には「やむを得ぬ場合は子宮摘出」と書かれてありました。母が、わたしの手から同意書を取り上げ、ゆっくりと丁寧すぎるほどの文字でわたしの名前を書き込みました。自分の母親を「鬼」と思ったのは、初めてでした。息子を奪った女への復《ふく》讐《しゅう》とまでは言いません。でも、母の心のどこかに、そんな思いがまったくなかったとは断言できないのです。その後訪れた母との穏やかな生活を思い出すたびに、彼女がどれだけひとり息子のわたしを溺愛《できあい》していたかがわかりました。蛇でも鬼でも、わたしにとってはたったひとりの母でした。

わたしは、目覚めたときの百合江さんのことを思うと震えが止まらなかった。人の恨みというのは、たとえ実の母でも傍らで見ていると怖ろしいものです。わたしは母からも逃げたくなりました。どこか、母にも百合江さんにも見つからない場所はないだろうかと。思ったあとで更に怖くなったのは、そんな場所は天国か地獄しかないということに気づいたからでした。あれほどのことをしておきながら、わたしには死ぬ勇気もなかったんです。

何もかも取り上げられた百合江さんが、この先普通に暮らせるような気はしませんでした。毎日が怖くて怖くて、わたしはあのとき彼女とはもう別れようと思いました。自分が逃げるためだけに。それ以外なにも考えられなかった。すぐに彼女を、釧路の大きな病院に移してあげるべきだったんです。そうすれば少なくとも、摘出なんていうことは避けられたかもしれない。

退院した百合江さんは、綾子を取り戻しに母のところにやってきました。近所の人間が役場に、母と百合江さんがとんでもないことになっているという連絡をくれて、急いで駆けつけました。

家の中で最初に目に入ったのは、馬乗りになって母の首を絞めている百合江さんの背中でした。おそらく、母が彼女にそれだけひどいことを言ったんです。綾子のことをごまかすために。

母が首を絞められている光景を見て、わたしは——。

わたしは、手術したばかりの彼女のお腹を蹴《け》りました。

こんな言葉で理恵さんが納得してくれるとは思わないけれど、本当にあのときのわたしは、気が狂っていたとしか思えない。どす黒い顔をしている母を見て、急いで救急車を呼びました。でも、運ばれて行ったのは百合江さんでした。

病院から、帝王切開の傷が開いてしまっていたので再縫合したという連絡が入りましたが、行きませんでした。会わせる顔がないとか、申しわけないとか、そんな気持ちはみじんもなかった。自分のしでかした悪事を隠し通すことに懸命だったんです。

母は気つけ薬を飲ませるとじきに回復しました。わたしが家の中でぼんやりしているあいだ近所をまわって、嫁は出産が重くて精神病になったと触れ回ったんです。綾子を遠い親戚《しんせき》に預けたのも、とても嫁になど任せておけないからと嘘《うそ》をついた。首にできた痣《あざ》を見せて、三軒四軒と近所をまわれば、じきに噂《うわさ》は町内全部に広まります。何日もかかりません。わたしはそんな母を止めることより、母のおかげでうまく周囲を騙せるかもしれないと思っていました。

退院した百合江さんが役場にやってきて離婚手続きをする際も、わたしはしらを切り続けました。警察にも、母の言い分が通ってしまった。百合江さんに同情する人はいても、誰も彼女を信じて手助けする人はいなかった。ちいさな町で暮らす術《すべ》は、うちの母親のほうが長《た》けていたんです。百合江さんを精神病扱いにするなんてことは、とても簡単だった。警察に駆け込んでも、同じだったはずです。

母が百合江さんのことを話題にしたのは、死ぬ何日か前だったと思います。

母は、わたしに借金をさせたのが百合江さんだと思っていたそうです。百合江さんの運命を狂わせてしまった母ですが、死に際《ぎわ》は手前勝手で死への恐怖に負けた、ごく普通の婆《ばあ》さんになっていました。

母は「お前は、本当に子種がなかったのかねぇ」と、ひどく穏やかな声で言ったんです。結局百合江さん以外とは結婚をしなかったし、当然ながら母に孫を抱かせることもありませんでした。母は百合江さんに首を絞められた理由を、死ぬ間際になってからようやく悟ったようでした。

「あのとき手術で産んだ子供は、本当はお前の子だったんじゃないのかね」

わたしは、いくつになっても弱い男のままでした。あとわずかで命も尽きるというときになっても、母に甘えていました。あの日ようやく、ずっと胸にためていたことを告白したんです。私は、若いころに一度、本気で所帯を持とうと思った女がいました。母が反対して駄目になりましたけれども。そのとき女のお腹にはわたしの子がいました。母に妊娠の事実を隠したまま、彼女に子供をあきらめるというつらい選択をさせて、慰謝料を払って別れました。わたしに子種がないなんていうのは母の思いこみだったんだと、言ってしまった。これから死ぬとはっきりわかっている母にです。

「そうだったのかい」

母はそう言ったきり、あとは百合江さんのことにはひとことも触れないまま逝《い》きました。わたしが勝手に母の死を美化しているだけなのかもしれませんが。

一度だけ、丸八旅館と取引のある旅行会社の人が役場に訪ねてきたことがあったけれど、わたしは仕事が忙しいふりをして、話を早々に切り上げました。綾子のことを訊ねられて、肝を冷やした。どうやら金貸しの男のことも知っているようでした。頼むから綾子の居所を教えてほしいと言われたけれど、そんなことできるわけがない。

他人が口を挟むことではないと突っぱねたら、それきり訪ねてはきませんでした。愚かにもわたしは、生まれた子供はその男の子供に違いないと、自分に言い聞かせていたんです。

ごめんなさい――。

高樹老人は背中を丸めて頭を下げ、鼻をすすった。理恵の襟足に、銀色の鎖が光っている。耳たぶの裏にはピアスの留め具。小夜子は理恵の耳にあったピアスの色さえ思い出せずにいた。観察力のなさは、昔から変わらない。そういうところは理恵のほうがずっと鋭かった。

理恵が高樹老人の話をどう聞いてなにを思ったのか、小夜子にはわからない。ただ、こうした事実を抱えている自分たちも、傍目には普通の親子や従姉妹《いとこ》に見えるに違いないと思った。

高樹老人が立ち上がり、右脚をひきずりながらテレビの前に立った。テレビのすぐ横にステッキが立て掛けてある。普段はそれを使って歩いているのかもしれない。テレビは出窓のそばに置かれていた。横にはビデオデッキがある。出窓の下にある棚にはずらりとラベルの揃《そろ》ったビデオテープが並んでいた。高樹は棚から一本のテープを取り出すと、ふたつのリモコンを持ち、テレビとビデオのスイッチを入れた。

「見ていただきたいものがあるんです」

ビデオをセットして、リモコンのボタンを押した。ずいぶんと古いCMが倍速で早送りされた。録画されていたのは「今日のこの人」だった。今も毎日平日の昼間に放映されている四十分番組だ。長年続いているテレビ局の看板番組。

馴染《なじ》みのあるオープニングで舞台女優の女性インタビュアーがゲストの紹介をした。テーブルの角をはさみ、ゲストが正面にくるカメラアングルも変わらない。古いビデオ画面にはときどき細い横線が入った。

高樹老人は、黙ってテレビを見ている。理恵が丸椅子《まるいす》をテレビの近くまで移動させた。小夜子も同じように場所を移した。

進行役の女優のテーブルには、びっしりと文字が書き込まれた「カンペ」が置かれていた。こんな失礼も番組の味にしてしまうのは、彼女のキャラクターが広く認知されているせいだ。

ゲストは演歌歌手の「椿《つばき》あや子」だった。銀鼠色《ぎんねずいろ》の訪問着にくっきりと紅の椿が浮かび上がる。

「まぁ、今日もお美しいお着物ですこと。わたくしもちょっと合わせてみたんですけれど、如何《いかが》ですか？」

「素敵です、とてもお似合いです」

椿あや子は、司会者が着ているピンク地に赤い手鞠《てまり》が描かれた七五三のような友禅を持ち上げざるを得なくなった。

横を見ると、理恵がテレビを食い入るように見ている。高樹老人はときおり目を伏せたり画面を見たりしているが、決してこちらに視線を向けようとしなかった。

「みなさま、今日お越しいただいたのは昨年レコード大賞を受賞された、演歌歌手の椿あや子さんでございます。演歌でのご受賞は、ここ何年もなかったことでしたねぇ。わたくしは普段クラシックしか聴きませんので、演歌についてはまったくの素人《しろうと》なんですけれど、何度か耳にしました。演歌界では近年で最もヒットした曲と伺っていますよ」

「ありがとうございます」

「わたくし、音大の声楽科を出られて演歌歌手になったという方とは初めてお会いしたんです。ほかにはいらっしゃらないでしょう？　そういうことでもずいぶん話題になっていますよね」

「珍しいかもしれません。でも、わたし、声楽科では落ちこぼれだったんです。歌うときの節回しというのか、ちょっと癖があるらしくて、よく怒られていました」

「オペラ歌手とか、ミュージカルとか、そちらのほうに進もうというお気持ちはなかったんですの？」

「歌っていられれば、正直どういうかたちでもいいと思ってました。カラオケではロックもフォークも、なんでも歌います」

「あらぁ、ご一緒したいわ。椿さんの歌をただで聴けるなんて。みなさんお喜びになるでしょう、天才演歌歌手がロックを歌ってくれるなんて、まぁ、素敵」

呆《あき》れるほど失礼な物言いにも、椿あや子は微笑《ほほえ》んでいる。

「なんですってね、前世の記憶がおありになるとか。そんなこと、本当にございますの？　わたくしはスピリチュアルな世界って、あんまり信じたことはございませんのよ」

「歌番組で、あ、他局ですみません。ちょっとお話ししたことがずいぶん大きく広まってしまって。なんだか恥ずかしいです」

「よろしかったら、わたくしにも聞かせてくださいません？」

椿あや子の顔がアップになった。色白の頬に照れを浮かばせて彼女が言う。ふとしたときの笑顔がなぜか百合江を思い出させた。

「ぼんやりしているときによく聞こえるのが、川の音なんです。旋律がきれいで、つい口ずさんでしまうんですよ。去年受賞させていただいた『ひかり川』も、作曲家の先生にこのお話をして作ってもらったんです。

わたし、記憶の中ではいつも四、五歳なんです。川の音のする町で、いつも古い昭和の歌を歌いながら遊んでいるんですね。ザ・ピーナッツの『情熱の花』を歌って、ものすごく大きな拍手をもらったとか、とにかく歌っている記憶ばかりで。だから有名な人の生まれ変わりではないと思うんです。川の旋律を聴きながら、すごく温かい背中に負んぶしてもらっていて。ずっとその人の歌を聴いてるという記憶もあります。曲は思い出せないんだけれど、とにかく懐《なつ》かしくてしょうがないんですね」

「それが、どうして前世だと思われるんですか？」

「そのころにわたしがそういう場所にいたという事実がないんです。生まれたのは母の実家がある北海道なんですけど、産後はすぐ東京に戻ったらしいので」

「ご両親は、クラシック界の宝といわれたバイオリニストの秋山さんご夫妻なんですものねぇ。あなたが演歌歌手になることに、おふたりは何もおっしゃいませんでしたの？」

「最初はびっくりしたようですけれど、反対はされませんでした。うちの両親は、わたしの選択にはいつも寛容なんです。育てさせてもらっただけで幸せだから、って言われて、ぜったいに親孝行しなくちゃって思いました」

涼しい顔で言う椿あや子を見て、進行役が絶妙なタイミングで涙ぐんだ。

「なんですってね、レコード大賞のあれこれが落ち着かれたあと、ご両親とご旅行されたと伺いました。ウィーンへ行かれたんですって」

「はい。三人とも大学時代に向こうに留学しておりましたので、お世話になった先生にご挨拶《あいさつ》も兼ねて。あや子が日本でシンガーになったと言ったら、『野ばら』を歌わされてしまいました」

「椿あや子が、ウィーンで『野ばら《ハイデンレースライン》』？　それはまた贅沢《ぜいたく》なことねぇ。向こうじゃレコード大賞なんてご存じないでしょうから、先生もお喜びになったでしょう」

椿あや子はまっすぐに「はい」と返した。彼女が質問の失礼さに気づいているのかどうか、その笑顔からはわからない。当惑するような気配も見えなかった。

ビデオ画像は新曲披露に移った。理恵がぽつりと漏らした。

「前世の記憶、ですか」

室内には椿あや子の歌声が流れていた。ほかにはどんな物音もしなかった。高樹老人は番組のエンドロールであや子のアップが終わったあと、テレビのスイッチを切った。彼がリモコンを置いた場所には椿あや子のCDが並んでいた。

「このビデオが、わたしの唯一《ゆいいつ》の心の慰めになっています。まちがいなく、彼女は綾子さんです。わたしが彼女を実子と改竄《かいざん》した戸籍の名前も秋山姓でした。でも、これをお見せすることで、自分のしたことを許してもらおうとは思いません。百合江さんにも、もちろん理恵さんにも」

高樹老人は視線を宙に浮かせ、台本の棒読みみたいに抑揚のない声で言った。

小夜子は理恵がなぜ、百合江が握っている位牌《いはい》のことを話さないのか不思議に思った。長い沈黙のあと、彼女は高樹に向き直って訊《たず》ねた。

「なぜ、綾子さんのことを窓から落ちて死んだなんて嘘をついたんですか。そのときはもう、椿あや子が杉山綾子だとお気づきだったんですか」

老人は口ごもり、ようやく聞こえるくらいの声で言った。

「そうでも言わないと、百合江さんは一生綾子を探し続けると思ったんです。怖かった。母を失ったわたしのところに、週刊誌やワイドショーの記者が押しかけてくる夢を、何度もみました。何よりそれがいちばん怖かったんです」

「椿あや子が杉山綾子だってこと、高樹さん以外に誰かご存じなんでしょうか」

「いえ、誰にも言ってはおりません。ここの職員も、ビデオを撮り溜《た》めているのはわたしが彼女のファンだからだと思っています」

ずらりと並んだビデオのラベルには『椿あや子』の下に番組名と録画日時が書き込まれてあった。理恵がぞっとするような冷たい声で言った。

「里実おばさんは、これは憶測ですけれど、綾子さんが生きていることに気づいているようでした。だから、すべてを聞いてこいと、ここを教えてくれたんだと思います。でもうちの母は綾子さんが幸せでいるかどうかなんて、知らないまま死んでいくんです、たぶん」

ごめんなさい――。

高樹老人の言葉は、そこで途切れた。

理恵はとうとう彼に優しい言葉をかけることのないまま「特別養護老人ホームすみれ園」を後にした。小夜子は理恵の強情さに辟易《へきえき》しながら、ハンドルを握った。最後まで父と娘の会話はひどく乾いており、気づくと小夜子の胸の内側もささくれていた。

理恵の希望で立ち寄った丸八旅館の建物は、新しくできたホテルの別館となっていた。理恵はしつこく小夜子を誘った。

「ねぇ、泊まってみようよ。小夜子は今日中に帰らなきゃならない用事、ある?」

「別にないけど」

「じゃあ決まり。別館のほうに部屋を取ってもらうことにしよう。支払いはわたしにさせて。運転手は温泉に浸《つ》かってゆっくり疲れを取ってよ」

「疲れを取るような距離でもないでしょう」

「まぁ、そう言わず」

高樹の前で見せた冷酷な表情とはうって変わった陽気さに、病院で眠っている百合江のことを忘れているのではないかと疑った。理恵はすみれ園を後にしてからひとことも「椿あや子」について触れなかった。なにより小夜子は、理恵が何を思って弟子《でし》屈《かが》に泊まろうと言い出したのかわからなかった。

チェックインを済ませると、理恵の荷物をキャスターに載せた仲居が夕食の会場を指し示した。

「お食事はこちらの渡り廊下を通って、本館のレストランで召し上がっていただくことになります。朝食も同じ場所でございます」

小夜子は通勤に使っているトートバッグひとつしか荷物がない。泊まりの用意をしてこなかったと言うと、理恵は「わたしのを使えばいい」と笑った。

「化粧品はそんなに安っぽいやつじゃないし、下着も新品のがあるから」

「物書きって、普段からこういう突飛な行動をするものなの？」

「これを逃したら今度いつ小夜子と温泉一泊できるかわかんないじゃない。つきあいなさいよ」

にこやかに言われると仏頂面《ぶっちょうづら》もできなくなった。飄々《ひょうひょう》とした言葉に、うまく丸め込まれそうになる。理恵にこんな器用な一面があることを初めて知った。何をするにも一緒だった十代には、自分たちが持っている性格や考え方の隔たりを感じることもなかった。グレーのポーチから取り出された下着を受け取る。理恵は畳の上に、今夜使う化粧品類や下着、旅館の浴衣《ゆかた》を並べていた。携帯の充電器やノートパソコンや辞典や衣類。小夜子は嬉々《きき》としてトランクの中身を出したり入れたりしている理恵を見ていた。

「ちょっと、ビール買いに行ってくる」

財布を持って理恵が部屋を出て行く。小夜子は携帯電話に着信もメールもないことを確かめたあと、窓辺にあった湿気《しけ》ったひとり掛けの椅子に腰を下ろした。古いスプリングは予想の倍ほども深く沈んだ。

床屋の商売がうまくまわっているころ、里実と百合江も仲の良い姉妹だった。百合江はなにくれとなく世話をやいてくれたし、従姉妹同士の理恵と小夜子を分け隔てせずに接してもくれた。分け隔てという点では、母の里実のほうがずっと露骨だった。

死を待つばかりの床で清水の祖母が、小夜子を自分たちの戸籍に入れたいきさつを語ったとき、それまで内奥にあったさまざまな疑問や苛立《いらだ》ちがかき消え、何より深い納得が得られた。もうなにも思い煩《わずら》うことはないのだと、心の内にある黒いものを許されたと思った。ひとつだけ気になることがあるとすれば、理恵と自分にはまったく血の繋《つな》がりがないという事実だった。

「あぁ、そういうことだったの」

小夜子の返答に、祖母は泣いた。

「お前、わたしを恨んで済むなら、いくらでも恨んでちょうだい」

地獄に堕《お》ちてもいいから、と祖母は言った。恨まれる者より、恨む者のほうが地獄へ堕ちる確率が高いのではないかと、祖母が言いたいことから大きく外れた、おかしなことを考えていた。

「そういう感覚、ないみたい。あぁそうかって、それだけ。いろんなことが腑《ふ》に落ちた。実の母親でもないのに、お母さんなりに一生懸命やってたのかもって。だから、おばあちゃんもそんなに深刻に考えなくていいよ」

小夜子の言葉をどう受け取ったものか想像もつかないが、祖母の涙はそのあと昏睡《こんすい》状態に入るまで続いた。死ぬ間際《まぎわ》に優しい言葉をかけられず、さびしい思いをさせたことは悔いている。人の心が見かけよりずっと簡素で愛《いと》おしいものと気づいたのも、あのころだ。自ら流したちいさな命と、これからどこかへ流れてゆく祖母の命に、うまく折り合いをつけられないでいたころのことだった。

理恵がビールのロング缶を四本抱えて戻ってきた。

「紅葉にはまだもうちょっと間があるし、館内は閑散としたもんだったよ。こういうときはグレードの高い本館に泊めるもんなんだって。別館を希望する客はいないみたい」

見るからに立派な本館に比べ、別館は三階建ての昔ながらの温泉旅館の佇《たたず》まいを残していた。団体客や、格安パッケージツアーで宿泊代をたたかれたときが別館の出番らしい。

「館内探検してきたの？　子供みたいだね」

「ビールの自販機探してただけ。本館まで行かないとなかったよ。畳や襖《ふすま》はずいぶん変えたらしいけど、基本的にそんなに手を入れてないって話、別館の番頭さんから聞いてきた。冬場は昔からの湯治客もいるらしくて、そういうお客さんに対応するのに、もう五十年もここに勤めてるんだって」

「取材してたんだ」

「そういうんじゃないけど、ちょっと聞きたいこともあったし」

「百合江おばさんのことなの」

「いや、さっき高樹さんが言ってた旅行会社の男のひとのこと。番頭さんにも名前は思いだしてもらえなかった。旅行会社ってひとくちに言っても、数もずいぶんあったらしいし。でも考えてみたら、当時お母さんと同じくらいの年だったとして、七十五歳前後でしょう。定年退職だったにしても、十五年経《た》ってしまってから辿《たど》るのは難しいかな。やってやれないことはないけど」

理由のわからない不快感が胸に溜まっている。それは必要なことなのかと訊ねた。

理恵は質問には答えず笑いながら冷蔵庫にビールを入れた。ふと、百合江の部屋を訪ねた際に玄関に現れた老人がいたのを思いだした。同じ町内会と言っていたが、本当だろうか。小夜子は彼の白髪しか思い出せないことがもどかしかった。

「ねぇ、小夜子もさっさと浴衣に着替えて、お風呂《ふろ》に行こうよ」

閑散期なので別館の浴室は閉鎖になっており、本館の大浴場まで行かねばならないという。明かりも絨毯《じゅうたん》も、色彩という色彩すべてが本館に吸い取られているようだ。敢《あ》えて時代から取り残されたような別館に泊まりたいという珍客は、既に館内の話題になっているらしかった。

「別館はご不自由ございませんか」

本館のエレベーターボタンを押しながら、年配の仲居が訊ねてくる。大丈夫だと答えると、行き届かないことがあれば何なりと、と申しわけなさそうに言った。

湯船に体を沈めた。昨夜から今日にかけて入ってきたさまざまな情報が整理されずに心に散らばっていた。理恵は湯船から鎖骨を見せ、貸し切り状態の浴室を喜んでいる。小夜子は理恵の一連の行動によって続いている違和感を、思い切って言葉にした。

「ねぇ、この勢いで椿あや子に会いに行くとか言い出すつもりじゃないよね」

「なに、それ。小夜子は椿あや子に会いたいの？」

「そういうことじゃない。あんたが何を考えて伯母さんに連絡取りたくなったのか、弟子屈まできて初めて会った父親にひとくさり言うのはなぜなのか、わかんないの。つき合わされるのが嫌ってわけじゃない。でもちょっと説明不足だと思ってることはたしか」

理恵は頭に乗せたタオルで顔の汗を拭《ぬぐ》うと、短く「うん」と返した。小夜子の額にも汗がふき出てくる。

「今朝からの理恵を見てると、なんだか小説の取材をしてるようにしか見えなくて」

薄暗い大浴場の天井に向けられていた理恵の視線が湯船に戻った。

「高樹さんにあんなこと言うつもりはなかったんだ。あの年くらいになると、いろいろと帳尻《ちょうじり》を合わせたくなるのもわかるし。里実おばさんにしたって、のちのち後悔しそうでわたしに話したんだろうし。みんな善人なの。それは叔母さんにしても高樹さんにしても、同じなんだと思うのね。告白って、ただの確認作業だと思うわけ。本人が気づいてるかどうかはわからないけど、自分が許されてるかどうか確かめたいんじゃないかな。でもさ、彼のやったことって犯罪なの。少なくともいろんな人の人生を狂わせちゃったわけでしょう。わたし、狂っちゃったほうの人生が本物だったとは思わないんだ。たとえ椿あや子が昔の記憶を前世のものだって勘違いするくらいに幸福だったとしても、よ。わたしが腹を立てることに、彼の年齢や立場は関係ないんだよ」

理恵は少し間をあけ、冷たいと思うかと訊ねた。うまく答えることはできなかった。

「これは、取材なの？　取材じゃないの？」

理恵は数秒目を瞑《つむ》り「取材だと思う」と答えた。気が済んだかと問われ、小夜子はただ、従姉妹《いとこ》に引っ張り回されていることへの納得が欲しかっただけなのだと気づいた。

「書けば今度は理恵が誰かの人生を狂わせるかもしれないじゃないの。そういうことって、考えないものなの」

「考えなきゃいけないような気はするんだけど、それって書きたい気持ちを押さえるほどのつよいものじゃない。上手《うま》く説明できれば楽なんだけど。うちのお母さんがいろいろあったひとだってことはなんとなく気づいてたけど、今までなかなか真正面からお母さんの生き方を考えるってことなかったの。だけど、この話を書くの、今しかないような気がしてしょうがないの」

小説は癖になる、とドラマか映画かは覚えていないが、なにかの台詞《せりふ》で聞いたことがある。どういうことなのか、理恵の言葉を聞いていてさえ理解するのは難しかった。

「急に百合江伯母さんに連絡を取ろうと思ったのも、古い話を聞くためだったってこと？」

「半々、かな。お母さんのことはずっと気になっていたけど、こっちも自分のことで手一杯だったし。いよいよのときは向こうから連絡がくるだろうって高をくってた。だけど、新しい話の構成を考えてるうちに、うちのお母さんって、なんであんなに自分のこと何も語らなかったんだろうって思い始めてさ。標茶《しべちゃ》のおばあちゃんが死んだとき、わたしあの人をずいぶん責めたんだ。でも、ひとつもいいわけしなかったんだよ。人生の帳尻なんかどうでもいい人だったたんじゃないかって思ったら、なんだか急にお母さんが怖くなった」

「本当に書くつもりなの」

「夏に初めて、デビューしたところ以外の出版社から仕事が入ったの。その編集さん、会って挨拶《あいさつ》もそこそこに、姉妹の話を書いてくれませんかって言ったんだ。わたし一人っ子なんですけどどうして姉妹なんですかって訊《き》いたよ、おかしいもん、そんなの」

「編集さん、何て言ったの」

「読んでみたいんです、って」

「それだけ」

「うん、それだけ。だけど姉妹って聞いて、すぐにうちのお母さんと里実おばさんのことが頭に浮かんだんだ。そこから先は、一日で物語の方向が見えちゃった。見えると、書かないわけにはいかなくなるの。傲慢《ごうまん》にもこれを書けるのは自分ひとりみたいな気がしちゃうんだよ」

「怖いね、その感覚」

「うん。だから、あんまり他人にはこういう話しない。ただの小説かぶれって思われるに決まってるし、ひどいときは完全にいっちゃったヤツだと思われるし。小夜子が疑うのも無理ないよ。自分でもちょっとおかしいって思うもん」

小夜子は遠い記憶の底から、百合江の言葉を引きずり上げた。

『わたしはね、小夜子ちゃんの人生は小夜子ちゃんのものだと思うの。子供は産みたいときに産んだらいいのよ。女は選べるんだもの。産んでやり直す人生と、産まずにやり直す人生と。どっちも自分で選べば、誰を恨むこともないじゃないの』

あの日レコード大賞を取ったのは、椿あや子だった。

今、意識があったなら、百合江は小夜子の妊娠になんと言うだろう。十年前と同じことを言うだろうか。産まずにやり直したつもりの十年は、果たして正解だったのか。ここから先の十年を、産んでやり直せるのか。自分と子供にとって、鶴田という存在は必要なのかどうか。

百合江に問いたいことは、たくさんあった。

「ねぇ理恵。わたしずいぶん前に、百合江おばさんは、ひとりで理恵を育てて、幸せだったかって訊いたことがある」

理恵は額の汗を拭《ふ》きながら、へぇと語尾を伸ばした。

「まともに答えた？　そういう話をする人じゃないはずなんだけどな」

「幸せだったって。親だの子だのと言ってはみても、人はみんな手前勝手なもんだから、自分の幸せのためなら手前勝手に生きていいって。そう言ってた」

手前勝手に生きるために、子供を捨てた。自分はこの子を、再び捨てることができるだろうか。小夜子は目を閉じ理恵に言った。

「ねぇ、杉山綾子の位牌《いはい》がいつ作られたか知ってる？」

理恵が首を横に振った。小夜子は百合江と過ごした年末のひとときを、静かに胸の底からもち上げた。

「椿あや子がレコード大賞を取った年」

百合江の部屋に積まれていたＣＤのジャケット写真が眼裏《まなうら》をよぎる。

理恵が数秒沈黙したあと、両頬を持ち上げ笑った。

「うちのお母さん、椿あや子が自分の娘だってこと、気づいてたのかぁ」

小夜子は、あの位牌はレコード大賞受賞への願かけだったのかもしれないとつぶやいた。

「願かけねぇ。あのひとなら、誰にもなにも言わずにそういうことする気がする。死ぬときに善人じゃなくてもいいって思ってるか、はなっからそういう感覚がないか、どっちだろう」

その夜、冷蔵庫にあった缶ビールはほとんど理恵が飲んだ。酔った理恵は布団《ふとん》に入ってからも、何度も同じ言葉を繰り返した。

「うちのお母さんって、ほんっとにおもしろいひとだよねぇ」

常夜灯が欄間《らんま》の透かしからもれている。曲線に沿った天井の影を目でなぞった。その向こうは行き止まりを予感させる暗さだった。

窓もドアも閉め切っているはずなのに、どこからともなく川の音が聞こえてくる。この音をすべて音階で記憶していたという椿あや子の、澄んだ目と「前世」を思った。

川の音を聞いていると、子供のころ理恵と参加した「夏休み子供キャンプ」のテントにいるような心持ちになる。小夜子はほの明るい欄間を見つめて言った。

「自分が誰の子かわかったところで、その事実に今を変える力なんかないんだよね」

理恵が体ごとこちらを向いて、急にどうしたのかと訊《たず》ねた。

「わたしを生んだの、うちのお母さんじゃなく、お父さんの愛人なんだって」

「あぁ、そういうことだったんだ」

祖母から事実を報《しら》されたときの自分と同じ反応だったのが可笑《おか》しかった。理恵は再び仰向けになると、もういちど「そうだったんだ」とつぶやいた。理恵の声は川の音に紛れ、流れていった。

「まぁ、小夜子は小夜子だし」

理恵はそう言いながらトイレに立った。

小夜子は朝からの緊張と疲れのせいで、急激に眠りに落ちていった。理恵がいつ部屋に戻ったのかもわからなかった。

翌朝は、がさがさという衣擦《きぬず》れの音で目覚めた。

「小夜子、お風呂に行こう」理恵がはだけた浴衣の前を直していた。

朝風呂から戻って身支度をしているところへ、絹子から着信があった。妹からの電話にはいつも身構える。絹子は自分たちが腹違いの姉妹であることを知らない。姉が祖父母の籍に入っている理由ひとつとっても、「本家と分家の云々《うんぬん》」という里実の言葉をまるごと信じている。

「お姉ちゃん、今いいかな」

「いいけど、出先にいるんで手短に頼むわ」

「あのさぁ」と絹子が切り出した。朝の七時からこんな声を聞くと、一日が重たくてしょうがない。絹子と里実の行動はよく似ている。どちらも小夜子のこととなるとひと晩中いらいらして眠れないらしく、何か言いたいことがあると朝を待って電話を掛けてくる。家にいるときは、朝食のパンをかじっているときが多かった。話を手短に済ませたいのはお互い同じ気持ちだろう。夜だと、時間があるぶんすべてに際限がなくなりそうだ。

不満を吐き出して一日を穏やかな気持ちで過ごしたいという考えには賛同するが、小夜子にも同じく穏やかに過ごしたい一日がある。それを言ったとたん、話が混乱しそうでいつも黙っている。

黙って聞いているわりにほとんど態度が改善されないことも、ふたりが小夜子に抱く不満となっているようだ。近年、妹からの電話が明るい話題に流れることはなかった。

「頼むからお母さんにもうちょっと優しくしてやってくれないかな」

「また愚痴聞かされてるの。あんただって忙しいんだろうし、はっきりそう言えばいいのに」

「わたしはお姉ちゃんみたいに見て見ぬふりできないもん。お母さん、お姉ちゃんと会うたびにいらいらして文句ばっかり。いつも言ってるでしょう。少しは優しい言葉をかけてやるとか、甘えてやるとかしてちょうだいよ、お願いだから。ただでさえ百合江おばさんのことで参っちゃってるんだから」

わかった——。

電話を早々に切り上げるには、そう言うしかない。

絹子が用件を言ったのは、電話を切る直前だった。

「今日、病院に行く前に百合江おばさんの部屋に連れて行ってほしいんだって。理恵ちゃんに鍵《かぎ》を渡すついでもあるみたい」

妹はたびたび「素っ気ない姉」のことで里実に八つ当たりされていると訴える。仲裁、と絹子は言うのだが、里実の言い分をまるまる聞かされている不満を訴えたい思いも何割かあるだろう。「親に甘えてやっている」と言い切る健《すこ》やかさは、小夜子にはないものだった。

父は今回も、母の苛立《いらだ》ちを背中で感じながら黙ってテレビを見ているのだろう。携帯電話をバッグに放ると、窓辺で化粧をしていた理恵が口紅を塗る手を止めた。

「なんかあったの？」

「うちのお母さん、病院に行く前に百合江おばさんの部屋に連れて行ってほしいんだって」

「絹子ちゃんから？」

「うん。わたしと会うとお母さん、ストレスで倒れそうになるんだって。ずいぶん前に、倒れたらどうしてくれるのって言われて、本当に倒れたときに連絡ちょうだいって言ったら、ものすごく泣かれた」

「小夜子と絹子ちゃんって、ちっちゃいころから何を言っても平行線だもんね」

理恵が乾いた声で笑った。

帰りの助手席で、理恵はようやく夫のことを語り始めた。

「この話を書き終わったら、東京に出ちゃおうかな」

ひとりで食べていけるのか訊ねた。

「わかんない。ただ、そういう気持ちでやらないと、一歩も前になんか出られないでしょう。どこが前なのか、正直わかんないんだけどね」

編集者に送る前の原稿に夫が口を出すのだ、と理恵が言った。

「手直しをするっていうこと？」

「プリンターで打ち出して、一度チェックするんだけど、そのあと亭主のチェックが入るんだ」

「いいじゃない、ミスを防げるわけだし」

理恵は大きなため息をひとつ吐いたあと、流れて行く景色に悪態をつくように言った。

「ミスを指摘される程度ならいいの。だけど、表現だの内容だのに口を出されたら、そうはいかない。俺だったらこんな表現は使わないってしつこいの。おかしいなと思ってこっちも言いたいこと言ったら、どうやらあちらも小説を書きたい人間だったことが判明したってわけ。編集者気質と書き手気質があるとしたら、あの人は間違いなく書き手気質なわけよ。自分の主張が通るくらいだったら、とっくに本の一冊も出てるだろうってことに、あの年になっても気づいてないし、わたしを育てたのは自分だと思ってる」

「そう言ってあげればいいじゃないの」

「言ったよ。だからこんな大きなトランクに商売道具詰め込んでこっちにきてるんじゃないの」

今度は小夜子がため息を吐く番だった。トランクの中に洋服でぐるぐる巻きにされたノートパソコンと岩波の第七版が入っていたのはそういうことだったかと腑《ふ》に落ちた。

「プリンターはどうするの、わたしは持ってないよ」

「あれは重たいから、こっちの量販店で安いのを買う」

「おばさんと連絡を取ろうと思ったのも、そういうことだったわけ」

「だから、それは虫の知らせだって」

「どっちでもいいよ、もう」

「とりあえず、お母さんが生きてるうちはこっちにいる」

小夜子はそれには応《こた》えず、ハンドルを握り続けた。標茶の市街地を通り抜ける際、理恵がつぶやいた。

「おばあちゃんの開拓小屋、どうなってるかな」

「うちはお母さんがああだから、標茶に連れてきてもらったことって一度もないんだよね」

「わたしも、おばあちゃんが死んだときしか行ったことない。廃墟《はいきょ》だったよ、あのとき既に」

札幌へ出る前に、理恵が言っていたことを思い出した。

「わたしは、お母さんがおばあちゃんにしたこと、一生忘れないと思う。なにも追い出すことはなかったんだ。どこも行くところがないひとに、あんなひどいことできるお母さんのこと、許せなかった」

「うちの母親はまったく違うことを言ってたよ」

「みんな自分の都合のいいようにしか見ないし聞かないもの。わたしも、お母さんも同じ。だけど、なにを言われても許せないものは許せないの」

当時の理恵は、母親を非難することで心のバランスを取っていたのだろう。

理恵が札幌へ行くと言い出しても、百合江は止めなかった。百合江の対応は里実と違い、相手の考えを聞くことはあっても決して自分から本心を語らない。

理恵は市街地を一キロほど過ぎたところで、「もう一度見ておきたい」と言った。

「ちょっと、戻れない？　中茶安別《なかちゃんべつ》経由で帰るのは無理かな」

このまま国道三九一号線を走り続け遠矢地区へ抜けても、開拓小屋に寄って二七二号線で戻っても、釧路までの距離はさほど変わらない。小夜子も、いちどくらい里実が暮らした土地を見ておこうという気になった。自分とはまったく縁のない、繋《つな》がりを持たない、伯母と母が育った開拓小屋。今を逃したら二度とチャンスがないかもしれない。小夜子は牧草畑への引き込み道で方向を変え、市街地の十字路まで戻り右に曲がった。

理恵の記憶を頼りにして車を走らせたものの、最初に曲がった砂利道はぐるりと山道を迂回《うかい》しただけで再びもとの道路に戻ってしまった。

「理恵の記憶、かなり怪しいよ」

「ごめん。でも、このあたりで右に入るのは確かなんだよ。もうちょっと行ってみて」

あきらめるつもりはないらしい。病院のベッドで横になっている百合江の姿が胸をかすめた。小夜子は百合江と里実が十五歳まで育ったという小屋にたどり着くまで、走ることに決めた。

理恵は細い引き込み道を見つけては「これかな」とブレーキをかけさせた。違うと分かると「もっと広かったっけ」と小夜子に同意を求める。

「わかるわけないでしょう、こっちは初めてなんだから」

「だよね」

右へ曲がる砂利道は何本もあった。

「なんかね、道の左側がすり鉢みたいに低くくぼんでる土地で、右が山なの。で、おばあちゃんの開拓小屋ってのはそのすり鉢の底みたいなところにあるんだ」

「ほかに覚えてることはないの」

「斜面が牧草地だったのと、小屋の向かい側に牛舎があった」

「砂利道に入ってすぐに見えるの？」

「いや、しばらく走らないとわかんなかった気がする」

後続車がいないからいいようなものの、時速四十キロで進む車はどう考えても迷惑車両だ。

理恵が運転手の心拍数に一切配慮のない声で叫んだ。

「あれだ、あれ。あの道だ。小夜子、次は間違いないから。ここ、覚えてる。ほら、道のずっと向こうがへこんでるでしょう。ここを曲がっちゃって」

理恵の言うとおり、砂利道へと右折してみた。細い砂利道の両側に、人の背丈ほどある草がびっしりと生い茂っている。砂利道の真ん中にも背の低い緑が続いていた。ここ何年も人の手が入った形跡のない山道だった。緑に覆《おお》われたでこぼこの轍《わだち》を進む。左側の景色は雑草で見えない。車の腹を太い茎がこすってゆく。

道を曲がってから、理恵はひとことも喋《しゃべ》らなかった。小夜子は慎重にハンドルを握った。このままどこまでも続いているような気にさせる道だった。バックミラーに緑しか映らなくなったころ「すり鉢」が現れた。

「あぁ、ここだ」

理恵の声を合図に車を止めた。すり鉢の底へと降りてゆく道は、砂利道よりも更に荒れていた。理恵の記憶がなければ、そこに道があることすら見逃しそうだった。住人のいなくなった牧場は草に覆われ、牛舎の外壁が赤い画鋲《がびょう》のようにぽつんと色を添えている。このときばかりは理恵も不安そうな声になった。

「ここ、降りられるかな」

「降りては行けるだろうけど、上がってこられるかどうか。Uターンする場所がなければ立ち往生だよ」

「たしか、向こう側に抜ける道があったと思う。ここを降りて、また上がる道」

小夜子は雑草に腹を擦られながら坂道を降りた。ギアを二速に落とす。車体にエンジンブレーキがかかった。車の重みと傾斜だけで、ボンネットの高さまで伸びた夏草が次々になぎ倒されていった。アクセルに添えた右足に、車の腹をこする草の感触が伝わってくる。四駆じゃなければ絶対に降りたりはしなかった。

「故障したら、修理代だしなさいよ」

草の向こうから得体のしれないものが飛び出してきそうな恐怖に耐えられない。

「うん、わかった」

理恵も怖じ気《おけ》づいたのか、両手でシートベルトを握っていた。

急に視界が開けた。車を停めて振り返ってみると、五十メートルあるかないかという坂道だった。小夜子はすり鉢の底でひと息ついた。牧場を取り囲む緩やかな稜線《りょうせん》は、青さの増した秋空に押しつぶされそうだった。

理恵の言う「開拓小屋」は完全に潰《つぶ》れていた。雪の重みに耐えられなくなったのか、朽ちた柱が力を失ったのか、そこがかろうじて小屋のあった場所だとわかるのは、屋根に使われていたなまこ鉄板の残骸《ざんがい》が残っていたおかげだった。鉄板の端が風にめくれて雑草と同じ方向にそよいでいる。

「おばあちゃんが、いちばん好きな家だって言ってた。いろんなところに住んだけど、ここにきたときようやく死に場所を見つけたと思ったんだって」

理恵は紫色の手帳から、一枚の紙切れを取り出した。折り込みチラシの切れ端だった。手のひら大の紙切れに、何か書かれている。幼稚園児のような文字だった。

『りえちゅんえ じ おしえてくれてありかと ばば』

紙切れを、理恵は丁寧に手帳に仕舞った。

「小夜子、わたしさ、おばあちゃんがここで生きてたことを書きたいの。ここで死ねなかったことも、ちゃんと書いておいてあげたいの。おばあちゃんがどこからきて、何を残したのかを、誰かに知ってほしい」

急に思いついたように開拓小屋に寄ることになったが、小夜子は理恵が最初からここに立ち寄るつもりでいたような気がしてならなかった。自分とは血の繋がりのない、祖母の来し方を読んでみたいと思った。

「とりあえず、降りてみる？　何が出てくるかわかんないけど」

理恵は返事の代わりに助手席のドアを開けた。小夜子も運転席からでてみる。牧草が野生化したものか、びっしりと生い茂ったカモガヤの穂が腰の高さまであった。車から離れるのは無理だった。

ぐるりとすり鉢の縁を眺めてみる。坂の上と同じくらい離れたところに、屋根のなくなったサイロの筒と、牛舎の壁の残骸が見えた。

百合江と里実には、三人の弟がいた。下のふたりはトラックの運転手になったが、真ん中か末か、どちらかが肝臓病で、もうひとりは事故で命を落としたと聞いている。いちばん上の弟は、行方知れずだった。小夜子と理恵には三人の名前もわからない。

「うちのお母さんは、ここでは五年くらいしか暮らさなかったらしいよ」

「里実おばさんってここで生まれたんじゃなかったの？　それ、今初めて聞いた」

「理由までは知らないけど、十歳くらいまで親戚《しんせき》に預けられてたんだって。おばあちゃんのこと、母親っていう気がしないってよく言ってた」

理恵は「へぇ」とうなずき、つぶれた小屋に視線を移して言った。

「おばあちゃんって、読み書きはできなかったんだけど、すごく記憶力のいい人だった。ここにきたのは昭和十四年の八月二日だって。おじいちゃんって、もともとは夕張の炭坑夫だったんだって。その前は秋田の亀田で農夫やってたって聞いた。おじいちゃんには奥さんと子供がいたんだけど、お互いどうしても好きで、北海道に逃げてきたって。駆け落ちだったみたい。八月になったばかりで、本当はすごく暑い時期のはずなのに、標茶じゃあもう秋風が吹いてたって。寒いなら寒いなりに、おじいちゃんから離れなければいいって思ったらしいよ」

小夜子にはハギとのそうした会話の思い出はなかった。

「なんだかずいぶんロマンチックな話だね」

理恵は「ロマンチックねぇ」とつぶやいた。

「ねぇ小夜子、考えてみたらさ、ここで生まれてここで死んだ人ってひとりもいないんだよ」

言われてみればたしかに、祖父母も、母たちふたりの姉妹も、三人の弟も、すり鉢の底を通り過ぎたか出て行った人間ばかりだった。トラクターの事故で亡《な》くなったという祖父も、秋田からやってきた流れ者だ。

「きたときは電気も通ってなかったらしいよ」

「どうやって暮らしてたんだろう」

「薪《まき》とランプだって」

やっぱりロマンチックなんだよ、と言うと理恵の笑い声が高くなった。

「あんたってば、それぱっかり」

小夜子は笑いながら、カモガヤの一本を引き抜き言った。

「わたしさぁ、いい年して妊娠しちゃってんの」

理恵は「へぇえ」と言ったあと、けたけたと笑い出した。

「産んじゃえば？」

「やっぱり、そう言うと思った」

「うちのお母さんも、たぶんそう言うよ」

秋の草の強情な硬さを確かめながらうなずいた。

理恵が「名案」と大声をあげた。

「なんなら一緒に育てようか。いないよりいいくらいのおばちゃんにはなれるんじゃないかな」

「あんた、小説はどうすんのよ」

「いつか子育て小説が書けるかもしれないじゃない。何ごとも経験だよ」

理恵には開拓者の血が流れている。小夜子にはないものだ。その血は祖母から百合江へと受け継がれ、生まれた場所で骨になることにさほどの執着心を持たせない。それでいて今いる場所を否定も肯定もしない。どこへ向かうのも、風のなすままだ。理恵が祖母と心を通わせることができたのも、開拓者の気質を受け継いでいるせいなのだろう。からりと明るく次の場所へ向かい、あっさりと昨日を捨てることができる。捨てた昨日を、決して惜しんだりはしない。

「やっぱりおばあちゃんってロマンチックなんだよ。駆け落ちだの開拓だの、なにもなくなってもなにも残せなくても、孫にそんな話を聞かせちゃうくらいなんだから」

「だねぇ」

理恵のペンネームが「ハギヨウコ」である理由を初めて聞いた。

「秋田の亀田からふたりで逃げてくるときに、無理がたたって死産したのが女の赤ん坊だったんだって。泣きながら土に埋めたけど、人間のかたちをしてるのに名前のないのはあんまりだって、おじいちゃんがよう子ってつけたらしいよ」

祖父母のことは、理恵の話や朽ちた家から想像することもできたが、そこに百合江と里実の気配を感じ取ることはできなかった。ふたりの姉妹はなにを思い、なにを断ち切ってこの土地を出て行ったのか。想像しようとしてもすぐに、暗い行き止まりにぶつかってしまう。

「ありがとう。気がすんだ。小夜子になにを言われても、たぶんこの話を書くと思う。実はここにくるまで、ちょっと迷ってたんだ。わがままばっかり言ってごめん」

小夜子はそれには応えず、首筋に寄ってくるちいさな羽虫を手の甲で払った。

「帰るよ」

理恵の言うとおり、雑草の背が低い部分をまっすぐに進むと、砂利道へと続く坂道があった。アクセルを踏み込んで草をなぎ倒し、一気に上がる。坂は空に向かって延びていた。

＊

百合江の部屋へ上がると、里実はすぐにすべての窓を開けた。たてつけが悪くなっている窓は半分も開かず、そのたびに舌打ちをしている。里実は、いつ供えたか分からないほど硬く黄色くなった仏壇の御仏飯《おぶっぱん》を捨て、リンを鳴らした。

「あんたたちもそんなところに突っ立ってないで、少しは手伝ってちょうだい」

ひと晩のんびり温泉に浸《つ》かってきたことが、里実を苛立《いらだ》たせているようだった。理恵が椿あや子のＣＤをひとまとめにしてレジ袋に入れたとき、やっと里実の口から高樹春一の名前が出た。

「ちゃんと会えたんだね」

「はい」

でした」

「右脚がちょっと不自由そうでした。ここにあるCDと同じものを持っているみたいでした」

里実はCDの入った袋から目を逸《そ》らし、「そう」と短く返し、押し入れの中から出てきた錆《さび》の浮いた缶を床に置いた。その仕草だけで、里実も椿あや子のことに気づいていたことがはっきりした。気づいていながら誰ひとり真相を語り合わなかった年月を思うと、皮膚が粟立《あわだ》ってくる。

里実の前にあるのは、一辺が三十センチほどの、もとは銀色だったことを窺《うかが》わせる蓋《ふた》付きの缶だった。里実を挟むようにして、理恵と小夜子も腰を下ろした。百合江が拒んですっかり歪《ゆが》んでいびつになった缶の蓋は、なかなか外れなかった。里実と理恵が指先ででもいるようだ。里実の指示で、小夜子が缶の下部を押さえた。里実と理恵が指先で少しずつ蓋をずらし上げる。蓋が外れた。缶のいちばん上にあったのは、古いセルロイドの着せ替え人形だった。里実がひとつひとつ缶の中身を取り出してゆく。

人形の隣には百合江宛《あて》の手紙の束があった。二十通あるかないか。里実は半分融《と》けて封筒に張りついていた輪ゴムを外し、一通一通差出人の名を確かめていた。手紙はすべて里実が出したものだった。

藤色のがまぐちには伊藤博文の千円札が二枚、四つ折りになって入っていた。

「これは死んだ母さんのだ」

数枚ある古い写真のいちばん上に、舞台で歌う振《ふ》り袖《そで》姿の百合江がいた。ちいさな会場だ。背後に「一条鶴子一座」という垂れ幕が下がっている。続いて理恵と小夜子が写った七五三の写真、『お仕立て&リフォーム　すぎやま』という看板の前で微笑《ほほえ》む百合江。写真の最後の一枚を、里実は震える手で理恵に渡した。

「わたしの結婚式のときの綾子だ」

舞台の上で水色のドレスを着た少女が、踏み台の上で留め袖姿の百合江と一緒にマイクを握っている。白い頬、くるりと愛らしい瞳《ひとみ》。疑う余地などどこにもない、それは椿あや子だった。綾子に関わるものは、セルロイドの人形と、この写真一枚きりだ。

あとはボロボロになった名刺が一枚と、人情芝居の折り込みチラシ。

『キングレコード　菅野兼一』

「姉さん、やっぱり大きな舞台で歌いたかったんだろうか」

里実がひと晩で十歳も年を取ったような嗄《かす》れ声で言った。

ＣＤ、録画ビデオ、「椿あや子」にかかわるものは、すべて缶の外にあった。百合江が手にした一生分の玉手箱にしては、さびしすぎないだろうか。小夜子はそっと理恵の顔を窺い見た。理恵は『情熱の花』を歌ったという百合江と綾子の写真を両手に載せ、慈《いつく》しむような瞳で見ていた。泣いているのは里実ひとりだ。その場で百合江の一生に悔いを感じているのは里実だけだったかもしれない。里実が缶の蓋を閉めるころ、小夜子は百合江の来し方に自分たちの物差しなど必要がないことに気づいた。

百合江の部屋を後にして、三人が市民病院に着いたのは、お昼を少し過ぎたころだった。駐車場に車を停めて、改めて車体を見ると、フロント部分やタイヤのカバーに羽虫の死骸や折れた草、ボディのいたるところにカモガヤの穂が張りついていた。洗車代は理恵に出させようと決めて、病院の建物へ向かって歩いた。

理恵が自動ドアの前で駐車場を振り返った。

「ビニールシートみたいな色だ。札幌と決定的に違うのは、空の色かもしれないな。小夜子はずっとこっちに住んでるから気づかないでしょ。晴れ上がった日の釧路の空って、気持ち悪いくらい青いんだよ」

「気持ち悪いってのは表現としてどうなの」

「悪くないと思うけど」

エレベーターに乗り込み、入院病棟のボタンを押した。里実は百合江の玉手箱を開けてからずっと黙ったままだった。

大量に入ってきた情報を、整理できないまま一日経《た》っていた。百合江の命が消えかかっていることも、いまひとつ実感として胸に落ちてこない。急激に階上へと引き上げられ、軽いめまいがした。こめかみを押しながら、理恵に訊《たず》ねた。

「今夜はどこに泊まるつもり？」

「小夜子んところ」

理恵は涼しい顔をして開いたドアからでていった。今日は里実がいちばん後ろをついてくる。

配膳車《はいぜんしゃ》に次々と食器が戻されていた。病棟全体がざわざわと落ち着かない気配に包まれている。廊下の突き当たりに近い病室は、配膳の不要な患者に充《あ》てられていた。

逆光になった人影が、百合江の病室の前にたたずんでいた。理恵がちいさくつぶやいた。

「あれ、誰だろう」

小夜子は首を横に振った。振り向いて目で問うが、里実も首を横に振った。

歩く速度がゆっくりになる。あと数メートルというところまで近づいてようやく、老人であることがわかった。みごとな白髪だった。小夜子と理恵が足を止めると、彼もふたりが「杉山百合江」の病室にやってきたことに気づいたようだった。

老人は黒いジーンズの上に綿シャツとベージュのジャケット姿で、ふたりに向かって深々とお辞儀をした。小夜子は彼が百合江の部屋にいた老人であることに気づいた。

「先日は、どうも。あの日は慌《あわ》ててしまって満足なご挨拶《あいさつ》もできず、失礼しました」

「いいえ、こちらこそ失礼いたしました」

物腰のやわらかな男だった。年は百合江と同じくらいだろうか。彼が手にしている見舞いの花は、三本の赤い薔薇《ばら》だった。小夜子が口を開きかけたとき、理恵が一歩前にでた。

「母に会いにきてくださったんでしょうか」

老人は染《し》みの浮いたまぶたを大きく開いて深呼吸をしたあと、「理恵さん、ですか」と訊ねた。理恵が「はい」と返す。彼はもう一度深々と頭を下げた。

「百合江さんには若いころからずいぶんお世話になりました。こちらにご入院されたと伺ったものですから。突然に失礼とは思ったのですが」

若いころから、と彼は言った。先日は同じ町内会の者と言っていなかったろうか。『銀の目』で歌っていたころの知り合いかもしれない。もしかすると旅行会社の男ではないか。ふり返ると、里実が小夜子の背後でじっと老人の顔を見ていた。

「ありがとうございます、どうぞお入りになってください」

理恵は頭を下げ、老人を病室へ入れた。彼はベッドの足もとでいちど立ち止まり、薔薇を胸の高さに持ち直した。彼が背筋を伸ばすと、病室の空気もぴんと張りつめた。

理恵が丸椅子《まるいす》を勧めると、遠慮がちな仕草で椅子に腰を下ろした。

薔薇を百合江の腰のあたりに置いて、彼はそろそろと百合江の枕元《まくらもと》へと身を乗り出した。

「ユッコちゃん、あたしよ。聞こえる？」

里実がよろけて壁に手を突いた。小夜子は慌てて母の背を支えた。

ユッコちゃん――。

彼が位牌《いはい》を持つ百合江の手を取った。

男の目から大粒の涙がこぼれ落ちる。

ユッコちゃん――。

誰もベッドのそばに近寄ることができなかった。横たわる百合江と、その手を握って泣く老人と、生きている娘の位牌。毛布の上に置かれた赤い薔薇は、完成された一枚の絵のようだ。誰も身動きひとつせずふたりの様子を見ていた。

ユッコちゃん――。

彼の口から細くちいさな旋律が流れだし、病室の空気を震わせ始めた。耳を澄まさなくては聞き取れない。老人が百合江の耳元で歌を歌っている。

廊下の喧噪《けんそう》が一瞬途切れ、病室が真綿で包まれたように静かになった。椿あや子にそっくりな、美しい歌声が耳に滑り込んできた。

かなわぬ恋と知りつつ今も
そのせつなさに夜ごとふるえる
初めてふたりがちぎりをかわした
その想《おも》い出が妖《あや》しくにおう
情熱の花　恋の花

老人に握られた百合江の細い手首は、白く艶《つや》やかだった。振り袖姿で舞台に立っていたころのような、若々しい張りに満ちている。ふたりの手は溶けあった硝子《ガラス》細工を想像させた。百合江の目頭に秋の太陽がちいさな涙の玉を光らせていた。

ユッコちゃん――。

小夜子は、たしかにその耳で彼が囁《ささや》くのを聞いた。

だいすきよ――。

小夜子は自分が塵《ちり》のような存在になって、百合江の一生を眺めている気がした。ベッドの枕元で囁き続ける老人と、百合江の目頭に光る涙。

見開かれた瞳にふたりを映して、里実の体が壁をつたい床に崩れた。

百合江は、玉手箱を開けずに逝《い》くことに決めたのだろう。いや、と小夜子は首を振った。

開ける必要がないのだ、このひとは――。

どこへ向かうも風のなすまま。からりと明るく次の場所へ向かい、あっさりと昨日を捨てる。捨てた昨日を惜しんだりしない。

里実は床にへたり込んだまま動かなかった。

理恵は自分の頰につたい落ちる涙に気づきもしない様子で、百合江と彼を見ている。

それぞれが胸に抱く、溢《あふ》れんばかりの愛と、愛になれなかったものたちが、混じり合いながら光のなかで舞っていた。

ユッコちゃん、だいすきよ――。

一対の夢をみているのだと思った。

九月の空に抜けてゆく澄んだ歌声が、ふたつになった。

言葉にならない思いが、つよい哀れみと羨望《せんぼう》をつれて胸奥になだれ込んでくる。

小夜子は自分の内側に宿る命に問うた。

わたしたちは今、願っても探しても、これから先どう生きてゆこうと、決して手に入らないものを見ているのではないか——。

問いはやがて祈りにかわった。

それでも生きていく。理恵も自分も。からりと明るく次の場所で——。

だいすきよ——。

だいすきよ——。

澄んだ声がいつまでも耳奥でこだましていた。

本作に引用されている楽曲は、「星影の小径」（作曲　利根一郎、作詞　矢野亮）、「人生劇場」（作曲　古賀政男、作詞　佐藤惣之助）、「時の過ぎゆくままに」（作曲　大野克夫、作詞　阿久悠）、「テネシー・ワルツ」（作曲　ピー・ウィー・キング、作詞　レッド・スチュワート）、「情熱の花（パッション・フラワー）」（作曲　ルートヴィヒ・ヴァン・ベートーヴェン、英語版作詞編曲　バニー・ボトキン、ギルバート・ガーフィールド、パット・マータ、日本語版作詞　音羽たかし、水島哲、日本語版編曲　宮川泰）です。

解説

小池真理子

　或《あ》る時代を生きぬく主人公の一生に焦点をあてて描かれた小説は、通常、「大河小説」もしくは「年代記小説」などと呼ばれる。

　既読本の中から、思いつくままに挙げてみると、佐藤愛子『血脈』、有吉佐和子『紀ノ川』、三浦綾子『天北原野』、有島武郎『或る女』……といったところがすぐに思い出せる。海外に目を移せば、フローベール『ボヴァリー夫人』、トルストイ『アンナ・カレーニナ』、マーガレット・ミッチェル『風と共に去りぬ』、ダフネ・デュ・モーリア『レベッカ』など。女性が主人公であることが多い。

ことさら現代史との関連が意識されている様子はないが、一人の女性主人公の身に起こった出来事、その生涯を描いている、という点において、本書『ラブレス』も「大河小説」「年代記小説」と呼んで差し支《つか》えないだろう。

　杉山百合江《ゆりえ》、という、北海道の貧しい開拓民の家に生まれた女性が、いかにして昭和という時代を独力で生き抜き、辛酸をなめ、地獄のような数々の裏切りや絶望をくぐり抜けつつ生涯を終えたのか。作者は百合江の人生に並走しつつ、他方、百合江の身内の視点も設定することにより、現在と過去を交錯させながら、激動の生涯を送った女性の全体像を浮かび上がらせようと試みている。

序章で、黒い位牌《いはい》を手に固く握りしめたまま意識をなくしている老いた女性（現在の百合江）が謎《なぞ》めいた形で登場したと思ったとたん、舞台は昭和二十五年の北海道の寒村に移されて、物語の幕が静かに開かれる。

夕張からやって来た入植者たちによる、中茶安別《なかちゃんべつ》の貧しい小さな開拓小屋。そこで暮らす家族の情景が描かれる冒頭の数ページで、早くもこの物語の主人公、百合江の辿《たど》る人生は強く暗示される。そして、読者は百合江の物語＝百合江が生きなければならなくなった、波乱の人生の物語の中に足を踏み入れていくのである。

ふつう、「大河小説」「年代記小説」においては、主人公を描くことと、その主人公が生きた時代を描くこととは不可分になる。中には、人物以上に時代に重きを置いて描かれた作品もある。作家が何を見つめ、何を書きたかったのか、ということにもよるだろうが、桜木紫乃は、本書『ラブレス』において別の手法をとった。

本作では、作者が「時代」をことさら執拗《しつよう》に描こうとしている様子は見受けられない。「時代」の描写は実にあっさりしている。年代が数字として文章の中で銘記されるか、ラジオから聞こえてくる流行歌、テレビで流される人気アイドル歌手の姿など、時代描写は概《おおむ》ね、ほんのわずか数行ですまされている。

世間を騒がせた事件や災害、時事的問題、社会現象、流行した思想など、誰もが或る特定の時代を想起する事象には、ほとんど触れられていない。作者がまんべんなく時代を俯瞰《ふかん》しながら書いた痕跡《こんせき》が見えず、代わりに読み手に烈《はげ》しい渦のようになって迫ってくるのは、百合江という女性が辿った人生の軌跡そのものなのだ。

百合江の周辺に現れては消えていく幾多の男たち、百合江の妹の里実、百合江の家族、父、母、弟たち……彼女の人生に深くかかわった人々。そこに巻き起こる出来事の数々。それらは百合江の心の中に、やむことのない嵐《あらし》をまきおこす。

本書が従来の年代記小説、大河小説とはいささか異なる印象を残すのも、作者である桜木紫乃の、人間に向けたまなざしの強さゆえかもしれない。作者の関心はほぼすべて、「時代」ではなく、「人間」にこそ向けられている。

中でも、もっとも強く印象に残るのは百合江の母親、ハギの描写だ。

文盲（あの時代、まだまだ日本における識字率は完全ではなかった）でアルコール依存症のうえ、同じく重度のアルコール依存症の夫から、連日のように烈しい暴力を受けてきたハギ。しかし、ハギは逃げ出そうともせず、もくもくと開拓村で極貧の生活を続け、汚れ、老いさらばえた姿で、夫の死後、百合江によって救い出される。

そんなハギが、孫娘から与えられた大福を「少ない歯で懸命に」嚙《か》みながら、大粒の涙を流し、食べ終えたあと、「んまがった、ありがとぉ」とつぶやくシーンのリアリティには、鳥肌がたつ。ハギという女はそれまで、感情を失い、生きることを諦《あきら》めきった奴隷《どれい》のような老女として描かれてきた。その分余計に、この数行の描写には鬼気せまるような現実感が伴い、読む者の胸をうつのである。

教育を受けようにも、受けることが叶《かな》わなかった貧しさ。流れに身をまかせ、長じて子を孕《はら》み、産んでしまえばあとのことは何も考える余裕がなくなり、労働も、暮らしを営むことも、酒乱の亭主のもとで罵声《ばせい》をあび、蹴《け》り飛ばされ、殴られることも、一切が砂のような日常と化して続くばかりで、絶望のどん底を這《は》いずりまわって生きることだけが宿痾《しゅくあ》のようにのしかかる。

そんな母親の描写が冴《さ》えに冴え、主人公の百合江の生き方との対比もまた、より鮮明に浮かびあがってくる。見事である。

ところで、或る人物の一生を称して、不幸だったか、幸福だったか、と安易に決めたくなるのは人の世の常と言える。人は誰しも無意識のうちに、幸福・不幸、という曖昧《あいまい》な概念を刷り込まれて育つ。

しかし、当然ながら、それらはきわめて個人的な感受性の問題に過ぎず、幸福の基準、不幸の度合いを測る計測器が存在しているわけでもない。たとえ極貧に生まれ育とうとも、不治の病に罹《かか》ろうとも、悲劇の連続の果てに死を迎えたとしても、そのことだけを取り上げて幸福だったか、不幸だったか、誰も決めつけることなどできやしない。

人の一生においては、「生きた」ということだけが重要なのだ。「生きた」という、厳粛な事実の中にだけ、その人の幸福と不幸は混在している。どこから先が幸福で、どこまでが不幸か、どれほど不幸だったか、どれほど幸福だったか、などということは、本人ですらはっきりわからない。わからぬまま、人生は死が訪れるその瞬間まで、等しく続くのではなかったか。

この作品は「生きてゆく」ということのみに焦点をしぼり、書かれたものだと私は思う。桜木紫乃は、人間が苦しみながら、絶望しながら、それでも時には小さな幸せに満ち足りて胸焦《こ》がし、微笑《ほほえ》みつつ、もくもくと生き続けていくことの、かけがえのない尊さを描いてみせた。この作品にこめられた作者の想いは、それに尽きるだろう。

さて、私と桜木紫乃との個人的な関係の話を少し書かせていただく。
二〇〇二年、桜木さんが『雪虫』という作品で「オール讀物新人賞」を受賞した際、私は選考委員の一人に名を連ねていた。
『雪虫』は北海道を舞台に、フィリピン人を嫁にとらねばならなくなった牧場の若い男と、土地の女との乾いた性愛を大胆に描いた短編である（現在は短編集『氷平線』の中に収録されている）。土くさい官能を描いていながら、作品全体に漂う、若者にありがちな捨て鉢な諦観《ていかん》と放恣《ほうし》な欲望のありようがなんともなまめかしくて、新人とは思えない力量を感じさせた。

新人賞を受賞したとしても、選考する側は、歳月と共にその作品の内容を忘れてしまう場合が多い。すでに名前のある作家の作品であるなら、おぼろげながらにも覚えていて不思議ではないが、無名の、まだ作家にもなっていない人の書いた作品は、よほどの内容、よほどの巧手のものでない限り、まず間違いなく忘れるのがふつうだろう。

だが、桜木さんの『雪虫』だけは違った。時間を経ても、物語はもちろんのこと、行間から立ち上ってきた気配を私が忘れてしまうことはなかった。

歳月が流れ、本書『ラブレス』が、私が選考に加わっている島清《しませ》恋愛文学賞を受賞することに決まったのが、今年の二月である。三月に金沢で行われた贈呈式に選考委員代表で出向いた私は、まさに花を咲かせつつある瑞々《みずみず》しいこの作家と、初めて顔を合わせた。

明朗闊達《かったつ》で温厚、周囲に十全な気配りができる人、小説に人一倍、情熱を抱いている人、というのが第一印象であったが、その時、彼女と交わした多くの会話の中で、なによりも印象に残った言葉がある。

「『ラブレス』は極貧小説だ、と言われることが多くて、びっくりしました。私はごくふつうにこれを書いたつもりなので。でも、私の感覚は少し世間とずれているのかもしれないですね」

いともさわやかに、にこやかにそう語った彼女は、作品の背景に「極貧」を意識して書いた覚えはない、と言い切った。

「ごくふつうに」この作品を書きあげた、という作家には、凡庸な読み手が想像もつかない宇宙が拡《ひろ》がっているに違いない、と私は思った。この人はいずれ、花を咲かせるどころか、大輪の打ち上げ花火を連続して打ち上げてみせる時がくるだろう、と直感した。

そして、私のその直感は数か月後、見事に的中した。『ラブレス』と相前後して書かれた短編集、『ホテルローヤル』で、桜木紫乃は今年度上半期の直木賞を射止めた。その後の活躍の様子は、改めてここに書く必要もないだろう。

直木賞の受賞会見の折、桜木紫乃は、「自分の身に起こることには何ひとつ無駄がない」と涼やかに気負いなく、衒《てら》うこともなく語ってみせた。小説を書く者にとって、人生の無駄など何ひとつない、喘《あえ》ぐような不幸のどん底も、絶望も、虚無の嵐も、喪失も、経験したこと、味わったことはすべて作品に昇華することができるのだ、という意味である。

そうした言葉がするりと口をついて出てくるところにも、この作家の、地に足のついた逞《たくま》しさが感じられる。それはまさに、本書の主人公、杉山百合江の中に根付いていた不屈の精神そのものでもある。

北海道という土地が孕む大陸的な、広大無辺な、たおやかさあふれる風を全身で受けながら書かれた『ラブレス』は、桜木紫乃の創作活動における原点になったとも言えよう。そしてこの作家は今後、幾度も幾度も、飽きることなくここから出発し、再びここに戻ってくるのかもしれない。

（二〇一三年十月、作家）

この作品は二〇一一年八月新潮社より刊行された。

小池真理子著
恋
直木賞受賞

誰もが落ちる恋には違いない。でもあれは、ほんとうの恋だった——。痛いほどの恋情を綴り小池文学の頂点を極めた直木賞受賞作。

小池真理子著
無伴奏

愛した人には思いがけない秘密があった——。一途すぎる想いが引き寄せた悲劇を描き、『恋』『欲望』への原点ともなった本格恋愛小説。

伊集院 静著
海峡
—海峡 幼年篇—

かけがえのない人との別れ。切なさを噛みしめて少年は海を見つめた——。瀬戸内の小さな港町で過ごした少年時代を描く自伝的長編。

伊集院 静著
春雷
—海峡 少年篇—

篤い友情、淡い初恋、弟との心の絆、父への反抗——。十四歳という嵐の季節を、少年は一途に突き進む。自伝的長編、波瀾の第二部。

林 真理子著
アッコちゃんの時代

若さと美貌で、金持ちや有名人を次々に虜にし、伝説となった女。日本が最も華やかだった時代を背景に展開する煌びやかな恋愛小説。

浅田次郎著
夕映え天使

ふいにあらわれそして姿を消した天使のような女、時効直前の殺人犯を旅先で発見した定年目前の警官、人生の哀歓を描いた六短篇。

ラブレス

新潮文庫　さ－82－1

平成二十五年十二月一日発行

著者　桜《さくら》木《ぎ》紫《し》乃《の》

発行者　佐藤隆信

発行所　株式会社 新潮社

郵便番号　一六二―八七一一
東京都新宿区矢来町七一
電話 編集部(〇三)三二六六―五四四〇
読者係(〇三)三二六六―五一一一
http://www.shinchosha.co.jp

価格はカバーに表示してあります。

乱丁・落丁本は、ご面倒ですが小社読者係宛ご送付ください。送料小社負担にてお取替えいたします。

印刷・二光印刷株式会社　製本・株式会社植木製本所

ISBN978-4-10-125481-4 C0193